P9-CJS-212

Biblioteca di letteratura

diretta da Giorgio Bassani

I Contemporanei 4

Con affetto
Olga

23. VIII. 59

Trentaquattresima edizione italiana: agosto 1959

Giuseppe Tomasi di Lampedusa

Il Gattopardo

Feltrinelli Editore Milano

Prefazione

La prima e l'ultima volta che vidi Giuseppe Tomasi, principe di Lampedusa, fu nell'estate del 1954, a San Pellegrino Terme, in occasione di un convegno letterario organizzato nella piccola ville d'eau *lombarda per iniziativa di Giuseppe Ravegnani e del locale Municipio. Scopo del convegno, confortato dall'intervento della Televisione e di un manipolo di fotoreporters, era questo: una decina tra i piú illustri scrittori italiani contemporanei avrebbero presentato al pubblico (sparutissimo) dei villeggianti, un numero corrispondente di "speranze" delle ultime e penultime leve letterarie.*

Non è il luogo qui, di raccontare per filo e per segno come il convegno si svolse, né di fare un bilancio sia pure tardivo dei suoi lavori. Esso comunque non fu inutile. Fu a San Pellegrino, infatti, che Eugenio Montale ci dette la prima notizia dell'esistenza di un nuovo, autentico poeta: il barone Lucio Piccolo, di Capo d'Orlando (Messina). Le poesie di Piccolo, precedute dal medesimo scritto che Montale lesse allora davanti a noi, figurano adesso nella collana mondadoriana dello Specchio. So di non dir nulla di straordinario affermando che esse rappre-

sentano quanto di meglio è uscito in questi ultimi anni in Italia nel campo della lirica pura. Che piú?

Lucio Piccolo risultò la vera rivelazione del convegno. Piú che cinquantenne, distratto e timidissimo come un ragazzo, sorprese e incantò tutti, anziani e giovani, la sua gentilezza, il suo tratto da gran signore, la sua mancanza assoluta di istrionismo, perfino l'eleganza un po' démodée dei suoi siciliani abiti scuri. Dalla Sicilia era venuto in treno: facendosi accompagnare da un cugino piú anziano e da un servitore. Ce n'era abbastanza, se ne convenga, per eccitare una tribú di letterati in semi-vacanza! Sta il fatto che su Piccolo, sul cugino e sul servitore (un bizzarro trio che non si scindeva mai: il servitore, abbronzato e robusto come un mazziere, non perdeva d'occhio gli altri due un momento solo...), durante il giorno e mezzo che rimanemmo a S. Pellegrino conversero la curiosità, lo stupore e la simpatia generali.

Fu Lucio Piccolo stesso a dichiarare nome e titolo del cugino: Giuseppe Tomasi, principe di Lampedusa. Era un signore alto, corpulento, taciturno; pallido, in volto, del pallore grigiastro dei meridionali di pelle scura. Dal pastrano accuratamente abbottonato, dalla tesa del cappello calata sugli occhi, dalla mazza nodosa a cui, camminando, si appoggiava pesantemente, uno lo avrebbe preso a prima vista, che so?, per un generale a riposo o qualcosa di simile. Era piú anziano di Lucio Piccolo, come ho detto: ormai verso i sessanta. Passeggiava a fianco del cugino lungo i vialetti che circondano il Kursaal, o assisteva, nella sala interna del Kursaal, ai lavori del *convegno, silenzioso sempre, sempre con la medesima piega amara delle labbra. Quando gli fui presentato, si limitò a inchinarsi brevemente senza dire una parola.*

Passarono quasi cinque anni senza che sapessi piú nulla del principe di Lampedusa. Fintantoché la primavera scorsa, avendo sentito dire che stavo preparando una collana di libri, una cara amica napoletana, che vive a Roma, non ebbe la buona idea di telefonarmi. Aveva qualcosa per me — mi disse —: un romanzo. Glielo aveva mandato qualche tempo prima, dalla Sicilia, un suo conoscente. L'aveva letto, le era sembrato molto interessante; e dato, appunto, che aveva udito della mia nuova attività editoriale, sarebbe stata ben lieta di metterlo a mia disposizione. "Di chi è?" domandai. "Mah, non so. Credo che non sia difficile venire a saperlo, però."

*Di lí a poco ebbi tra mano il dattiloscritto. Esso non recava alcuna firma. Di una cosa fui subito certo, comunque, non appena ebbi gustato il delizioso fraseggio dell'*incipit: *che si trattasse di un lavoro serio, opera di un vero scrittore. Tanto bastava. La lettura completa del romanzo, poi, che esaurii in pochissimo tempo, non fece che confermarmi nella prima impressione.*

Telefonai subito a Palermo. Seppi cosí che autore del romanzo era Giuseppe Tomasi, duca di Palma e principe di Lampedusa: sí, proprio il cugino del poeta Lucio Piccolo di Capo d'Orlando — mi fu confermato. Il quale principe, purtroppo, ammala-

tosi gravemente un anno avanti, nella primavera del '57, era morto a Roma, dove era andato per un estremo tentativo di cura, il luglio dello stesso anno.

★

La vita è musicale, si sa. Sui suoi temi fondamentali, sulle sue "frasi" piú intense, non ama indugiare. Si limita a darteli di furto, ad accennarteli appena... Andai dunque a Palermo, nella tarda primavera di quest'anno. E fu un viaggio assai proficuo, nonostante tutto: perché il manoscritto originale del romanzo — un grosso quaderno a righe, riempito quasi per intero dalla piccola calligrafia dell'autore — si rivelò, all'esame, assai piú completo e corretto della copia dattilografica che già conoscevo.

A Palermo ebbi il piacere di fare la conoscenza della consorte dello scrittore, baronessa Alessandra Wolff-Stomersee, baltica di nascita ma di madre italiana, autorevole studiosa di problemi di psicologia (è vice-presidente della Società Psicoanalitica Italiana). Da essa dovevo avere non poche notizie su Giuseppe Tomasi di Lampedusa. La piú sorprendente delle quali fu per me la seguente: che il Gattopardo *fosse stato scritto, dal principio alla fine, fra il '55 e il '56. In pratica era accaduto pressappoco questo, insomma: reduce da S. Pellegrino, il povero principe si era messo al lavoro, e in pochi mesi, un capitolo dopo l'altro, aveva composto il libro. Aveva avuto appena il tempo di ricopiarlo: poi, subito, si erano manifestati i primi segni della malattia che in poche settimane l'avrebbe ucciso. "Venticinque anni fa mi annunziò che intendeva fare un romanzo storico, ambientato in Sicilia all'epoca dello sbarco di Garibaldi a Marsala, e imperniato sulla figura del suo bisnonno paterno, Giulio di Lampedusa, astronomo," mi disse tra l'altro la signora. "Ci pensava continuamente, ma non si decideva mai a cominciare." Alla fine, scritte le prime pagine, aveva proceduto di gran lena. Andava a lavorare al Circolo Bellini. Usciva di casa la mattina presto, e non rientrava che verso le tre.*

Recuperai anche, a Palermo, oltre al manoscritto del romanzo, molte altre carte inedite: quattro racconti, vari saggi sulla narrativa francese dell'Ottocento (Stendhal, Mérimée, Flaubert).

Dall'esame di tutto questo materiale (a cui si aggiungerà, è sperabile, l'epistolario), ci si potrà fare a suo tempo un'idea molto precisa della personalità intellettuale e morale dello scrittore. Il quale fu uomo coltissimo, ovviamente. Conosceva a fondo, negli originali, le principali letterature, e divise la propria vita fra l'odiosamata Sicilia e lunghi viaggi all'estero. (Insegnò, anche: ma privatamente, raccogliendo attorno a sé, negli ultimi anni, un piccolo stuolo di giovani ingegni).

Ciò che tuttavia a me preme, ora, è di richiamare l'attenzione soprattutto sull'unico libro, compiuto in ogni sua parte, che egli ci ha lasciato. Ampiezza di visione storica unita a un'acutissima percezione della realtà sociale e politica dell'Italia contemporanea, dell'Italia di adesso; delizioso senso dell'umorismo;

autentica forza lirica; perfetta sempre, a tratti incantevole, realizzazione espressiva: tutto ciò, a mio avviso, fa di questo romanzo un'opera d'eccezione. Una di quelle opere, appunto, a cui si lavora o ci si prepara per tutta una vita.

Come nei Viceré *di Federico De Roberto, è di scena, anche qui, una famiglia dell'alta aristocrazia isolana, colta nel momento rivelatore del trapasso di regime, mentre già incalzano i tempi nuovi. Ma se la materia del* Gattopardo *ricorda molto da vicino quella del gran libro del De Roberto, è lo scrittore, il modo come questi si pone di fronte alle cose, a differire sostanzialmente. Nessun residuo di pedanteria documentaria, di oggettivismo naturalistico, in Tomasi di Lampedusa. Accentrato quasi interamente attorno a un solo personaggio, il principe Fabrizio Salina, in cui è da vedere un ritratto del bisnonno paterno, certo, ma forse ancor piú un autoritratto, lirico e critico insieme, il suo romanzo concede assai poco, e questo poco non senza sorriso, alla trama, all'intreccio, al romanzesco, cosí cari a tutta la narrativa europea dell'Ottocento. Insomma, meglio che a De Roberto, Tomasi di Lampedusa bisogna accostarlo al contemporaneo Brancati. E non solo a Brancati, ma anche, probabilmente, ad alcuni grandi scrittori inglesi di questa prima metà del secolo (Forster, ad esempio), che certo ebbe familiari: al pari di lui poeti lirici e saggisti piuttosto che narratori "di razza."*

E con questo, credo d'aver detto l'indispensabile. Piú tardi provvederà certamente la critica a collocare il nostro scrittore al suo giusto posto, nella storia della letteratura italiana del Novecento. Quanto a me, ripeto, preferisco per ora non aggiungere altro. Sono persuaso che la poesia, quando c'è — e qui non mi par dubbio che ci sia — meriti di essere considerata almeno per un momento per quello che è, per lo strano gioco di cui consiste, per il primordiale dono di illusione, di verità e di musica che vuol darci anzitutto.

Si legga dunque da capo a fondo il romanzo, con l'abbandono che pretende per sé la vera poesia. Frattanto, dal canto suo, il piú vasto pubblico dei lettori avrà avuto il tempo di innamorarsi ingenuamente, proprio come usava una volta, di quei personaggi della favola dentro i quali l'autore, anch'egli come usavano una volta i poeti, se ne sta chiuso chiuso. Del principe don Fabrizio Salina, voglio dire, di Tancredi Falconeri, di Angelica Sedàra, di Concetta, e di tutti gli altri: il povero cane Bendicò compreso.

Giorgio Bassani

Settembre 1958

Capitolo primo

Rosario e presentazione del Principe - Il giardino e il soldato morto - Le udienze reali - La cena - In vettura per Palermo - Andando da Mariannina - Il ritorno a S. Lorenzo - Conversazione con Tancredi - In Amministrazione: i feudi, e i ragionamenti politici - In osservatorio con padre Pirrone - Distensione al pranzo - Don Fabrizio e i contadini - Don Fabrizio e il figlio Paolo - La notizia dello sbarco e di nuovo il Rosario.

Maggio 1860

"Nunc et in hora mortis nostrae. Amen."

La recita quotidiana del Rosario era finita. Durante mezz'ora la voce pacata del Principe aveva ricordato i Misteri Gloriosi e Dolorosi; durante mezz'ora altre voci, frammiste, avevano tessuto un brusio ondeggiante sul quale si erano distaccati i fiori d'oro di parole inconsuete: amore, verginità, morte; e durante quel brusio il salone rococò sembrava aver mutato aspetto; financo i pappagalli che spiegavano le ali iridate sulla seta del parato erano apparsi intimiditi; perfino la Maddalena, fra le due finestre, era sembrata una penitente anziché una bella biondona, svagata in chissà quali sogni, come la si vedeva sempre.

Adesso, taciutasi la voce, tutto rientrava nell'ordine, nel disordine, consueto. Dalla porta attraverso la quale erano usciti i servi, l'alano Bendicò, rattristato dalla propria esclusione, entrò e scodinzolò. Le donne si alzavano lentamente, e l'oscillante regredire delle loro sottane lasciava a poco a poco scoperte le nudità mitologiche che si disegnavano sul fondo latteo delle mattonelle. Rimase coperta soltanto un'Andromeda cui la tonaca di padre Pirrone, attardato in sue orazioni supplementari, impedí per un bel po' di rivedere l'argenteo Perseo che sorvolando i flutti si affrettava al soccorso ed al bacio.

Nell'affresco del soffitto si risvegliarono le divinità. Le schiere di Tritoni e di Driadi, che dai monti e dai mari fra nuvole lampone e ciclamino si precipitavano verso una trasfigurata Conca d'Oro per esaltare la gloria di casa Salina, apparvero di subito tanto colme di esultanza da trascurare le piú semplici regole prospettiche; e gli Dei maggiori, i Principi fra gli Dei, Giove folgorante, Marte accigliato, Venere languida, che avevano preceduto le turbe dei minori, sorreggevano di buon grado lo scudo azzurro col Gattopardo. Essi sapevano che per ventitré ore e mezza, adesso, avrebbero ripreso la signoria della villa. Sulle pareti le bertuccie ripresero a far sberleffi ai *cacatoés*.

Al di sotto di quell'Olimpo palermitano anche i mortali di casa Salina discendevano in fretta giú dalle sfere mistiche. Le ragazze raggiustavano le pieghe delle vesti, scambiavano occhiate azzurrine e parole in gergo di educandato; da piú di un mese, dal giorno dei "moti" del Quattro Aprile, le avevano per prudenza fatte rientrare dal convento, e rimpiangevano i dormitori a baldacchino e l'intimità collettiva del Salvatore. I ragazzini si accapigliavano di già per il possesso di una immagine di S. Francesco di Paola; il primogenito, l'erede, il duca Paolo, aveva già voglia di fumare e, timoroso di farlo in presenza dei genitori, andava palpando attraverso la tasca la paglia intrecciata del portasigari. Nel volto emaciato si affacciava una malinconia metafisica: la giornata era stata cattiva, Guiscardo, il sauro irlandese, gli era sembrato giú di vena, e Fanny non aveva trovato il modo (o la voglia?) di fargli pervenire il solito bigliettino color di mammola. A che fare, allora, si era incarnato il Redentore?

La prepotenza ansiosa della Principessa fece cadere seccamente il rosario nella borsa trapunta di *jais,* mentre gli occhi belli e maniaci sogguardavano i figli servi e il marito tiranno verso il quale il corpo minuscolo si protendeva in una vana ansia di dominio amoroso.

Lui, il Principe, intanto si alzava: l'urto del suo peso da gigante faceva tremare l'impiantito, e nei suoi occhi chiarissimi si riflesse, un attimo, l'orgoglio di questa effimera conferma del proprio signoreggiare su uomini e fabbricati.

Adesso posava lo smisurato Messale rosso sulla seggiola che gli era stata dinanzi durante la recita del Rosario, riponeva il fazzoletto sul quale aveva poggiato il ginocchio, e un po' di malumore intorbidò il suo sguardo quando rivide la macchiolina di caffè che fin dal mattino aveva ardito interrompere la vasta bianchezza del panciotto.

Non che fosse grasso: era soltanto immenso e fortissimo; la sua testa sfiorava (nelle case abitate dai comuni mortali) il rosone inferiore dei lampadari; le sue dita sapevano accartocciare come carta velina le monete da un ducato; e fra villa Salina e la bottega di un orefice era un frequente andirivieni per la riparazione di forchette e cucchiai che la sua contenuta ira, a tavola, gli faceva spesso piegare in cerchio. Quelle dita, d'altronde, sapevano anche essere di tocco delicatissimo nel carezzare e maneggiare, e di ciò si ricordava a proprio danno Maria Stella, la moglie; e le viti, le ghiere, i bottoni smerigliati dei telescopi, cannocchiali e "ricercatori di comete" che lassú, in cima alla villa, affollavano il suo osservatorio privato, si mantenevano intatti sotto lo sfioramento leggero. I raggi del sole calante ma ancora alto di quel pomeriggio di maggio accendevano il colorito roseo, il pelame color di miele del Principe; denunziavano essi l'origine tedesca di sua madre, di quella principessa Carolina la cui alterigia aveva congelato, trent'anni prima, la Corte sciattona delle Due Sicilie. Ma nel sangue di lui fermentavano altre essenze germaniche ben piú incomode per quell'aristocratico siciliano, nell'anno 1860, di quanto potessero essere attraenti la pelle bianchissima ed i capelli biondi nell'ambiente di olivastri e di corvini: un temperamento autoritario, una certa rigidità morale, una propensione alle idee astratte che nell'*habitat* morale molliccio della società palermitana si erano mutati rispettivamente in prepotenza capricciosa, perpetui scrupoli morali e disprezzo per i suoi parenti e amici, che gli sembrava andassero alla deriva nei meandri del lento fiume pragmatistico siciliano.

Primo (ed ultimo) di un casato che per secoli non aveva mai saputo fare neppure l'addizione delle proprie spese e la sottrazione dei propri debiti, possedeva forti e reali inclinazioni alle matematiche; aveva applicato queste all'astronomia e ne aveva tratto sufficienti riconoscimenti pubblici e gustosissime gioie private. Basti dire che in lui orgoglio e analisi matematica si erano a tal punto associati da dargli l'illusione che gli astri obbedissero ai suoi calcoli (come, di fatto, sembravano fare) e che i due pianetini che aveva scoperto (Salina e Svelto li aveva chiamati, come il suo feudo e un suo bracco indimenticato) propagassero la fama della sua casa nelle sterili plaghe fra Marte e Giove e che quindi gli affreschi della villa fossero stati piú una profezia che una adulazione.

Sollecitato da una parte dall'orgoglio e dall'intellettualismo materno, dall'altra dalla sensualità e faciloneria del padre, il povero principe Fabrizio viveva in perpetuo scontento pur sotto il cipiglio zeusiano, e stava a contemplare la rovina del proprio ceto e del proprio patrimonio senza avere nessuna attività ed ancora minor voglia di porvi riparo.

Quella mezz'ora fra il Rosario e la cena era uno dei momenti meno irritanti della giornata, ed egli ne pregustava ore prima la pur dubbia calma.

Preceduto da un Bendicò eccitatissimo discese la breve scala che conduceva al giardino. Racchiuso come era questo fra tre mura e un lato della villa, la seclusione gli conferiva un aspetto cimiteriale accentuato dai monticciuoli paralleli delimitanti i canaletti d'irrigazione e che sembravano tumuli di smilzi giganti. Sull'argilla rossiccia le piante crescevano in fitto disordine: i fiori spuntavano dove Dio voleva e le siepi di mortella sembravano poste lí piú per impedire che per dirigere i passi. Nel fondo una Flora chiazzata di lichene giallo-nero esibiva rassegnata i suoi vezzi piú che secolari; dai lati due panche sostenevano cuscini trapunti ravvoltolati, anch'essi di marmo grigio; ed in un angolo l'oro di un albero di gaggía intrometteva la propria allegria intempestiva. Da ogni zolla emanava la sensazione di un desiderio di bellezza presto fiaccato dalla pigrizia.

Ma il giardino, costretto e macerato fra quelle barriere, esalava profumi untuosi, carnali e lievemente putridi, come i liquami aromatici distillati dalle reliquie di certe sante; i garofanini sovrapponevano il loro odore pepato a quello protocollare delle rose ed a quello oleoso delle magnolie che si appesantivano negli angoli; e sotto sotto si avvertiva anche il profumo della menta misto a quello infantile della gaggía ed a quello confetturiero della mortella; e da oltre il muro l'agrumeto faceva straripare il sentore di alcova delle prime zagare.

Era un giardino per ciechi: la vista costantemente era offesa: ma l'odorato poteva trarre da esso un piacere forte, benché non delicato. Le rose *Paul Neyron,* le cui piantine aveva egli stesso acquistato a Parigi, erano degenerate; eccitate prima e rinfrollite poi dai succhi vigorosi e indolenti della terra siciliana, arse dai lugli apocalittici, si erano mutate in una sorta di cavoli color carne, osceni, ma che distillavano un aroma denso quasi turpe, che nessun allevatore francese avrebbe osato sperare. Il Principe se ne pose una sotto il naso e gli sembrò di odorare la coscia di una ballerina dell'Opera. Bendicò, cui venne offerta pure, si ritrasse nauseato e si affrettò a cercare sensazioni piú salubri fra il concime e certe lucertoluzze morte.

Per il Principe, però, il giardino profumato fu causa di cupe associazioni di idee. "Adesso qui c'è buon odore; ma un mese fa..."

Ricordava il ribrezzo che le zaffate dolciastre avevano diffuso in tutta la villa prima che ne venisse rimossa la causa: il cadavere di un giovane soldato del quinto Battaglione Cacciatori che, ferito nella zuffa di S. Lorenzo contro le squadre dei ribelli, se ne era venuto a morire, solo, sotto un albero di limone. Lo avevano trovato bocconi nel fitto trifoglio, il viso affondato nel sangue e nel vomito, le unghie confitte nella terra, coperto dai formiconi; e di sotto le bandoliere gl'intestini violacei avevano formato pozzanghera. Era stato Russo, il soprastante, a rinvenire quella cosa spezzata, a rivoltarla, a coprirne il volto col suo fazzolettone rosso, a ricacciare con un rametto le viscere dentro lo squarcio del ventre, a coprire poi la ferita con le falde blu del cappottone: sputando continuamente, per lo schifo, non proprio addosso ma assai vicino alla salma. Il tutto con preoccupante perizia. "Il fetore di queste carogne non cessa neppure quando sono morte," diceva. Ed era stato tutto quanto avesse commemorato quella morte derelitta.

Quando i commilitoni imbambolati lo ebbero poi portato via (e, sí, lo avevano trascinato per le spalle sino alla carretta cosicché la stoppa del pupazzo era venuta fuori di nuovo), un *De Profundis* per l'anima dello sconosciuto venne aggiunto al Rosario serale; e non se ne parlò piú, la coscienza delle donne di casa essendosi rivelata soddisfatta.

Il Principe andò a grattar via un po' di lichene dai piedi della Flora e si mise a passeggiare su e giú: il sole basso proiettava immane l'ombra sua sulle aiuole funeree.

Del morto non si era parlato piú, infatti; ed alla fin dei conti, i soldati sono soldati appunto per morire in difesa del Re. L'immagine di quel corpo sbudellato riappariva però spesso nei ricordi, come per chiedere che gli si desse pace nel solo modo possibile al Principe: superando e giustificando il suo estremo patire in una necessità generale. Ed altri spettri gli stavano intorno, ancor meno attraenti di esso. Perché morire per qualcheduno o per qualche cosa, va bene, è nell'ordine; occorre però sapere o, per lo meno, esser certi che qualcuno sappia per chi o per che si è morti; questo chiedeva quella faccia deturpata; e appunto qui cominciava la nebbia.

"Ma è morto per il Re, caro Fabrizio, è chiaro," gli avrebbe risposto suo cognato Màlvica, se il Principe lo avesse interrogato, quel Màlvica scelto sempre come portavoce della folla degli amici. "Per il Re, che rappresenta l'ordine, la continuità, la decenza, il diritto, l'onore; per il Re che solo difende la Chiesa, che solo impedisce il disfacimento della proprietà, mèta ultima della *setta.*" Parole bellissime, queste, che indicavano tutto quanto era caro al Principe sino alle radici del cuore. Qualcosa però strideva ancora. Il Re, va bene. Lo conosceva bene, il Re, almeno quello che era morto da poco; l'attuale non era che un seminarista vestito da generale. E davvero non valeva molto. "Ma questo non è ragionare, Fabrizio," ribatteva Màlvica, "un singolo sovrano può non essere all'altezza, ma l'idea monarchica rimane lo stesso quella che è."

Vero anche questo; ma i Re che incarnano una idea non devono, non possono scendere, per generazioni, al disotto di un certo livello; se no, caro cognato, anche l'idea ci patisce.

Seduto su un banco se ne stava inerte a contemplare le devastazioni che Bendicò operava nelle aiuole; ogni tanto il cane rivolgeva a lui gli occhi innocenti come per chiedergli una lode per il lavoro compiuto; quattordici garofani spezzati, mezza siepe divelta, una canaletta ostruita. Sembrava davvero un cristiano. "Buono, Bendicò, vieni qui." E la bestia accorreva, gli posava le froge terrose sulla mano, ansiosa di mostrargli che la balorda interruzione del bel lavoro compiuto gli veniva perdonata.

Le udienze, le molte udienze che Re Ferdinando gli aveva concesse, a Caserta, a Capodimonte, a Portici, a Napoli, a casa del diavolo.

A fianco del ciambellano di servizio, che lo guidava chiacchierando, con la feluca sotto il braccio e le piú fresche volgarità napoletane sulle labbra, si percorrevano interminabili sale di architettura magnifica e di mobilio stomachevole (proprio come la monarchia borbonica), ci si infilava in anditi sudicetti e scalette maltenute e si sbucava in un'anticamera dove parecchia gente aspettava: facce chiuse di sbirri, facce avide di questuanti raccomandati. Il ciambellano si scusava, faceva superare l'ostacolo della gentaglia, e conduceva verso un'altra anticamera, quella riservata alla gente di Corte; un ambientino azzurro e argento dei tempi di Carlo III; e dopo una breve attesa, un servo grattava alla porta e si era ammessi alla Presenza Augusta.

Lo studio privato era piccolo e artificiosamente semplice: sulle pareti imbiancate un ritratto del Re Francesco I e uno dell'attuale Regina, dall'aspetto inacidito e collerico; al di sopra del caminetto una Madonna di Andrea del Sarto sembrava stupita di trovarsi contornata da litografie colorate rappresentanti santi di terz'ordine e santuari napoletani; su di una mensola un Bambino Gesú in cera col lumino acceso davanti; e sulla modesta scrivania, carte bianche, carte gialle, carte azzurre; tutta l'amministrazione del Regno giunta alla sua fase finale, quella della firma di Sua Maestà (D. G.).

Dietro questo sbarramento di scartoffie, il Re. Già in piedi per non essere costretto a mostrare che si alzava; il Re con il suo faccione smorto tra le fedine biondiccie, con quella giubba militare di ruvido panno da sotto la quale scaturiva la cateratta violacea dei pantaloni cascanti. Faceva un passo avanti con la destra già inclinata per il baciamano che avrebbe poi rifiutato. "Ne', Salina, beate quest'uocchie che te vedono." L'accento napoletano sorpassava di gran lunga in sapore quello del ciambellano. "Prego la Vostra Real Maestà di voler scusarmi se non indosso la divisa di Corte; sono soltanto di passaggio a Napoli; e non volevo tralasciare di venire a riverire la Vostra Persona." "Salina, tu vo' pazziare; lo sai che a Caserta sei come a casa tua." "A casa tua, sicuro," ripeteva sedendo dietro la scrivania e indugiando un attimo a far sedere l'ospite.

"E e 'ppeccerelle che fanno?" Il Principe capiva che a questo punto occorreva piazzare l'equivoco salace e bigotto insieme. "Le peccerelle, Maestà? alla mia età, e sotto il sacro vincolo del matrimonio?" La bocca del Re rideva mentre le mani riordinavano severamente le carte. "Non mi sarei mai permesso, Salina. Io domandavo d'e 'ppeccerelle toie, d'e principessine. Concetta, la cara figlioccia nostra, dev'essc granne ora, 'na signorina."

Dalla famiglia si passò alla scienza. "Tu, Salina, fai onore non solo a te stesso, ma a tutto il Regno! Gran bella cosa è la scienza, quando non si mette in testa di attaccare la religione!" Dopo, però, la maschera dell'Amico veniva posta da parte, e si assumeva quella del Sovrano Severo. "E dimmi, Salina, che si dice in Sicilia di Castelcicala?" Salina ne aveva inteso dir corna da parte regia come da parte liberale, ma non voleva tradire l'amico, si schermiva, si manteneva sulle generalità. "Gran signore, gloriosa ferita, forse un po' anziano per le fatiche della Luogotenenza." Il Re si rabbuiava: Salina non voleva far la spia. Salina quindi non valeva niente per lui. Appoggiate le mani alla scrivania, si preparava a dar congedo. "Aggio tanto lavoro; tutto il Regno riposa su queste spalle." Era tempo di dare lo zuccherino; la maschera amichevole rispuntò fuori dal cassetto: "Quanno ripassi da Napoli, Salina, vieni a far vedere Concetta alla Regina. Lo saccio, è troppo giovane pe' esse presentata a Corte, ma un pranzetto privato non ce l'impedisce nisciuno. Maccarunne e belle guaglione, come si dice. Salutamo, Salina, statte bbuono."

Una volta però il congedo era stato cattivo. Il Principe aveva già fatto il secondo inchino a ritroso quando il Re lo richiamò: "Salina, stammi a sèntere. Mi hanno detto che a Palermo hai cattive frequentazioni. Quel tuo nipote Falconeri... perché non si rimetti la testa a posto?" "Maestà, ma Tancredi non si occupa che di donne e di carte." Il Re perse la pazienza: "Salina, Salina, tu pazzii. Responsabile sei tu, il tutore. Digli ca si guardasse 'o cuollo. Salutamo."

Ripercorrendo l'itinerario fastosamente mediocre per andare a firmare sul registro della Regina, lo scoramento l'invadeva. La cordialità plebea lo aveva depresso quanto il ghigno poliziesco. Beati quei suoi amici che volevano interpretare la familiarità come amicizia, la minaccia come possanza regale. Lui non poteva. E, mentre palleggiava pettegolezzi con l'impeccabile ciambellano, andava chiedendosi chi fosse destinato a succedere a questa monarchia che aveva i segni della morte sul volto. Il Piemontese, il cosiddetto Galantuomo che faceva tanto chiasso nella sua piccola capitale fuor di mano? Non sarebbe stato lo stesso? Dialetto torinese invece che napoletano. E basta.

Si era giunti al registro. Firmava: Fabrizio Corbera, Principe di Salina.

Oppure la Repubblica di don Peppino Mazzini? "Grazie. Diventerei il signor Corbera."

E la lunga trottata del ritorno non lo calmò. Non

poté consolarlo neppure l'appuntamento già preso con Cora Danòlo.

Stando cosí le cose, che restava da fare? Aggrapparsi a quel che c'è senza far salti nel buio? Allora occorrevano i colpi secchi delle scariche, cosí come erano rintronati poco tempo fa in una squallida piazza a Palermo; ma le scariche anch'esse a cosa servivano? "Non si conchiude nulla con i pum! pum! È vero, Bendicò?"

"Ding, ding, ding," faceva invece la campanella che annunciava la cena. Bendicò correva con l'acquolina in bocca per il pasto pregustato. "Un piemontese tale e quale!" pensava Salina risalendo la scala.

La cena, a villa Salina, era servita con il fasto sbrecciato che allora era lo stile del Regno delle Due Sicilie. Il numero dei commensali (quattordici erano, fra padroni di casa, figli, governanti e precettori) bastava da solo a conferire imponenza alla tavola. Ricoperta da una rattoppata tovaglia finissima, essa splendeva sotto la luce di una potente *carsella* precariamente appesa sotto la *ninfa,* sotto il lampadario di Murano. Dalle finestre entrava ancora molta luce, ma le figure bianche sul fondo scuro delle sovrapporte, simulanti dei bassorilievi, si perdevano già nell'ombra. Massiccia l'argenteria e splendidi i bicchieri, recanti sul medaglione liscio fra i bugnati di Boemia le cifre *F. D.* (*Ferdinandus dedit*) in ricordo di una munificenza regale; ma i piatti, ciascuno segnato da una sigla illustre, non erano che dei superstiti delle stragi compiute dagli sguatteri e provenivano da servizi disparati. Quelli di formato piú grande, Capodimonte vaghissimi con la larga bordura verde-mandorla segnata da ancorette dorate, erano riservati al Principe cui piaceva avere intorno a sé ogni cosa in scala, eccetto la moglie.

Quando egli entrò in sala da pranzo tutti erano già riuniti, la Principessa soltanto seduta, gli altri in piedi dietro alle loro sedie. E davanti al suo posto, fiancheggiati da una colonna di piatti, si slargavano i fianchi argentei dell'enorme zuppiera col coperchio sormontato dal Gattopardo danzante. Il Principe scodellava lui stesso la minestra, fatica grata, simbolo delle mansioni altrici del *pater familias*. Quella sera, però, come non era avvenuto da tempo, si udí minaccioso il tinnire del mestolo contro la parete della zuppiera: segno di collera grande ancor contenuta, uno dei rumori piú spaventevoli che esistessero, come diceva ancora quaranta anni dopo un figlio sopravvissuto: il Principe si era accorto che il sedicenne Francesco Paolo non era al proprio posto. Il ragazzo entrò subito ("scusatemi, papà") e sedette. Non subí rimprovero, ma padre Pirrone che aveva piú o meno le funzioni di cane da mandria, chinò il capo e si raccomandò a Dio. La bomba non era esplosa. Ma il vento del suo passaggio aveva raggelato la tavola e la cena era rovinata lo stesso. Mentre si mangiava in silenzio, gli occhi azzurri del Principe un po' ristretti fra le palpebre semichiuse, fissavano i figli uno per uno e li ammutolivano di paura.

Invece! "Bella famiglia," pensava. Le femmine

grassocce, fiorenti di salute, con le loro fossette maliziose e, fra la fronte e il naso, quel tale cipiglio, quel marchio atavico dei Salina. I maschi sottili ma forti, con sul volto la malinconia di moda, maneggiavano le posate con sorvegliata violenza. Uno di essi mancava da due anni, quel Giovanni, il secondogenito, il piú amato, il piú scontroso. Un bel giorno era scomparso da casa e di lui non si erano avute notizie per due mesi. Finché non giunse una rispettosa e fredda lettera da Londra, nella quale si chiedeva scusa per le ansie causate, si rassicurava sulla propria salute, e si affermava, stranamente, di preferire la modesta vita di commesso in un deposito di carbone anziché l'esistenza "troppo curata" (leggi: incatenata) fra gli agi palermitani. Il ricordo, l'ansietà per il giovinetto errante nella nebbia fumosa di quella città eretica pizzicarono malvagiamente il cuore del Principe che soffrí molto. S'incupí ancora di piú.

S'incupí tanto che la Principessa, seduta accanto a lui, tese la mano infantile e carezzò la potente zampaccia che riposava sulla tovaglia. Gesto improvvido che scatenò una serie di sensazioni: irritazione per esser compianto, sensualità risvegliata ma non piú diretta verso chi l'aveva ridestata. In un lampo al Principe apparí l'immagine di Mariannina con la testa affondata nel cuscino. Alzò seccamente la voce: "Domenico," disse a un servitore, "vai a dire a don Antonio di attaccare i bai al *coupé*; scendo a Palermo subito dopo cena." Guardando gli occhi della moglie che si erano fatti vitrei si pentí di quanto aveva ordinato; ma poiché era impensabile il ritiro di una disposizione già data, insistette, unendo anzi la beffa alla crudeltà: "Padre Pirrone, venga con me; saremo di ritorno alle undici; potrà passare due ore a Casa Professa con i suoi amici."

Andare a Palermo la sera, ed in quei tempi di disordini, appariva manifestamente senza scopo, se si eccettuasse quello di un'avventura galante di basso rango; il prendere poi come compagno l'ecclesiastico di casa era offensiva prepotenza. Almeno padre Pirrone lo sentí cosí, e se ne offese; ma, naturalmente, cedette.

L'ultima nespola era stata appena ingoiata che già si udiva il rotolare della vettura sotto l'androne; mentre in sala un cameriere porgeva la tuba al Principe e il tricorno al Gesuita, la Principessa, ormai con le lacrime agli occhi, fece un ultimo tentativo, quanto mai vano: "Ma, Fabrizio, di questi tempi... con le strade piene di soldati, piene di malandrini... può succedere un guaio." Lui ridacchiò: "Sciocchezze, Stella, sciocchezze; cosa vuoi che succeda; mi conoscono tutti; uomini alti una canna ce ne sono pochi a Palermo. Addio." E baciò frettolosamente la fronte ancor liscia che era al livello del suo mento. Però, sia che l'odore della pelle della Principessa avesse richiamato teneri ricordi, sia che dietro di lui il passo penitenziale di padre Pirrone avesse evocato ammonimenti pii, quando giunse dinanzi al *coupé* si trovò di nuovo sul punto di disdire la gita. In quel momento, mentre apriva la bocca per dire di rientrare in scuderia, un violento grido: "Fabrizio, Fabrizio mio!", giunse dalla finestra di sopra, seguito da strida acutissime. La Principessa aveva una delle sue crisi isteriche. "Avanti," disse al cocchiere che se ne stava a cassetta con la frusta in diagonale sul ventre. "Avanti, andiamo a Palermo a lasciare il Reverendo a Casa Professa." E sbatté lo sportello prima che il cameriere potesse chiuderlo.

Non era ancora notte e, incassata fra le alte mura, la strada si dilungava bianchissima. Appena usciti dalla proprietà Salina si scorgeva a sinistra la villa semidiruta dei Falconeri, appartenente a Tancredi, suo nipote e pupillo. Un padre scialacquatore, marito della sorella del Principe, aveva dissipato tutta la sostanza ed era poi morto. Era stata una di quelle rovine totali durante le quali si fa fondere financo l'argento dei galloni delle livree; ed alla morte della madre il Re aveva conferito la tutela del nipote, allora quattordicenne, allo zio Salina. Il ragazzo, prima quasi ignoto, era divenuto carissimo all'irritabile Principe che scorgeva in lui un'allegria riottosa, un temperamento frivolo a tratti contradetto da improvvise crisi di serietà. Senza confessarlo a sé stesso, avrebbe preferito aver lui, come primogenito, anziché quel buon babbeo di Paolo. Adesso, a ventun anni, Tancredi si dava bel tempo con i quattrini che il tutore non gli lesinava rimettendoci anche di tasca propria. "Quel ragazzaccio, chissà cosa sta combinando per ora," pensava il Principe mentre si rasentava villa Falconeri cui l'enorme bougainvillea che faceva straripare oltre il cancello le proprie cascate di seta episcopale conferiva nell'oscurità un aspetto abusivo di fasto.

"Chissà cosa sta combinando." Perché Re Ferdinando, quando aveva parlato delle cattive frequentazioni del giovanotto, aveva fatto male a dirlo ma aveva avuto, nei fatti, ragione. Preso in una rete di amici giocatori, di amiche, come si diceva, "scondottate," che la sua esile attrattiva dominava, Tancredi era giunto al punto di aver simpatie per la "setta," relazioni con il Comitato Nazionale segreto; forse prendeva anche dei quattrini da lí, come ne prendeva d'altronde dalla Cassetta Reale. E c'era voluto del bello e del buono, c'erano volute visite sue a Castelcicala scettico ed a Maniscalco troppo cortese per evitare al ragazzo un brutto guaio dopo il Quattro Aprile. Non era bello tutto ciò; d'altra parte Tancredi non poteva aver mai torto per lo zio; la colpa vera quindi era dei tempi, di questi tempi sconclusionati durante i quali un giovanotto di buona famiglia non era libero di fare una partita a faraone senza inciampare in amicizie compromettenti. Brutti tempi.

"Brutti tempi, Eccellenza." La voce di padre Pirrone risuonò come un'eco dei suoi pensieri. Compresso in un cantuccio del *coupé,* premuto dalla massa del Principe, soggiogato dalla prepotenza del Principe, il Gesuita soffriva nel corpo e nella coscienza, e, uomo non mediocre com'era, trasferiva subito le proprie pene effimere nel mondo durevole della storia. "Guardi, Eccellenza," e additava i monti scoscesi della Conca d'Oro ancor chiari in quest'ultimo crepuscolo. Ai loro fianchi e sulle cime ardevano diecine di fuochi, i falò che le squadre ribelli accendevano ogni notte, silenziosa minaccia alla città regia e conventuale. Sembravano quelle luci che si vedono ardere nelle camere degli ammalati gravi durante le estreme nottate.

"Vedo, Padre, vedo," e pensava che forse Tancredi era attorno a uno di quei fuochi malvagi ad attizzare con le mani aristocratiche la brace che ardeva appunto per svalutare le mani di quella sorta. "Veramente sono un bel tutore, col pupillo che fa qualsiasi sciocchezza gli passi per la testa."

La strada adesso era in leggera discesa e si vedeva Palermo vicinissima completamente al buio. Le sue case basse e serrate erano oppresse dalle smisurate moli dei conventi. Di questi ve ne erano diecine, tutti immani, spesso associati in gruppi di due o di tre, conventi di uomini e di donne, conventi ricchi e conventi poveri, conventi nobili e conventi plebei, conventi di gesuiti, di benedettini, di francescani, di cappuccini, di carmelitani, di liguorini, di agostiniani... Smunte cupole dalle curve incerte simili a seni svuotati di latte si alzavano ancora piú alte; ma erano essi, i conventi, a conferire alla città la cupezza sua e il suo carattere, il suo decoro, ed insieme il senso di morte che neppure la frenetica luce siciliana riusciva mai a disperdere. A quell'ora poi, a notte quasi chiusa, essi erano i despoti del panorama. Ed era contro di essi che in realtà erano accesi i fuochi delle montagne, attizzati del resto da uomini assai simili a quelli che nei conventi vivevano, fanatici come essi, chiusi come essi, come essi avidi di potere, cioè, com'è l'uso, di ozio.

Questo pensava il Principe, mentre i bai procedevano al passo nella discesa; pensieri in contrasto con la sua essenza veritiera, partoriti dall'ansia sulla sorte di Tancredi e dallo stimolo sensuale che lo induceva a rivoltarsi contro le costrizioni che i conventi incarnavano.

Adesso infatti la strada attraversava gli aranceti in fiore, e l'aroma nuziale delle zagare annullava ogni cosa come il plenilunio annulla un paesaggio: l'odore dei cavalli sudati, l'odore di cuoio delle imbottiture della carrozza, l'odor di Principe e l'odor di Gesuita, tutto era cancellato da quel profumo islamico che evocava urí e carnali oltretomba.

Padre Pirrone ne fu commosso anche lui. "Che bel paese sarebbe questo, Eccellenza, se..." "Se non vi fossero tanti gesuiti," pensò il Principe che dalla voce del prete aveva avuto interrotti presagi dolcissimi. E subito si pentí della villania non consumata, e con la grossa mano batté sul tricorno del vecchio amico.

All'ingresso dei sobborghi della città, a villa Airoldi, una pattuglia fermò la vettura. Voci pugliesi, voci napoletane intimarono l'alt, smisurate baionette balenarono sotto l'oscillante luce di una lanterna; ma un sottufficiale riconobbe presto il Principe, che se ne stava con la tuba sulle ginocchia. "Scusate, Eccellenza, passate." Ed anzi fece salire a cassetta un soldato perché non venisse disturbato dagli altri posti di blocco. Il *coupé* appesantito andò piú lento, contornò villa Ranchibile, oltrepassò Torrerosse e gli orti di Villafranca, entrò in città per Porta Maqueda. Al Caffè Romeres ai Quattro Canti di Campagna gli ufficiali dei reparti di guardia ridevano e sorbivano granite enormi. Ma fu il solo segno di vita della città: le strade erano deserte, risonanti solo del passo cadenzato delle ronde che andavano passando con le bandoliere bianche incrociate sul petto. Ed ai lati il basso continuo dei conventi, la Badia del Monte, le Stimmate, i Crociferi, i Teatini, pachidermici, neri come la pece, immersi in un sonno che rassomigliava al nulla.

"Fra due ore ripasserò a prendervi, Padre. Buone orazioni."

Ed il povero Pirrone bussò confuso alla porta del convento, mentre il *coupé* si allontanava per i vicoli.

Lasciata la vettura al palazzo, il Principe si diresse a piedi là dove era deciso ad andare. La strada era breve, ma il quartiere malfamato. Soldati in completo equipaggiamento, cosicché si capiva subito che si erano allontanati furtivamente dai reparti bivaccanti nelle piazze, uscivano con gli occhi smerigliati dalle casette basse sui cui gracili balconi una pianta di basilico spiegava la facilità con la quale erano entrati. Giovinastri sinistri dai larghi calzoni litigavano nelle tonalità basse dei siciliani arrabbiati. Da lontano giungeva l'eco di schioppettate sfuggite a sentinelle nervose. Superata questa contrada, la strada costeggiò la Cala: nel vecchio porto peschereccio le barche dondolavano semiputride, con l'aspetto desolato di cani rognosi.

"Sono un peccatore, lo so, doppiamente peccatore, dinanzi alla legge divina e dinanzi all'affetto umano di Stella. Non vi è dubbio, e domani mi confesserò a padre Pirrone." Sorrise dentro di sé pensando che forse sarebbe stato superfluo, tanto sicuro doveva essere il Gesuita dei suoi trascorsi di oggi. Poi lo spirito di arzigogolío riprese il sopravvento:

"Pecco, è vero, ma pecco per non peccare piú oltre, per non continuare ad eccitarmi, per strapparmi questa spina carnale, per non esser trascinato in guai maggiori. Questo il Signore lo sa." Fu sopraffatto da un intenerimento verso sé stesso. "Sono un pover'uomo debole," pensava mentre il passo poderoso comprimeva l'acciottolato sudicio, "sono debole e non sostenuto da nessuno. Stella! si fa presto a dire! il Signore sa se la ho amata: ci siamo sposati a vent'anni. Ma lei adesso è troppo prepotente, troppo anziana anche." Il senso di debolezza gli era passato. "Sono un uomo vigoroso ancora; e come fo ad accontentarmi di una donna che, a letto, si fa il segno della croce prima di ogni abbraccio, e che, dopo, nei momenti di maggiore emozione, non sa dire che: 'Gesummaria!' Quando ci siamo sposati, quando aveva sedici anni, tutto ciò mi esaltava; ma adesso... sette figli ho avuto con lei, sette; e non ho mai visto il suo ombelico. È giusto questo?" Gridava quasi, eccitato dalla sua eccentrica angoscia. "È giusto? Lo chiedo a voi tutti!" E si rivolgeva al portico della Catena. "La peccatrice è lei!"

Questa rassicurante scoperta lo confortò e bussò deciso alla porta di Mariannina.

Due ore dopo era già in *coupé* sulla via del ritorno insieme con padre Pirrone. Questi era emozionato: i suoi confratelli lo avevano messo a giorno della situazione politica che era molto piú tesa di quanto non apparisse nella calma distaccata di villa Salina. Si temeva uno sbarco dei piemontesi nel sud dell'isola, dalle parti di Sciacca; e le autorità avevano notato nel popolo un muto fermento: la teppa cittadina aspettava il primo segno di affievolimento del potere; voleva buttarsi al saccheggio ed allo stupro. I Padri erano allarmati e tre di essi, i piú vecchi, erano stati fatti partire per Napoli, col "pacchetto" del pomeriggio, recando con sé le carte del convento. "Il Signore ci protegga, e risparmi questo Regno santissimo."

Il Principe lo ascoltava appena, immerso com'era in una serenità sazia, maculata di ripugnanza. Mariannina lo aveva guardato con grossi occhi opachi di contadina, non si era rifiutata a niente, si era mostrata umile e servizievole. Una specie di Bendicò in sottanino di seta. In un attimo di particolare deliquescenza, le era anche occorso di esclamare: "Principone!" Lui ne sorrideva ancora, soddisfatto. Meglio questo, certo, che i "*mon chat*" od i "*mon singe blond*" che rivelavano i momenti omologhi di Sarah, la sgualdrinella parigina che aveva frequentato tre anni fa, quando per il Congresso di Astronomia gli avevano consegnato in Sorbona la medaglia d'oro. Meglio di "*mon chat,*" senza dubbio; molto meglio poi di "Gesummaria"; niente sacrilegio, almeno. Era una buona figliola, Mariannina: le avrebbe portato tre canne di seta ponzò, la prossima volta che sarebbe andato da lei.

Ma che tristezza, anche: quella carne giovane troppo maneggiata, quella impudicizia rassegnata; e lui stesso, che cosa era? un porco, e niente altro. Gli ritornò in mente un verso che aveva letto per caso in una libreria di Parigi, sfogliando un volume di non sapeva piú chi, di uno di quei poeti che la Francia sforna e dimentica ogni settimana. Rivedeva la colonna giallo-limone degli esemplari invenduti, la pagina, una pagina dispari, e riudiva i versi che stavano lí a conchiudere una poesia strampalata:

...donnez-moi la force et le courage
de contempler mon cœur et mon corps sans dégoût.

E mentre padre Pirrone continuava ad occuparsi di un certo La Farina e di un certo Crispi, il "Principone" si addormentò, in una sorta di disperata euforia, cullato dal trotto dei bai, sulle cui natiche grasse i lampioncini della vettura facevano oscillare la luce. Si risvegliò alla svolta dinanzi alla villa Falconeri. "Quello lí pure, un bel tipo, che attizza la brace che lo divorerà."

Quando si trovò nella camera matrimoniale, il vedere la povera Stella con i capelli ben ravviati sotto la cuffietta, dormire sospirando nel grandissimo, altissimo letto di rame, lo commosse ed intenerí: "Sette figli mi ha dato, ed è stata mia soltanto." Un odore di valeriana vagava per la camera, ultima vestigie della crisi isterica: "Povera Stelluccia mia," si rammaricava scalando il letto. Le ore passarono e non poteva dormire: Dio, con la mano possente, mescolava nei suoi pensieri tre fuochi: quello delle carezze di Mariannina, quello dei versi francesi, quello iracondo dei roghi sui monti.

Verso l'alba, però, la Principessa ebbe occasione di farsi il segno della croce.

La mattina dopo il sole illuminò il Principe rinfrancato. Aveva preso il caffè ed in veste da camera rossa fiorata di nero si radeva dinanzi allo specchietto. Bendicò poggiava il testone pesante sulla sua pantofola. Mentre si radeva la guancia destra, vide nello specchio, dietro la sua, la faccia di un giovanotto, un volto magro, distinto, con un'espressione di timorosa beffa. Non si voltò, e continuò a radersi. "Tancredi, cosa hai combinato la notte scorsa?" "Buongiorno, zio. Cosa ho combinato? Niente di niente: sono stato con gli amici. Una notte santa. Non come certe conoscenze mie che sono state a divertirsi a Palermo." Il Principe si applicò a radere bene quel tratto di pelle difficoltoso fra labbro e mento. La voce leggermente nasale del nipote portava una tale carica di brio giovanile che era impossibile arrabbiarsi; sorprendersi, però, poteva forse esser lecito. Si voltò e con l'asciugamani sotto il mento guardò il nipote. Era in tenuta da caccia, giubba attillata e gambaletti alti. "E chi erano queste conoscenze, si può sapere?" "Tu zione, tu. Ti ho visto con questi occhi, al posto di blocco di villa Airoldi, mentre parlavi col sergente. Belle cose, alla tua età! e in compagnia di un reverendissimo! I ruderi libertini!" Era davvero troppo insolente. Credeva di poter permettersi tutto. Attraverso le strette fessure delle palpebre gli occhi azzurro-torbido, gli occhi di sua madre, i suoi stessi occhi lo fissavano ridenti. Il Principe si sentí offeso: questo qui veramente non sapeva a che punto fermarsi, ma non aveva l'animo di rimproverarlo; del resto aveva ragione lui. "Ma perché sei vestito cosí? Cosa c'è? Un ballo in maschera di mattina?" Il ragazzo era diventato serio: il suo volto triangolare assunse una inaspettata espressione virile. "Parto, zione, parto fra un'ora. Sono venuto a dirti addio." Il povero Salina si sentí stringere il cuore. "Un duello?" "Un grande duello, zio. Un duello con Franceschiello Dio Guardi. Vado nelle montagne a Ficuzza; non lo dire a nessuno, sopratutto non a Paolo. Si preparano grandi cose, zio, ed io non voglio restare a casa. Dove del resto mi acchiapperebbero subito se vi restassi." Il Principe ebbe una delle sue solite visioni improvvise: una scena crudele di guerriglia, schioppettate nei boschi, ed il suo Tancredi per terra, sbudellato come quel disgraziato soldato. "Sei pazzo, figlio mio. Andare a mettersi con quella gente. Sono tutti mafiosi e imbroglioni. Un Falconeri dev'essere con noi, per il Re." Gli occhi ripresero a sorridere. "Per il Re, certo, ma per quale Re?" Il ragazzo ebbe uno di quei suoi accessi di serietà che lo rendevano impenetrabile e caro. "Se non ci siamo anche noi, quelli ti combinano la repubblica. Se vogliamo che tutto rimanga come è, bisogna che tutto cambi. Mi sono spiegato?" Abbracciò lo zio un po' commosso. Arrivederci a presto. Ritornerò col tricolore." La retorica degli amici aveva stinto un po' anche su suo nipote; eppure no, nella voce nasale vi era un accento che smentiva l'enfasi. Che ragazzo! Le sciocchezze e nello stesso tempo il diniego delle sciocchezze. E quel suo Paolo che in quel momento stava certo a sorvegliare la digestione di Guiscardo! Questo era il figlio suo vero. Il Principe si alzò in fretta, si strappò l'asciugamani dal collo, frugò in un cassetto. "Tancredi, Tancredi, aspetta!" Corse dietro il nipote, gli mise in tasca un rotolino di onze d'oro, gli premette la spalla. Quello rideva. "Sussidi la rivoluzione, adesso! Ma grazie, zione, a presto; e tanti abbracci alla zia." E si precipitò giú per le scale.

Venne richiamato Bendicò che inseguiva l'amico riempiendo la villa di urla gioiose, la rasatura fu completata, il viso lavato. Il cameriere venne a calzare e vestire il Principe. "Il tricolore! Bravo, il tricolore! Si riempiono la bocca con queste parole, i bricconi. E che cosa significa questo segnacolo geometrico, questa scimmiottatura dei francesi, cosí brutto in confronto alla nostra bandiera candida con al centro l'oro gigliato dello stemma? E che cosa può far loro sperare quest'accozzaglia di colori stridenti?" Era il momento di avvolgersi attorno al collo il monumentale cravattone di raso nero. Operazione difficile durante la quale i pensieri politici era bene venissero sospesi. Un giro, due giri, tre giri. Le grosse dita delicate componevano le pieghe, spianavano gli sbuffi, appuntavano sulla seta la testina di Medusa con gli occhi di rubino. " Un *gilé* pulito. Non vedi che questo è macchiato?" Il cameriere si sollevò sulla punta dei piedi per infilare la *redingote* di panno marrone; gli porse il fazzoletto con le tre gocce di bergamotto. Le chiavi, l'orologio con catena, il denaro se li mise in tasca da sé. Si guardò allo specchio: non c'era da dire: era ancora un bell'uomo. "Rudere libertino! Scherza pesante quel Tancredi! Vorrei vederlo alla mia età, quattro ossa incatenate come è lui!"

Il passo vigoroso faceva tinnire i vetri dei saloni che attraversava. La casa era serena, luminosa e ornata; sopratutto era sua. Scendendo le scale, capí. "Se vogliamo che tutto rimanga com'è..." Tancredi era un grand'uomo: lo aveva sempre pensato.

Le stanze dell'Amministrazione erano ancora deserte, silenziosamente illuminate dal sole attraverso le persiane chiuse. Benché fosse quello il luogo della villa nel quale si compissero le maggiori frivolità, il suo aspetto era di austerità pacata. Dalle pareti a calce si riflettevano sul pavimento, tirato a cera, gli enormi quadri rappresentanti i feudi di casa Salina: spiccanti a colori vivaci dentro le cornici nere e oro si vedeva Salina, l'isola dalle montagne gemelle, attorniate da un mare tutto trine di spuma, sul quale galere imbandierate caracollavano; Querceta con le sue case basse attorno alla tozza Chiesa Madre verso la quale procedevano gruppi di pellegrini azzurrognoli; Ragattisi stretto fra le gole dei monti; Argivocale minuscolo nella smisuratezza della pianura frumentaria cosparsa da contadini operosi; Donnafugata con il suo palazzo barocco, mèta di cocchi scarlatti, di cocchi verdini, di cocchi dorati, carichi a quanto sembrava di femmine di bottiglie e di violini; molti altri ancora, tutti protetti dal cielo terso e rassicurante, dal Gattopardo sorridente fra i lunghi mustacchi. Ognuno festoso, ognuno desideroso di esprimere l'illuminato imperio, sia "misto" che "mero," di casa Salina. Ingenui capolavori di arte rustica del secolo scorso; inatti però a delimitare confini, a precisare aree, redditi; cose che infatti rimanevano ignote. La ricchezza nei molti secoli di esistenza si era mutata in ornamento, in lusso, in piaceri; soltanto in questo; l'abolizione dei diritti feudali aveva decapitato gli obblighi insieme ai privilegi; la ricchezza, come un vino vecchio, aveva lasciato cadere in fondo alla botte le fecce della cupidigia, delle cure, anche quelle della prudenza, per conservare soltanto l'ardore e il colore. Ed a questo modo finiva con l'annullare sé stessa: questa ricchezza che aveva realizzato il proprio fine era composta soltanto di oli essenziali e, come gli oli essenziali, evaporava in fretta. E di già alcuni di quei feudi tanto festosi nei quadri avevano preso il volo e permanevano soltanto nelle tele variopinte e nei nomi. Altri sembravano quelle rondini settembrine ancor presenti ma di già radunate stridenti sugli alberi, pronte a partire. Ma ve ne erano tanti; sembrava non potessero mai finire.

Malgrado ciò, la sensazione provata dal Principe entrando nel proprio studio fu, come sempre, sgradevole. Nel centro della stanza torreggiava una scrivania con diecine di cassetti, nicchie, incavi, ripostigli e piani ribaltabili: la sua mole di legno giallo a intarsi neri era scavata e truccata come un palcoscenico, piena di trappole, di piani scorrevoli, di accorgimenti di segretezza che nessuno sapeva piú far funzionare tranne i ladri. Era coperta di carte e, benché la previdenza del Principe avesse avuto cura che buona parte di esse si riferisse alle atarassiche regioni dominate dall'astronomia, quel che avanzava era sufficiente a riempire di disagio il cuore principesco. Gli tornò in mente ad un tratto la scrivania di Re Ferdinando a Caserta, anch'essa ingombra di pratiche e di decisioni da prendere, con le quali ci si potesse illudere d'influire sul torrente delle sorti che invece fluiva per conto suo, in un'altra vallata.

Salina pensò a una medicina scoperta da poco negli Stati Uniti d'America, che permetteva di non soffrire durante le operazioni piú gravi, di rimanere sereni fra le sventure. Morfina lo avevano chiamato, questo rozzo sostituto chimico dello stoicismo antico, della rassegnazione cristiana. Per il povero Re l'amministrazione fantomatica teneva luogo di morfina; lui, Salina, ne aveva una di piú eletta composizione: l'astronomia. E cacciando le immagini di Ragattisi perduto o di Argivocale oscillante, si tuffò nella lettura del piú recente numero del *Journal des savants*. "*Les dernières observations de l'Observatoire de Greenwich présentent un intérêt tout particulier...*"

Dovette esiliarsi presto però da quei gelidi regni stellari. Entrò don Ciccio Ferrara, il contabile. Era un ometto asciutto che nascondeva l'anima illusa e rapace di un liberale dietro occhiali rassicuranti e cravattini immacolati. Quella mattina era piú arzillo del consueto: appariva chiaro che quelle stesse notizie che avevano depresso padre Pirrone avevano agito su di lui come un cordiale. "Tristi tempi, Eccellenza," disse dopo gli ossequi rituali: "stanno per succedere grossi guai, ma dopo un po' di trambusto e di sparatorie tutto andrà per il meglio; e nuovi tempi gloriosi verranno per la nostra Sicilia; non fosse che tanti figli di mamma ci rimetteranno la pelle, non potremmo che essere contenti." Il Principe grugniva senza esprimere una opinione. "Don Ciccio," disse poi, "bisogna mettere un po' di ordine nella esazione dei canoni di Querceta; son due anni che non si vede un quattrino." "La contabilità è a posto, Eccellenza." Era la frase magica. "Occorre soltanto scrivere a don Angelo Mazza di eseguire le procedure; sottoporrò oggi stesso la lettera alla vostra firma." E se ne andò a rimestare fra gli enormi registri. In essi con due anni di ritardo erano minutamente calligrafati tutti i conti di Casa Salina, tranne quelli davvero importanti. Rimasto solo, il Principe ritardò il suo tuffo nelle nebulose. Era irritato non già contro gli avvenimenti in sé stessi, ma contro la stupidaggine di don Ciccio nel quale aveva di un subito identificato la classe che sarebbe divenuta dirigente. "Quel che dice il buon uomo è proprio l'opposto della verità. Compiange i figli di mamma che creperanno, e questi saranno invece molto pochi, se conosco il carattere dei due avversari; proprio non uno di piú di quanto sarà necessario alla compilazione di un bollettino di vittoria, a Napoli o a Torino che è poi lo stesso. Credo invece ai tempi 'gloriosi per la nostra Sicilia,' come si esprime lui; cosa che ci è stata promessa in occasione di ognuno dei mille sbarchi, da Nicia in poi, e che non è mai successa. E, del resto, perché avrebbe dovuto succedere? E allora che cosa avverrà? Mah. Trattative punteggiate da schioppettate innocue, e, dopo, tutto sarà lo stesso mentre tutto sarà cambiato." Gli erano tornate in mente le parole ambigue di Tancredi che adesso però comprendeva a fondo. Si rassicurò e tralasciò di sfogliare la rivista. Guardava i fianchi di monte Pellegrino arsicci, scavati ed eterni come la miseria.

Poco dopo venne Russo, l'uomo che il Principe trovava piú significativo fra i suoi dipendenti. Svelto, ravvolto non senza eleganza nella *bunaca* di velluto rigato, con gli occhi avidi al di sotto di una fronte senza rimorsi, era per lui la perfetta espressione di un ceto in ascesa. Ossequioso del resto, e quasi sinceramente affettuoso poiché compiva le proprie ruberie convinto di esercitare un diritto. "Immagino quanto Vostra Eccellenza sarà seccato per la partenza del signorino Tancredi; ma la sua assenza non durerà molto, ne sono sicuro, e tutto andrà a finire bene." Ancora una volta il Principe si trovò di fronte ad uno degli enigmi siciliani; in questa isola segreta, dove le case sono sbarrate e i contadini dicono di ignorare la via per andare al paese nel quale vivono e che si vede lí sul colle a cinque minuti di strada, in quest'isola, malgrado il suo ostentato lusso di mistero, la riservatezza è un mito.

Accennò a Russo di sedere, lo guardò fisso negli occhi: "Pietro, parliamoci da uomo a uomo. Tu pure sei immischiato in queste faccende?" Immischiato non era, rispondeva, era padre di famiglia e questi rischi son roba da giovinotti come il signorino Tancredi. "S'immagini se nasconderei qualcosa a Vostra Eccellenza, che è come mio padre." (Intanto, tre mesi fa, aveva nascosto nel suo magazzino trecento ceste di limoni del Principe, e sapeva che il Principe lo sapeva.) "Ma debbo dire che il mio cuore è con loro, con i ragazzi arditi." Si alzò per lasciare entrare Bendicò che faceva tremare la porta sotto il proprio impeto amichevole. Si risedé. "Vostra Eccellenza lo sa; non se ne può piú: perquisizioni, interrogatori, scartoffie per ogni cosa, uno sbirro a ogni cantone di casa; un galantuomo non è libero di badare ai fatti propri. Dopo, invece, avremo la libertà, la sicurezza, tasse piú leggere, la facilità, il commercio. Tutti staremo meglio; i preti solo ci perderanno. Il Signore protegge i poveretti come me, non loro." Il Principe sorrise: sapeva che era proprio lui, Russo, che attraverso interposta persona desiderava comprare Argivocale. "Ci saranno giorni di sparatorie e di trambusti, ma villa Salina sarà sicura come una rocca; Vostra Eccellenza è il nostro padre, ed io ho tanti amici qui. I Piemontesi entreranno solo col cappello in mano per riverire le Eccellenze Vostre. E poi, lo zio e tutore di don Tancredi!" Il Principe si sentiva umiliato: adesso si vedeva disceso al rango di protetto degli amici di Russo; il suo solo merito, a quanto sembrava, era quello di essere zio di quel moccioso di Tancredi. "Fra una settimana andrà a finire che avrò la vita salva perché tengo in casa Bendicò." Stropicciava un orecchio del cane fra le dita con tanta forza che la povera bestia guaiva, onorata, senza dubbio, ma sofferente.

Poco dopo, alcune parole di Russo diedero sollievo al Principe. "Tutto sarà meglio, mi creda, Eccellenza. Gli uomini onesti e abili potranno farsi avanti. Il resto sarà come prima." Questa gente, questi liberalucoli di campagna volevano soltanto avere il modo di approfittare piú facilmente. Punto e basta.

Le rondini avrebbero preso il volo piú presto, ecco tutto. Del resto, ce n'erano ancora tante nel nido.

"Forse hai ragione tu. Chi lo sa?" Adesso aveva penetrato tutti i riposti sensi: le parole enigmatiche di Tancredi, quelle retoriche di Ferrara, quelle false ma rivelatrici di Russo, avevano ceduto il loro rassicurante segreto. Molte cose sarebbero avvenute, ma tutto sarebbe stato una commedia; una rumorosa, romantica commedia con qualche macchiolina di sangue sulla veste buffonesca. Questo era il paese degli accomodamenti, non c'era la furia francese; anche in Francia d'altronde, se si eccettua il giugno del quarantotto, quando mai era successo qualcosa di serio? Aveva voglia di dire a Russo, ma la innata cortesia lo trattenne: "Ho capito benissimo: voi non volete distruggere noi, i vostri 'padri.' Volete soltanto prendere il nostro posto. Con dolcezza, con buone maniere, mettendoci magari in tasca qualche migliaio di ducati. È cosí? Tuo nipote, caro Russo, crederà sinceramente di essere barone; e tu diventerai, che so io, il discendente di un granduca di Moscovia, mercé il tuo nome, anziché il figlio di un cafone di pelo rosso, come proprio quel nome rivela. E tua figlia, già prima, avrà sposato uno di noi, magari anche questo stesso Tancredi, con i suoi occhi azzurri e le sue mani dinoccolate. Del resto, è bella, e una volta che avrà imparato a lavarsi... 'Perché tutto resti com'è.' Come è, in fondo: soltanto una inavvertibile sostituzione di ceti. Le mie chiavi dorate di gentiluomo di camera, il cordone ciliegia di S. Gennaro, dovranno restare nel cassetto, e dopo finiranno in una vetrina del figlio di Paolo;

ma i Salina rimarranno i Salina; e magari qualche compenso lo avranno: il Senato di Sardegna, il nastro pistacchio di S. Maurizio. Ciondoli questi, ciondoli quelli."

Si alzò: "Pietro, parla con i tuoi amici. Qui ci sono tante ragazze. Bisogna che non si spaventino." "Ero sicuro, Eccellenza; ho di già parlato: villa Salina sarà tranquilla come una badia." E sorrise, bonariamente ironico.

Don Fabrizio uscí seguito da Bendicò; voleva salire a trovare padre Pirrone, ma lo sguardo supplichevole del cane lo costrinse invece ad andare in giardino; Bendicò infatti conservava esaltati ricordi del bel lavoro della sera prima e voleva compirlo a buona regola d'arte. Il giardino era ancor piú odoroso di ieri; e sotto il sole mattutino l'oro della gaggia stonava meno. "Ma i Sovrani, i Sovrani nostri? E la legittimità dove va a finire?" Il pensiero lo turbò un momento, non si poteva eludere. Per un attimo fu come Màlvica. Questi Ferdinandi, questi Franceschi tanto disprezzati, gli apparvero come dei fratelli maggiori, fiduciosi, affettuosi, giusti, dei veri re. Ma le forze di difesa della calma interiore, tanto vigili nel Principe, accorrevano già in aiuto, con la moschetteria del giure, con l'artiglieria della Storia. "E la Francia? Non è forse illegittimo Napoleone III? E non vivono forse felici i Francesi sotto questo Imperatore illuminato, che li condurrà certo ai piú alti destini? Del resto, intendiamoci bene. Carlo III, lui, era forse perfettamente a posto? Anche la battaglia di Bitonto fu una specie di quella battaglia di Bisacquino o di Corleone o di che so io, nella quale i Piemontesi prenderanno a scoppole i nostri; una di quelle battaglie combattute affinché tutto rimanga come è. Del resto, neppure Giove era il legittimo re dell'Olimpo."

Era ovvio che il colpo di Stato di Giove contro Saturno dovesse richiamare le stelle alla sua memoria.

Lasciò Bendicò affannato dal proprio dinamismo, risalí la scala, traversò i saloni nei quali le figlie parlavano delle amiche del Salvatore (al suo passaggio la seta delle sottane frusciò mentre le ragazze si alzavano), salí una lunga scaletta e sboccò nella grande luce azzurra dell'Osservatorio. Padre Pirrone, con l'aspetto sereno del sacerdote che ha detto la messa e preso il caffè forte con i biscotti di Monreale, sedeva ingolfato nelle sue formule algebriche. I due telescopi e i tre cannocchiali, accecati dal sole, stavano accucciati buoni buoni, col tappo nero sull'oculare, come bestie ben avvezze che sapessero come il loro pasto vien dato soltanto la sera.

La vista del Principe sottrasse il Padre ai suoi calcoli e gli riportò a mente la brutta figura della sera prima. Si alzò, salutò ossequioso, ma non poté fare a meno di dire: "Vostra Eccellenza viene a confessarsi?" Il Principe, cui il sonno e le conversazioni della mattinata avevano fatto dimenticare l'episodio notturno, si stupí. "Confessarmi? Ma non è sabato, oggi." Poi ricordò e sorrise: "Veramente, Padre, non ce ne sarebbe neppure bisogno. Sapete già tutto." Questa insistenza nell'imposta complicità irritò il

Gesuita. "Eccellenza, l'efficacia della confessione non sta solo nel raccontare i fatti, ma nel pentirsi di quanto si sia commesso di male. E finché non lo farete e non lo avrete dimostrato a me, resterete in peccato mortale, che io conosca o no le vostre azioni." Meticoloso soffiò via un peluzzo dalla propria manica e si rituffò nelle astrazioni.

Tale era la quiete che le scoperte politiche della mattinata avevano instaurato nell'anima del Principe, che egli non fece altro che sorridere di ciò che in altro momento gli sarebbe apparsa insolenza. Aprí una delle finestre della torretta. Il paesaggio ostentava tutte le proprie bellezze. Sotto il lievito del forte sole ogni cosa sembrava priva di peso: il mare, in fondo, era una macchia di puro colore, le montagne che la notte erano apparse temibilmente piene di agguati, sembravano ammassi di vapori sul punto di dissolversi, e la torva Palermo stessa si stendeva acquetata attorno ai conventi come un gregge al piede dei pastori. Nella rada le navi straniere all'ancora, inviate in previsione di torbidi, non riuscivano ad immettere un senso di timore nella calma maestosa. Il sole, che tuttavia era ben lontano dalla massima sua foga in quella mattina del 13 maggio, si rivelava come l'autentico sovrano della Sicilia: il sole violento e sfacciato, il sole narcotizzante anche, che annullava le volontà singole e manteneva ogni cosa in una immobilità servile, cullata in sogni violenti, in violenze che partecipavano dell'arbitrarietà dei sogni.

"Ce ne vorranno di Vittorî Emanueli per mutare questa pozione magica che ci viene versata."

Padre Pirrone si era alzato, aveva raggiustato la propria cintura, e si era diretto verso il Principe con la mano tesa: "Eccellenza, sono stato troppo brusco. Conservatemi la vostra benevolenza, ma, date retta a me, confessatevi."

Il ghiaccio era rotto. Ed il Principe poté informare padre Pirrone delle proprie intuizioni politiche. Il Gesuita però rimase ben lontano dal condividere il sollievo di lui. Anzi ridiventò pungente: "In poche parole, voi signori vi mettete d'accordo coi liberali, che dico coi liberali, coi massoni addirittura, a nostre spese, a spese della Chiesa. Perché è chiaro che i nostri beni, quei beni che sono il patrimonio dei poveri, saranno arraffati e malamente divisi fra i caporioni piú impudenti; e chi, dopo, sfamerà le moltitudini di infelici che ancora oggi la Chiesa sostenta e guida?" Il Principe taceva. "Come si farà allora per placare quelle turbe disperate? Ve lo dirò subito, Eccellenza. Si getterà loro in pasto prima una parte, poi una seconda ed alla fine l'intero delle vostre terre. E cosí Dio avrà compiuto la Sua Giustizia, sia pure per tramite dei massoni. Il Signore guariva i ciechi del corpo; ma i ciechi di spirito dove finiranno?"

L'infelice Padre aveva il fiato grosso: un sincero dolore per il previsto sperpero del patrimonio della Chiesa si univa in lui al rimorso per essersi di nuovo lasciato trascinare, al timore di offendere il Principe, cui voleva bene e del quale aveva sperimentato le collere rumorose ma anche l'indifferente bontà. Sedeva quindi guardingo e sogguardava don Fabrizio che con uno spazzolino ripuliva i congegni di un cannocchiale e sembrava assorto nella meticolosa sua attività. Dopo un po' si alzò, si nettò a lungo le mani con uno straccetto; il volto era privo di qualsiasi espressione, i suoi occhi chiari sembravano intenti soltanto a rintracciare qualche macchiolina di grasso rifugiatasi alla radice delle unghie. Giú, intorno alla villa, il silenzio luminoso era profondo, signorile all'estremo; sottolineato piú che disturbato da un lontanissimo abbaiare di Bendicò che insolentiva il cane del giardiniere in fondo all'agrumeto, e dal battere ritmico, sordo, del coltellaccio di un cuoco che sul tagliere, laggiú in cucina, tritava della carne per il pranzo non lontano. Il gran sole aveva assorbito la turbolenza degli uomini quanto l'asprezza della terra. Il Principe poi si avvicinò al tavolo del Padre, sedette e si mise a disegnare puntuti gigli borbonici con la matita ben tagliata che il Gesuita nella sua collera aveva abbandonato. Aveva l'aria seria, ma tanto serena che in padre Pirrone svanirono subito i crucci.

"Non siamo ciechi, caro Padre, siamo soltanto uomini. Viviamo in una realtà mobile alla quale cerchiamo di adattarci come le alghe si piegano sotto la spinta del mare. Alla Santa Chiesa è stata esplicitamente promessa l'immortalità; a noi, in quanto classe sociale, no. Per noi un palliativo che promette di durare cento anni equivale all'eternità. Potremo magari preoccuparci per i nostri figli, forse per i nipotini; ma al di là di quanto possiamo sperare di accarezzare con queste mani non abbiamo obblighi. Ed io non posso preoccuparmi di ciò che saranno i miei eventuali discendenti nell'anno 1960. La Chiesa sí, se ne deve curare, perché è destinata a non morire. Nella sua disperazione è implicito il conforto. E credete voi che se potesse adesso o se potrà in futuro salvare sé stessa con il nostro sacrificio non lo farebbe? Certo che lo farebbe, e farebbe bene."

Padre Pirrone era talmente contento di non avere offeso il Principe che non si offese neanche lui. Quella espressione "disperazione della Chiesa" era inammissibile; ma la lunga abitudine del confessionale lo rese capace di apprezzare l'umore disilluso di don Fabrizio. Non bisognava però lasciar trionfare l'interlocutore. "Avrete due peccati da confessarmi sabato, Eccellenza; uno della carne di ieri, uno dello spirito di oggi. Ricordatevene."

Ambedue placati, si misero a discutere di una relazione che occorreva inviare presto a un osservatorio estero, quello di Arcetri. Sostenuti, guidati, sembrava, dai numeri, invisibili in quell'ora ma presenti, gli astri rigavano l'etere con le loro traiettorie esatte. Fedeli agli appuntamenti le comete si erano abituate a presentarsi puntuali sino al minuto secondo dinanzi a chi le osservasse. Ed esse non erano messaggere di catastrofi come Stella credeva: la loro apparizione prevista era anzi il trionfo della ragione umana che si proiettava e prendeva parte alla sublime normalità dei cieli. "Lasciamo che qui giú i Bendicò inseguano rustiche prede e che il coltellaccio del cuoco trituri la carne di innocenti bestiole. All'altezza di quest'osservatorio le fanfaronate dell'uno, la sanguinarietà dell'altro si fondono in una tranquilla armonia. Il problema vero è di poter continuare a vivere questa vita dello spirito nei suoi momenti piú sublimati, piú simili alla morte."

Cosí ragionava il Principe, dimenticando le proprie ubbie di sempre, i propri capricci carnali di ieri. E per quei momenti di astrazione egli venne, forse, piú intimamente assolto, cioè ricollegato con l'universo, di quanto avrebbe potuto fare la benedizione di padre Pirrone. Per mezz'ora, quella mattina, gli dei del soffitto e le bertuccie del parato furono di nuovo posti al silenzio. Ma nel salone non se ne accorse nessuno.

Quando la campanella del pranzo li richiamò giú, tutti e due erano rasserenati, tanto dalla comprensione delle congiunture politiche quanto dal superamento di questa comprensione stessa. Un'atmosfera di inconsueta distensione si sparse nella villa. Il pasto di mezzogiorno era quello principale della giornata, e andò, grazie a Dio, del tutto liscio. Figurarsi che a Carolina, la figlia ventenne, accadde che uno dei boccoli che le incorniciavano il volto, sorretto a quanto pare da una malsicura forcina, scivolasse e andasse a finire sul piatto. L'incidente che, un altro giorno, avrebbe potuto essere increscioso, questa volta aumentò soltanto l'allegria: quando il fratello, che era seduto vicino alla ragazza, prese il ricciolo e se lo appuntò al collo, sicché pendeva lí come uno scapolare, financo il Principe acconsentí a sorridere. La partenza, la destinazione, gli scopi di Tancredi erano ormai noti a tutti, e ognuno ne parlava, meno Paolo che continuava a mangiare in silenzio. Nessuno del resto era preoccupato, tranne il Principe che però nascondeva l'ansia non grave nelle profondità del suo cuore, e Concetta che era la sola a conservare un'ombra sulla bella fronte. "La ragazza deve avere un sentimentuccio per quel briccone. Sarebbe una bella coppia. Ma temo che Tancredi debba mirar piú in alto, intendo dire piú in basso." Oggi, poiché il rasserenamento politico aveva fugato le nebbie che in generale la oscuravano, la fondamentale bonomia del Principe riappariva alla superficie. Per rassicurare la figlia si mise a spiegare l'inefficacia dei fucili dell'esercito regio; parlò della mancanza di rigatura delle canne di quegli enormi schioppi e di quanta scarsa forza di penetrazione fossero dotati i proiettili che da esse uscivano; spiegazioni tecniche, in malafede per giunta, che pochi capirono e dalle quali nessuno fu convinto, ma che consolarono tutti, Concetta compresa, perché erano riuscite a trasformare la guerra in un pulito diagramma di linee di forza da quel caos estremamente concreto e sudicio che essa in realtà è.

Alla fine del pranzo venne servita la gelatina al rhum. Questo era il dolce preferito del Principe, e la Principessa, riconoscente delle consolazioni ricevute, aveva avuto cura di ordinarlo la mattina di buon'ora. Si presentava minacciosa, con quella sua forma di torrione appoggiato su bastioni e scarpate, dalle pareti lisce e scivolose impossibili da scalare, presidiata da una guarnigione rossa e verde di ciliegie e di pistacchi; era però trasparente e tremolante ed il cucchiaio vi si affondava con stupefacente agio. Quando la fortezza ambrata giunse a Francesco Paolo, il ragazzo sedicenne ultimo servito, essa non consisteva piú che di spalti cannoneggiati e grossi blocchi divelti. Esilarato dall'aroma del liquore e dal gusto delicato della milizia multicolore, il Principe se la godette davvero assistendo al rapido smantellamento della fosca rocca sotto l'assalto degli appetiti. Uno dei suoi bicchieri era rimasto a metà pieno di marsala. Egli lo alzò, guardò in giro la famiglia fissandosi un attimo piú a lungo sugli occhi azzurri di Concetta e: "Alla salute del nostro Tancredi," disse. Bevve il vino in un solo sorso. Le cifre F.D. che prima si erano distaccate ben nette sul colore dorato del bicchiere pieno non si videro piú.

In amministrazione dove discese di nuovo dopo il pranzo, la luce entrava adesso di traverso, e dai quadri dei feudi, ora in ombra, non ebbe a subire rimproveri. "Voscenza benedica," mormorarono Pastorello e Lo Nigro, i due affittuari di Ragattisi che avevano portato i "carnaggi," quella parte del canone che si pagava in natura. Se ne stavano ben ritti con gli occhi stupiti nei volti perfettamente rasati e stracotti dal sole. Diffondevano odor di mandria. Il Principe parlò loro con cordialità, nel suo dialetto stilizzatissimo, s'informò delle loro famiglie, dello stato del bestiame, delle promesse del raccolto. Poi chiese: "Avete portato qualche cosa?" E mentre i due rispondevano che sí, che la roba era nella stanza vicina, il Principe si vergognò un poco perché si era accorto che il colloquio era stato una ripetizione delle udienze di Re Ferdinando. "Aspettate cinque minuti e Ferrara vi darà le ricevute." Pose loro in mano un paio di ducati ciascuno, il che era piú, forse, del valore di ciò che avevano portato. "Bevete un bicchiere alla nostra salute," e andò a guardare i carnaggi: vi erano per terra quattro caci "primosale" di dodici rotoli, dieci chili ciascuno; li osservò con indifferenza: detestava questo formaggio; vi erano sei agnellini, gli ultimi dell'annata con le teste pateticamente abbandonate al disopra della larga coltellata dalla quale la loro vita era uscita poche ore fa. Anche i loro ventri erano stati squartati, e gli intestini iridati pendevano fuori. "Il Signore abbia l'anima sua," pensò ricordando lo sbudellato di un mese prima. Quattro paia di galline attaccate per le zampe si torcevano di paura sotto il muso inquirente di Bendicò. "Anche questo un esempio di inutile timore," pensava; "il cane non rappresenta per loro nessun pericolo; neppure un osso se ne mangerà, perché gli farebbe male alla pancia."

Lo spettacolo di sangue e di terrore, però, lo disgustò. "Tu, Pastorello, porta le galline al pollaio, per ora non ce n'è bisogno in dispensa; e un'altra volta gli agnelli portali direttamente in cucina; qui sporcano. E tu, Lo Nigro, vai a dire a Salvatore che venga a far pulizia ed a portar via i formaggi. E apri la finestra per fare uscire l'odore."

Poi entrò Ferrara che redasse le ricevute.

Quando risalí, il Principe trovò Paolo, il primogenito, il duca di Querceta, che lo aspettava nello studio sul cui divano rosso soleva far la siesta. Il giovane aveva raccolto tutto il proprio coraggio e desiderava parlargli. Basso, esile, olivastro, sembrava piú anziano di lui. "Volevo chiederti, papà, come dovremo comportarci con Tancredi quando lo rivedremo." Il Principe capí subito e cominciò ad irritarsi. "Che intendi dire? Cosa c'è di cambiato?" "Ma, papà, certamente tu non puoi approvare: è andato a unirsi a quei farabutti che tengono la Sicilia in subbuglio; queste sono cose che non si fanno."

La gelosia personale, il risentimento del bigotto contro il cugino spregiudicato, del tonto contro il ragazzo di spirito, si erano travestiti in argomentazione politica. Il Principe ne fu tanto indignato che non fece neppure sedere il figlio. "Meglio far sciocchezze che star tutto il giorno a guardare la cacca dei cavalli! Tancredi mi è piú caro di prima. E poi non sono sciocchezze. Se tu potrai farti fare i biglietti di visita con Duca di Querceta sopra, e se quando me ne andrò erediterai quattro soldi, lo dovrai a Tancredi ed agli altri come lui. Vai via, non ti permetto piú di parlarmene! Qui comando io solo." Poi si rabboní e sostituí l'ironia all'ira. "Vai, figlio mio, voglio dormire. Vai a parlare di politica con Guiscardo, v'intenderete bene."

E mentre Paolo raggelato richiudeva la porta, il Principe si tolse la *redingote* e gli stivaletti, fece gemere il divano sotto il proprio peso e si addormentò tranquillo.

Quando si risvegliò, il suo cameriere entrò: sul vassoio recava un giornale e un biglietto. Erano stati inviati da Palermo da suo cognato Màlvica, ed un servo a cavallo li aveva recapitati poco prima. Ancora un po' stordito dal suo pisolino pomeridiano, il Principe aprí la lettera: "Caro Fabrizio, mentre scrivo sono in uno stato di prostrazione senza limiti. Leggi le terribili notizie che sono sul giornale. I Piemontesi sono sbarcati. Siamo tutti perduti. Questa sera stessa io con tutta la famiglia ci rifugieremo sui legni inglesi. Certo vorrai fare lo stesso; se lo credi ti farò riservare qualche posto. Il Signore salvi ancora il nostro amato Re. Un abbraccio. Tuo Ciccio."

Ripiegò il biglietto, se lo pose in tasca e si mise a ridere forte. Quel Màlvica! Era stato sempre un coniglio. Non aveva compreso niente, e adesso tremava. E lasciava il palazzo in balía dei servi; questa volta sí che lo avrebbe ritrovato vuoto! "A proposito, bisogna che Paolo vada a stare a Palermo; case abbandonate, in questi momenti, sono case perdute. Gliene parlerò a cena."

Aprí il giornale. "Un atto di pirateria flagrante veniva consumato l'11 maggio mercé lo sbarco di gente armata alla marina di Marsala. Posteriori rapporti hanno chiarito esser la banda disbarcata di circa ottocento, e comandata da Garibaldi. Appena quei filibustieri ebbero preso terra evitarono con ogni cura lo scontro delle truppe reali, dirigendosi per quanto ci viene riferito a Castelvetrano, minacciando i pacifici cittadini e non risparmiando rapine e devastazioni, etc... etc..."

Il nome di Garibaldi lo turbò un poco. Quell'avventuriero tutto capelli e barba era un mazziniano puro. Avrebbe combinato dei guai. "Ma se il Galantuomo lo ha fatto venire quaggiú vuol dire che è sicuro di lui. Lo imbriglieranno."

Si rassicurò, si pettinò, si fece rimettere le scarpe e la *redingote*. Cacciò il giornale in un cassetto. Era quasi l'ora del Rosario, ma il salone era ancora vuoto. Sedette su un divano e, mentre aspettava, notò come il Vulcano del soffitto rassomigliasse un po' alle litografie di Garibaldi che aveva visto a Torino. Sorrise. "Un cornuto."

La famiglia si andava riunendo. La seta delle gonne frusciava. I piú giovani scherzavano ancora fra loro. Si udí da dietro l'uscio la consueta eco della controversia fra i servi e Bendicò, che voleva ad ogni costo prender parte. Un raggio di sole carico di pulviscolo illuminava le bertuccie maligne.

S'inginocchiò. "*Salve Regina, Mater misericordiae.*"

Capitolo secondo

Viaggio per Donnafugata - La tappa - Precedenti e svolgimento del viaggio - Arrivo a Donnafugata - In chiesa - Don Onofrio Rotolo - Conversazione nel bagno - La fontana di Anfitrite - Sorpresa prima del pranzo - Il pranzo e varie reazioni - Don Fabrizio e le stelle - Visita al monastero - Ciò che si vede da una finestra.

Agosto 1860

"Gli alberi! ci sono gli alberi!

Il grido partito dalla prima delle carrozze percorse a ritroso la fila delle altre quattro, pressoché invisibili nella nuvola di polvere bianca; e ad ognuno degli sportelli volti sudati espressero una stanca soddisfazione.

Gli alberi, a dir vero, erano soltanto tre ed erano degli eucaliptus, i piú sbilenchi figli di Madre Natura. Ma erano anche i primi che si avvistassero da quando, alle sei del mattino, la famiglia Salina aveva lasciato Bisacquino. Adesso erano le undici e per quelle cinque ore non si erano viste che pigre groppe di colline avvampanti di giallo sotto il sole. Il trotto sui percorsi piani si era brevemente alternato alle lunghe lente arrancate delle salite, al passo prudente delle discese; passo e tratto, del resto, egualmente stemperati dal continuo fluire delle sonagliere, che ormai non si percepiva piú se non come manifestazione sonora dell'ambiente arroventato. Si erano attraversati paesi dipinti in azzurrino tenero, stralunati; su ponti di magnificenza bizzarra si erano valicate fiumare integralmente asciutte; si erano costeggiati disperati dirupi che saggine e ginestre non riuscivano a consolare. Mai un albero, mai una goccia d'acqua: sole e polverone. All'interno delle vetture, chiuse appunto per quel sole e quel polverone, la temperatura aveva certamente raggiunto i cinquanta gradi. Quegli alberi assetati che si sbracciavano sul cielo sbiancato annunziavano parecchie cose: che si era giunti a meno di due ore dal termine del viaggio; che si entrava nelle terre di casa Salina; che si poteva far colazione e forse anche lavarsi la faccia con l'acqua verminosa del pozzo.

Dieci minuti dopo si era giunti alla fattoria di Rampinzèri: un enorme fabbricato, abitato soltanto durante un mese dell'anno da braccianti, muli ed altro bestiame che vi si radunava per il raccolto. Sulla porta solidissima ma sfondata, un Gattopardo di pietra danzava, benché una sassata gli avesse stroncato proprio le gambe; accanto al fabbricato un pozzo profondo, vigilato da quei tali eucaliptus, offriva muto i vari servizi dei quali era capace: sapeva far da piscina, da abbeveratoio, da carcere, da cimitero. Dissetava, propagava il tifo, custodiva cristiani sequestrati, occultava carogne di bestie e di uomini sinché si riducessero a levigatissimi scheletri anonimi.

Tutta la famiglia Salina discese dalle carrozze. Il Principe, rallegrato dall'idea di giungere presto alla sua Donnafugata prediletta, la Principessa, irritata ad un tempo ed inerte, cui la serenità del marito, però, dava ristoro; le ragazze stanche; i ragazzini eccitati dalla novità e che il caldo non aveva potuto domare; mademoiselle Dombreuil, la governante francese, completamente disfatta e che, memore degli anni passati in Algeria presso la famiglia del maresciallo Bugeaud, andava gemendo: "*Mon Dieu, mon Dieu, c'est pire qu'en Afrique!*", mentre si rasciugava il nasino all'insú; padre Pirrone cui l'iniziata lettura del breviario aveva conciliato un sonno che gli aveva fatto sembrare breve il tragitto, e che era il piú arzillo di tutti; una cameriera e due servitori, gente di città irritata dagli aspetti inconsueti della campagna; e Bendicò che, precipitatosi fuori dall'ultima vettura, inveiva contro i suggerimenti funerei delle cornacchie che roteavano basse nella luce.

Tutti erano bianchi di polvere fin sulle ciglia, le labbra o le code; nuvolette biancastre si alzavano attorno alle persone che, giunte alla tappa, si spolveravano l'un l'altra.

Tanto piú brillava fra il sudiciume la correttezza elegante di Tancredi. Aveva viaggiato a cavallo e, giunto alla fattoria mezz'ora prima della carovana, aveva avuto tempo di spolverarsi, ripulirsi e cambiare la cravatta bianca. Quando aveva tirato fuori l'acqua dal pozzo a molti usi, si era guardato un momento nello specchio del secchio, e si era trovato a posto, con quella benda nera sull'occhio destro che ormai ricordava, piú che non curasse, la ferita buscata tre mesi fa ai combattimenti di Palermo; con quell'altro occhio azzurro cupo che sembrava aver assunto l'incarico di esprimere la malizia anche di quello temporaneamente eclissato; col filetto scarlatto al di sopra della cravatta che discretamente alludeva alla camicia rossa che aveva portato. Aiutò la Principessa a scendere dalla vettura, spolverò con la manica la tuba del Principe, distribuí caramelle alle cugine e frizzi ai cuginetti, si genuflesse quasi dinanzi al Gesuita, ricambiò gl'impeti passionali di Bendicò, consolò mademoiselle Dombreuil, prese in giro tutti, incantò tutti.

I cocchieri facevano lentamente passeggiare in giro i cavalli per rinfrescarli prima dell'abbeverata, i camerieri stendevano le tovaglie sulla paglia avanzata dalla trebbiatura, nel rettangolino d'ombra proiettato dalla fattoria. Vicino al pozzo premuroso incominciò la colazione. Intorno ondeggiava la campagna funerea, gialla di stoppie, nera di restucce bruciate; il lamento delle cicale riempiva il cielo; era come il rantolo della Sicilia arsa che alla fine di agosto aspetta invano la pioggia.

Un'ora dopo tutti furono di nuovo in cammino rinfrancati. Benché i cavalli, stanchi, andassero piú adagio ancora, l'ultimo tratto del percorso appariva breve; il paesaggio, non piú sconosciuto, aveva attenuato i propri aspetti sinistri. Si andavano riconoscendo luoghi noti, mete aride di passeggiate passate e di spuntini durante gli anni scorsi; la forra della Dragonara, il bivio di Misilbesi; fra non molto si sarebbe arrivati alla Madonna delle Grazie, che, da Donnafugata, era il termine delle piú lunghe passeggiate a piedi. La Principessa si era addormentata, il Principe, solo con lei nell'ampia carrozza, era beato. Mai era stato tanto contento di andare a passare tre mesi a Donnafugata quanto lo era adesso, in questa fine di agosto 1860. Non soltanto perché di Donnafugata amasse la casa, la gente, il senso di possesso feudale che in essa era sopravvissuto, ma anche perché, a differenza di altre volte, non aveva alcun rimpianto per le pacifiche serate in osservatorio, per le occasionali visite a Mariannina. Per esser sinceri. lo spettacolo che aveva offerto Palermo negli ultimi tre mesi lo aveva un po' nauseato. Avrebbe voluto aver l'orgoglio di esser stato il solo ad aver compreso la situazione e ad aver fatto buon viso al "babau" in camicia rossa; ma si era dovuto render conto che la chiaroveggenza non era monopolio di casa Salina. Tutti i palermitani sembravano felici: tutti, tranne un pugno di minchioni: Màlvica, suo cognato, che si era fatto beccare dalla polizia del Dittatore e che era rimasto dieci giorni in gattabuia; suo figlio Paolo altrettanto malcontento, ma piú prudente, e che aveva lasciato a Palermo impigliato in chissà quali puerili complotti. Tutti gli altri ostentavano la loro gioia, portavano in giro baveri adorni di coccarde tricolori, facevano cortei da mattina a sera, e, sopratutto, parlavano, concionavano, declamavano; e se magari nei primissimi giorni dell'occupazione tutto questo baccano aveva ricevuto un certo senso di finalità dalle acclamazioni che salutavano i rari feriti quando passavano nelle vie principali, e dai lamenti dei "sorci" degli agenti della polizia borbonica che venivano torturati nei vicoli, adesso che i feriti erano guariti ed i "sorci" superstiti si erano arruolati nella nuova polizia, queste carnevalate, delle quali pur riconosceva la necessità inevitabile, gli apparivano sciocche e sciape. Doveva, però, convenire che tutto ciò era manifestazione superficiale di cattiva educazione; il fondo delle cose, il trattamento economico e sociale era soddisfacente, tale e quale lo aveva previsto. Don Pietro Russo aveva mantenuto le sue promesse e vicino alla villa Salina non si era udita neppure una schioppettata; e se nel palazzo di Palermo era stato rubato un grande servizio di porcellana cinese, ciò si doveva soltanto alla balordaggine di Paolo, che lo aveva fatto imballare in due ceste che aveva poi lasciate in cortile durante il bombardamento: vero e proprio invito affinché gl'imballatori stessi venissero a farlo sparire.

I Piemontesi (cosí continuava a chiamarli il Principe per rassicurarsi, allo stesso modo che altri li chiamavano Garibaldini per esaltarli o Garibaldeschi per vituperarli), i Piemontesi si erano presentati a lui se non addirittura col cappello in mano, come era stato predetto, per lo meno con la mano alla visiera di quei loro berrettucci rossi stazzonati e gualciti quanto quelli degli ufficiali borbonici.

Preannunziato ventiquattr'ore prima da Tancredi, verso il venti giugno si era presentato un generale in giacchettino rosso con alamari neri. Seguito dal suo aiutante di campo aveva urbanamente chiesto di essere ammesso ad ammirare gli affreschi dei soffitti. Venne accontentato senz'altro, perché il preannunzio era stato sufficiente ad allontanare da un salotto un ritratto di Re Ferdinando II in pompa magna ed a farlo sostituire con una neutrale *Probatica piscina*; operazione che univa i vantaggi estetici a quelli politici.

Il generale era uno sveltissimo toscano sui trent'anni, chiacchierone ed alquanto fanfaronesco; beneducato, peraltro, e simpatico, si era comportato con il dovuto ossequio dando financo dell' "Eccellenza" al Principe, in netta contraddizione con uno dei primi decreti del Dittatore; l'aiutante di campo, un pivellino di diciannove anni, era un conte milanese che affascinò le ragazze con gli stivali lucidi e con la "erre" moscia. Erano venuti accompagnati da Tancredi che era stato promosso, anzi creato, capitano sul campo: un po' patito per le sofferenze causate dalla sua ferita e che se ne stava lí, rosso-vestito ed irresistibile, a mostrare la propria intimità coi vincitori: intimità a base di "tu" e di "mio prode amico" reciproci, che i "continentali" prodigavano con fanciullesco fervore e che erano ricambiati da Tancredi, nasalizzati però e resi, per il Principe, pieni di sottaciuta ironia. Il Principe li aveva accolti dall'alto della propria inespugnabile cortesia, ma da loro era stato davvero divertito e pienamente rassicurato. Tanto che tre giorni dopo i due "Piemontesi" erano stati invitati a cena; ed era stato un bel vedere quello di Carolina seduta a pianoforte che accompagnava il canto del generale, il quale in omaggio alla Sicilia si era arrischiato al "Vi ravviso, o luoghi ameni," mentre Tancredi, compunto, voltava le pagine della partitura come se le stecche non esistessero in questo mondo. Il contino milanese intanto, curvo su un sofà, parlava di zagare a Concetta e le rivelava l'esistenza di Aleardo Aleardi; essa faceva finta di ascoltarlo e si rattristava invece per la brutta cera del cugino, che le candele del pianoforte facevano apparire piú languida di quel che fosse in realtà.

La serata era stata compiutamente idillica e venne seguita da altre egualmente cordiali; durante una di esse il generale venne pregato di interessarsi affinché l'ordine di espulsione per i Gesuiti non venisse applicato a padre Pirrone che venne dipinto come sovraccarico di anni e malanni; il generale che aveva preso in simpatia l'eccellente prete finse di credere al suo stato miserando, brigò, parlò ad amici politici e padre Pirrone rimase. Il che confermò sempre piú il Principe nella esattezza delle proprie previsioni.

Anche per la complicata questione dei lasciapassare, necessari in quei tempi agitati per chi volesse spostarsi, il generale fu utilissimo, e si dovette in gran parte a lui se anche in quell'anno di rivoluzione la famiglia Salina poté godere della propria villeggiatura. Il giovane capitano ottenne una licenza di un mese e partí con gli zii. A prescindere dal lasciapassare, i preparativi per il viaggio dei Salina erano stati lunghi e complicati. Si erano dovuti condurre, infatti, ellittici negoziati in amministrazione, con "persone influenti" di Girgenti, negoziati che si conchiusero con sorrisi, strette di mano e tintinnii di monete. Si era ottenuto cosí un secondo e piú valido lasciapassare; ma questo non era una novità. Bisognò radunare montagne di bagagli e provviste, e spedire innanzi, tre giorni prima, una parte dei cuochi e dei servi; bisognò imballare un telescopietto e convincere Paolo a restare a Palermo. Dopo di che si era potuto partire; il generale e il sottotenentino erano venuti a portare auguri di buon viaggio e fiori; e quando le vetture mossero da villa Salina due braccia rosse si agitarono lungamente, la tuba nera del Principe si sporse dallo sportello, ma la manina con guanto di merletto nero, che il contino aveva sperato vedere, rimase in grembo a Concetta.

Il viaggio era durato piú di tre giorni ed era stato orrendo. Le strade, le famose strade siciliane a causa delle quali il principe di Satriano aveva perduto la Luogotenenza, erano delle vaghe traccie irte di buche e zeppe di polvere. La prima notte a Marineo, in casa di un notaio amico, era stata ancora sopportabile; ma la seconda in una locandaccia di Prizzi era stata penosa da passare, distesi tre su ciascun letto, insidiati da faune repellenti. La terza, a Bisacquino: lí non vi erano cimici, ma in compenso il Principe aveva trovato tredici mosche dentro il bicchiere della granita; un greve odore di feci esalava tanto dalle strade che dalla "stanza dei cantari" attigua, e ciò aveva suscitato nel Principe sogni penosi; e, risvegliatosi ai primissimi albori, immerso nel sudore e nel fetore non aveva potuto fare a meno di paragonare questo viaggio schifoso alla propria vita, che si era svolta dapprima per pianure ridenti, si era inerpicata poi per scoscese montagne, aveva sgusciato attraverso gole minacciose, per sfociare poi in interminabili ondulazioni di un solo colore, deserte come la disperazione. Queste fantasie del primo mattino erano quanto di peggio potesse capitare a un uomo di mezza età; e benché il Principe sapesse che erano destinate a svanire con l'attività del giorno, ne soffriva acutamente perché era ormai abbastanza esperto per capire che esse lasciavano in fondo all'animo un sedimento di lutto che, accumulandosi ogni giorno, avrebbe finito con l'essere la vera causa della morte.

Questi mostri, col sorgere del sole, si erano rintanati in zone non coscienti; Donnafugata era vicina ormai con il suo palazzo, con le sue acque zampillanti, con i ricordi dei suoi antenati santi, con l'impressione che essa dava di perennità dell'infanzia. Anche la gente là era simpatica; devota e semplice. Ma a questo punto un pensiero lo insidiò: chissà se dopo i recenti "fatti" la gente sarebbe stata devota come prima? "Vedremo."

Adesso si era davvero quasi arrivati. Il volto arguto di Tancredi apparí curvo da dietro il finestrino. "Zii, preparatevi, fra cinque minuti ci siamo." Tancredi aveva troppo tatto per precedere il Principe in paese. Mise il suo cavallo al passo, e procedette, riservatissimo, a fianco della prima vettura.

Al di là del breve ponte che immetteva in paese le autorità stavano ad attendere, circondate da qualche diecina di contadini. Appena le carrozze entrarono sul ponte, la banda municipale attaccò con frenetica voga *Noi siamo zingarelle,* primo strambo e caro saluto che da qualche anno Donnafugata porgeva al suo Principe; e subito dopo, le campane della Chiesa Madre e del convento di Santo Spirito, avvertite da qualche monello in vedetta, riempirono l'aria di baccano festoso. "Grazie a Dio, mi sembra che tutto sia come al solito," pensò il Principe scendendo dalla carrozza. Vi erano lí don Calogero Sedàra, il sindaco, con i fianchi stretti da una fascia tricolore, nuova fiammante come la sua carica; monsignor Trottolino, l'arciprete, con il suo faccione arsiccio; don Ciccio Ginestra, il notaio, che era venuto, carico di gale e di pennacchi, in qualità di capitano della Guardia Nazionale; vi era don Totò Giambono, il medico, e vi era la piccola Nunzia Giarritta che porse alla Principessa uno scomposto mazzo di fiori, colti, del resto, mezz'ora prima nel giardino del palazzo. Vi era Ciccio Tumeo, l'organista del Duomo, il quale a rigor di termini non avrebbe avuto rango sufficiente per schierarsi con le Autorità, ma che era venuto lo stesso, quale amico e compagno di caccia, e che aveva avuto la buona idea di portare con sé, per far piacere al Principe, Teresina, la cagna bracca focata con i due segnetti color nocciola al di sopra degli occhi; e che del suo ardire fu ricompensato da un sorriso tutto particolare di don Fabrizio. Questi era di ottimo umore e sinceramente blando; era disceso dalla carrozza insieme alla moglie per ringraziare, e sotto l'imperversare della musica di Verdi e del frastuono delle campane, abbracciò il sindaco e strinse la mano a tutti gli altri. La folla dei contadini era muta ma dagli occhi immobili traspariva una curiosità non ostile, perché i villici di Donnafugata nutrivano davvero un qualche affetto per il loro tollerante signore che cosí spesso dimenticava di esigere i canoni ed i piccoli fitti; e poi, abituati a vedere il Gattopardo baffuto ergersi sulla facciata del palazzo, sul frontone della chiesa, in cima alle fontane barocche, sulle piastrelle maiolicate delle case, erano lieti di vedere adesso l'autentico Gattopardo in pantaloni di *piqué* distribuire zampate amichevoli a tutti e sorridere nel volto bonario di felino cortese. "Non c'è da dire;

tutto è rimasto come prima, meglio di prima, anzi." Anche Tancredi era oggetto di grande curiosità: tutti lo conoscevano da tempo, ma adesso egli appariva come trasfigurato: non si vedeva piú in lui il ragazzo spregiudicato ma l'aristocratico liberale, il compagno di Rosolino Pilo, il glorioso ferito dei combattimenti di Palermo. Lui in quell'ammirazione rumorosa ci nuotava come un pesce nell'acqua: quei rustici ammiratori erano davvero uno spasso; parlava loro in dialetto, scherzava, prendeva in giro sé stesso e la propria ferita; ma quando diceva "il Generale Garibaldi" calava la voce di un tono e prendeva l'aria assorta di un chierichetto davanti all'ostensorio; e a don Calogero Sedàra, del quale aveva vagamente inteso che si era dato molto da fare nei giorni della liberazione, disse con voce sonora: "Di voi, don Calogero, Crispi mi ha detto gran bene." Dopo di che diede il braccio alla cugina Concetta e se ne andò lasciando tutti in visibilio.

Le carrozze con i servi, i bambini e Bendicò andarono al palazzo; ma, come voleva l'antichissimo rito, gli altri, prima di mettere il piede a casa dovevano ascoltare un *Te Deum* nel Duomo. Questo era del resto a due passi, e ci si diresse in corteo, polverosi ma imponenti i nuovi arrivati, luccicanti ma umili le autorità. Precedeva don Ciccio Ginestra che, con il prestigio dell'uniforme, faceva far largo ai passanti; seguiva il Principe a braccio della Principessa, e sembrava un leone sazio e mansueto: dietro, Tancredi con alla sua destra Concetta cui quel procedere verso una chiesa a fianco del cugino produceva grande turbamento e una dolcissima voglia di piangere: stato d'animo che non fu punto alleviato da una forte pressione che il premuroso giovanotto esercitava sul braccio di lei, al solo scopo, ohibò, di farle evitare le buche e le buccie che costellavano la via. Dietro ancora, seguivano in disordine gli altri. L'organista era scappato via in fretta per avere il tempo di depositare Teresina a casa e di trovarsi poi al proprio tonante posto al momento dell'ingresso in chiesa. Le campane non cessavano di infuriare, e sulle pareti delle case le scritte di "Viva Garibaldi," "Viva Re Vittorio" e "Morte a Re Borbone," che un pennello inesperto aveva tracciato due mesi prima, sbiadivano e sembravano voler rientrare nel muro. I mortaretti sparavano mentre si saliva la scalinata, e quando il corteuccio entrò in chiesa, don Ciccio Tumeo, giunto col fiato grosso ma in tempo, attaccò con impeto *Amami, Alfredo.*

La matrice era stipata di gente curiosa fra le sue tozze colonne di marmo rosso; la famiglia Salina sedette nel coro e durante la breve cerimonia don Fabrizio si esibí alla folla, stupendo; la Principessa era sul punto di venir meno per il caldo e la stanchezza; e Tancredi col pretesto di cacciar via le mosche sfiorò piú d'una volta il capo biondo di Concetta. Tutto era in ordine e, dopo il fervorino di monsignor Trottolino, tutti si inchinarono dinanzi all'altare, si avviarono verso la porta e uscirono nella piazza abbrutita dal sole.

Al basso della scalinata le autorità si congedarono, e la Principessa, che aveva avuto bisbigliate le disposizioni durante la cerimonia, invitò a pranzo per quella sera stessa il Sindaco, l'Arciprete e il Notaio. L'Arciprete era scapolo per professione, ed il Notaio per vocazione, e cosí la questione delle consorti per essi non poteva posarsi; languidamente l'invito per il sindaco venne esteso alla di lui moglie: era questa una specie di contadina, bellissima, ma giudicata dal marito stesso per piú d'un verso impresentabile; nessuno quindi fu sorpreso quando egli disse che essa era indisposta; ma grande fu la meraviglia quando aggiunse: "Se le Loro Eccellenze permettono verrò con mia figlia, con Angelica, che da un mese non fa che parlare del piacere che avrebbe a esser da Loro conosciuta da grande." Il consenso venne naturalmente dato; e il Principe, che aveva visto Tumeo sogguardare da dietro le spalle degli altri, gli gridò: "E anche voi, si capisce, don Ciccio, e venite con Teresina." E aggiunse rivolto a tutti gli altri: "E dopo pranzo, alle nove, saremo felici di vedere tutti gli amici." Donnafugata commentò a lungo queste ultime parole. Ed il Principe, che aveva trovato Donnafugata immutata, venne invece trovato molto mutato lui, che mai prima avrebbe adoperato un modo di dire tanto cordiale; e da quel momento, invisibile, cominciò il declino del suo prestigio.

Il palazzo Salina era attiguo alla Chiesa Madre. La sua breve facciata con sette finestre sulla piazza non lasciava supporre la sua smisuratezza, che si estendeva indietro per duecento metri; erano dei fabbricati di stili diversi, armoniosamente uniti, però, intorno a tre vastissimi cortili, e terminanti in un ampio giardino. All'ingresso principale sulla piazza i viaggiatori furono sottomessi a nuove manifestazioni di benvenuto. Don Onofrio Rotolo, l'amministratore locale, non partecipava alle accoglienze ufficiali all'ingresso del paese. Educato alla rigidissima scuola della principessa Carolina, egli considerava il "*vulgus*" come non esistente ed il Principe come residente all'estero sinché non avesse varcato la soglia del proprio palazzo. E perciò stava lí, due passi fuori del portone, piccolissimo, vecchissimo, barbutissimo, fiancheggiato dalla moglie assai piú giovane di lui e poderosa, spalleggiato dai servi e dagli otto campieri col Gattopardo d'oro sul berretto e nelle mani otto schioppi di non costante innocuità. "Sono felice di dare il benvenuto alle Loro Eccellenze nella Loro casa. Riconsegno il palazzo nello stato preciso in cui è stato lasciato."

Don Onofrio Rotolo era una delle rare persone stimate dal Principe, e forse la sola che non lo avesse mai derubato. L'onestà sua confinava con la mania, e di essa si narravano episodi spettacolosi, come quello del bicchierino di rosolio lasciato semipieno dalla Principessa al momento di una partenza, e ritrovato un anno dopo nell'identico posto col contenuto evaporato e ridotto allo stato di gromma zuccherina, ma non toccato. "Perché questa è una parte infinitesima del patrimonio del Principe e non si deve disperdere."

Finiti i convenevoli con don Onofrio e donna Maria, la Principessa, che si reggeva soltanto per forza nervosa, andò di filato a letto, le ragazze e Tancredi corsero verso le tiepide ombre del giardino, il Principe e l'amministratore fecero il giro del grande appartamento. Tutto era in perfetto ordine: i quadri nelle loro cornici pesanti erano spolverati, le dorature delle rilegature antiche emettevano il loro fuoco discreto, l'alto sole faceva brillare i marmi grigi attorno ad ogni porta. Ogni cosa era nello stato in cui si trovava da cinquant'anni. Uscito dal turbine rumoroso dei dissidi civili, don Fabrizio si sentí rinfrancato, pieno di serena sicurezza, e guardò quasi teneramente don Onofrio che gli trotterellava al fianco. "Don 'Nofrio, voi siete veramente uno di quei gnomi che custodiscono i tesori; la riconoscenza che vi dobbiamo è grande." In un altro anno il sentimento sarebbe stato identico, ma le parole non gli sarebbero salite alle labbra; don 'Nofrio lo guardò grato e sorpreso. "Dovere, Eccellenza, dovere." E per nascondere la propria emozione si grattava l'orecchio con il lunghissimo unghio del mignolo sinistro.

Poi l'amministratore venne sottoposto alla tortura del tè. Don Fabrizio ne fece venire due tazze, e con la morte nel cuore don 'Nofrio dovette inghiottirne una. Dopo si mise a raccontare le cronache di Donnafugata: due settimane fa aveva rinnovato l'affitto del feudo Aquila a condizioni un po' peggiori di prima; aveva dovuto affrontare gravi spese per la riparazione dei soffitti della foresteria; ma vi erano in cassa, a disposizione di Sua Eccellenza, tremiladuecentosettantacinque onze, al netto di ogni spesa, tassa e del proprio stipendio.

Poi vennero le notizie private che si adunavano attorno al grande fatto dell'annata: la rapida ascesa della fortuna di don Calogero Sedàra: sei mesi fa era scaduto il mutuo che egli aveva concesso al barone Tumino, e si era incamerata la terra; mercé mille onze prestate possedeva adesso una proprietà che ne rendeva cinquecento all'anno; in aprile aveva potuto acquistare una "salma" di terreno per un pezzo di pane; ed in quella "salma" vi era una cava di pietre ricercatissima che egli si proponeva sfruttare; aveva conchiuso vendite quanto mai profittevoli di frumento nel momento di disorientamento e di carestia che aveva seguito lo sbarco. La voce di don 'Nofrio si riempí di rancore. "Ho fatto un conto sulla punta delle dita: le rendite di don Calogero eguaglieranno fra poco quelle di Vostra Eccellenza qui a Donnafugata." Insieme alla ricchezza cresceva anche l'influenza politica: era divenuto il capo dei liberali in paese ed anche nei borghi vicini; quando ci sarebbero state le elezioni era sicuro di essere inviato deputato a Torino. "E che aria si dànno, non lui che è troppo scaltro per farlo, ma sua figlia, per esempio, che è ritornata dal collegio di Firenze e che va in giro per il paese con la sottana rigonfia e i nastri di velluto che le pendono giú dal cappellino."

Il Principe taceva: la figlia sí, quell'Angelica che sarebbe venuta a pranzo stasera; era curioso di rivedere quella pastorella agghindata; non era vero che nulla era mutato; don Calogero ricco quanto lui! Ma queste cose in fondo erano previste; erano il prezzo da pagare.

Il silenzio del padrone turbò don 'Nofrio; si immaginava di aver scontentato il Principe narrandogli i pettegolezzi paesani. "Eccellenza, ho pensato di far preparare un bagno; deve essere pronto, adesso." Don Fabrizio si accorse improvvisamente di essere stanco: erano quasi le tre, ed erano nove ore che si trovava in giro sotto il sole torrido e dopo quella nottata! Sentiva il suo corpo pieno di polvere fin nelle piú remote pieghe. "Grazie, don 'Nofrio, di averci pensato; e di tutto il resto. Ci rivedremo questa sera a pranzo."

Salí la scala interna; passò pel salone degli arazzi, per quello azzurro, per quello giallo; le persiane abbassate filtravano la luce; nel suo studio la pendola di Boulle batteva sommessa. "Che pace, mio Dio, che pace!" Entrò nello stanzino del bagno: piccolo, imbiancato a calce, col pavimento di ruvidi mattoni, nel cui centro vi era l'orifizio per lo scolo dell'acqua. La vasca era una sorta di truogolo ovale, immenso, in lamierino verniciato, giallo fuori e grigio dentro, issato su quattro robusti piedi di legno. Appeso a un chiodo del muro un accappatoio; su una delle sedie di corda la biancheria di ricambio; su un'altra un vestito che recava ancora le pieghe prese nel baule. Accanto al bagno un grosso pezzo di sapone rosa, uno spazzolone, un fazzoletto annodato contenente della crusca che bagnata avrebbe emesso un latte odoroso, una enorme spugna, una di quelle che gli inviava l'amministratore di Salina. Dalla finestra senza riparo il sole entrava brutalmente.

Batté le mani: entrarono due servitori recanti ciascuno una coppia di secchi sciabordanti, l'una di acqua fredda, l'altra di acqua bollente; fecero il viavai diverse volte; il truogolo si riempí: ne provò la temperatura con la mano: andava bene. Fece uscire i servi, si svestí, s'immerse. Sotto la mole spropositata l'acqua traboccò un poco. S'insaponò, si strigliò: il tepore gli faceva bene, lo rilassava. Stava quasi per addormentarsi quando venne bussato alla porta: Mimí, il cameriere, entrò timoroso. "Padre Pirrone chiede di vedere subito Vostra Eccellenza. Aspetta qui vicino che Vostra Eccellenza esca dal bagno." Il Principe fu sorpreso; se era successo un guaio era meglio conoscerlo presto. "Niente affatto, fatelo entrare subito."

Don Fabrizio era allarmato dalla fretta di padre Pirrone; e un po' per questo e un po' per rispetto dell'abito sacerdotale si affrettò a uscire dal bagno: contava di poter mettersi l'accappatoio prima che il Gesuita entrasse: ma ciò non gli riuscí: e padre Pirrone entrò proprio nel momento in cui egli, non piú velato dall'acqua saponacea, non ancora rivestito dal provvisorio sudario, si ergeva interamente nudo, come l'Ercole Farnese, e per di piú fumante, mentre giú dal collo, dalle braccia, dallo stomaco, dalle coscie, l'acqua gli scorreva a rivi, come il Rodano, il Reno, il Danubio e l'Adige traversano e bagnano i gioghi alpini. Il panorama del Principone allo stato adamitico era inedito per padre Pirrone; allenato dal sacramento della Penitenza alla nudità degli animi, lo era assai meno a quella dei corpi; ed egli, che non avrebbe battuto ciglio ascoltando la confessione, poniamo, di una tresca incestuosa, si turbò alla vista di quella innocente nudità titanica. Balbettò una scusa ed accennò a ritornare indietro; ma don Fabrizio, irritato per non aver fatto in tempo a coprirsi, rivolse naturalmente contro di lui la propria stizza: "Padre, non fate lo sciocco; piuttosto datemi l'accappatoio e, se non vi dispiace, aiutatemi ad asciugarmi." Subito dopo, un battibecco passato gli tornò in mente. "E date retta a me, Padre, prendete un bagno anche voi." Soddisfatto di aver potuto dare un ammonimento igienico a chi gliene impartiva tanti morali, si rasserenò. Col lembo superiore del panno finalmente ottenuto si asciugava i capelli, le basette ed il collo, mentre col lembo inferiore l'umiliato padre Pirrone gli strofinava i piedi.

Quando la vetta e le falde del monte furono asciutte: "Adesso sedetevi, Padre, e ditemi perché volevate parlarmi cosí di furia." E mentre il Gesuita sedeva egli incominciò per conto suo alcuni prosciugamenti piú intimi. "Ecco, Eccellenza: sono stato incaricato di una missione delicata. Una persona sommamente cara a voi ha voluto aprire a me il suo animo e affidarmi l'incarico di far conoscere i suoi sentimenti, fiduciosa, forse a torto, che la stima dalla quale sono onorato..." Le esitazioni di padre Pirrone si stemperavano in frasi interminabili. Don Fabrizio perdette la pazienza. "Insomma, Padre, di chi si tratta? Della Principessa?" E col braccio alzato sembrava minacciare: di fatto si asciugava un'ascella.

"La Principessa è stanca; dorme e non la ho vista. Si tratta della signorina Concetta." Pausa. "Essa è innamorata." Un uomo di quarantacinque anni può credersi ancora giovane fino al momento in cui si accorge di avere dei figli in età di amare. Il Principe si sentí invecchiato di colpo; dimenticò le miglia che percorreva cacciando, i "Gesummaria" che sapeva provocare, la propria freschezza attuale al termine di un viaggio lungo e penoso. Di colpo vide sé stesso come una persona canuta che accompagna uno stuolo di nipotini a cavallo alle capre di Villa Giulia.

"E quella stupida perché è andata a raccontare queste cose a voi? Perché non è venuta da me?" Non chiese neppure chi fosse l'altro; non ce ne era bisogno. "Vostra Eccellenza cela troppo bene il cuore paterno sotto l'autorità del padrone. È naturale allora che quella povera figliola si intimorisca e ricorra al devoto ecclesiastico di casa."

Don Fabrizio si infilava i mutandoni lunghissimi e sbuffava: prevedeva lunghi colloqui, lacrime, seccature senza limiti. Quella smorfiosa gli guastava il primo giorno a Donnafugata.

"Capisco, Padre, capisco. Qui non mi comprende nessuno. È la mia disgrazia." Rimaneva seduto su di uno sgabello col vello biondo del petto imperlato di goccioline. Rivoletti d'acqua serpeggiavano sui mattoni, la stanza era carica di odore latteo di crusca, di odor di mandorla di sapone. "E cosí che cosa dovrei dire io, secondo voi?" Il Gesuita sudava nel calore da stufa della stanzetta, e, adesso che la confidenza era stata trasmessa, avrebbe voluto andar via; ma il sentimento della propria responsabilità lo trattenne. "Il desiderio di fondare una famiglia cristiane appare graditissimo agli occhi della Chiesa. La presenza di Cristo alle nozze di Cana..." "Non divaghiamo. Io intendo parlare di questo matrimonio, non del matrimonio in generale. Don Tancredi ha forse fatto delle proposte precise, e quando?"

Padre Pirrone per cinque anni aveva tentato di insegnare il latino al ragazzo; per sette anni ne aveva subíto le bizze e gli scherzi; come tutti ne aveva sentito il fascino. Ma gli atteggiamenti politici recenti di Tancredi lo avevano offeso: il vecchio affetto lottava in lui col nuovo rancore. Adesso non sapeva cosa dire. "Proposte vere e proprie, no. Ma la signorina Concetta non ha dubbi: le attenzioni, gli sguardi, le mezze parole di lui, tutte cose che divengono sempre piú frequenti, hanno convinto quell'anima santa; essa è sicura di essere amata; ma, figlia ubbidiente e rispettosa, voleva farvi chiedere per mio mezzo che cosa dovrà rispondere se queste proposte venissero. Essa sente che sono imminenti."

Il Principe fu un poco rassicurato: da dove mai quella ragazzina avrebbe dovuto attingere una esperienza che le permettesse di veder chiaro nelle attitudini di un giovanotto, e di un giovanotto come Tancredi? Si trattava forse di semplici fantasie, di uno di quei "sogni d'oro" che sconvolgono i guanciali degli educandati? Il pericolo non era vicino.

Pericolo. La parola gli risonò in mente con tanta nettezza che se ne sorprese. Pericolo. Ma pericolo per chi? Egli amava molto Concetta: di lei gli piaceva la perpetua sottomissione, la placidità con la quale si piegava ad ogni esosa manifestazione della volontà paterna: sottomissione e placidità, del resto, da lui sopravalutate. La naturale tendenza che aveva a rimuovere ogni minaccia alla propria calma gli aveva fatto trascurare l'osservazione del bagliore ferrigno che traversava l'occhio della ragazza quando le bizzarrie alle quali ubbidiva erano davvero troppo vessatorie. Il Principe amava molto questa sua figlia. Ma amava ancor piú suo nipote. Conquistato da sempre dall'affettuosità beffarda del ragazzo, da pochi mesi aveva cominciato ad ammirare anche l'intelligenza di lui: quella rapida adattabilità, quella penetrazione mondana, quell'arte innata delle sfumature che gli dava agio di parlare il linguaggio demagogico di moda pur lasciando capire agli iniziati che ciò non era che un passatempo al quale lui, il Principe di Falconeri, si abbandonava per un momento, tutte queste cose lo avevano divertito; e nelle persone del carattere e della classe di don Fabrizio la facoltà di esser divertiti costituisce i quattro quinti dell'affetto. Tancredi, secondo lui, aveva dinanzi a sé un grande avvenire; egli avrebbe potuto essere l'alfiere di un contrattacco che la nobiltà, sotto mutate uniformi, poteva portare contro il nuovo stato sociale. Per questo gli mancava soltanto una cosa: i soldi; di questi Tancredi non ne aveva, niente. E per farsi avanti in politica, adesso che il nome avrebbe contato di meno, di soldi ne occorrevano tanti: soldi per comperare i voti, soldi per far favori agli elettori, soldi per un treno di casa che abbagliasse. Treno di casa... E Concetta, con tutte le sue virtú passive, sarebbe stata capace di aiutare un marito ambizioso e brillante a salire le sdrucciolevoli scale della nuova società? Timida, riservata, ritrosa come era? Sarebbe rimasta sempre la bella educanda che era adesso, una palla di piombo al piede del marito.

"La vedete, voi, Padre, Concetta ambasciatrice a Vienna o a Pietroburgo?" La testa di padre Pirrone fu frastornata da questa domanda. "Ma che c'entra questo? Non capisco." Don Fabrizio non si curò di spiegare; si ringolfò nei suoi muti pensieri. Soldi? Concetta avrebbe avuto una dote, certo. Ma la fortuna di casa Salina doveva essere divisa in sette parti, in parti non eguali, delle quali quella delle ragazze sarebbe stata la minima. Ed allora? Tancredi aveva bisogno di ben altro: di Maria Santa Pau, per esempio, con i quattro feudi già suoi e tutti quegli zii preti e risparmiatori; di una della ragazze Sutèra, tanto bruttine ma tanto ricche. L'amore. Certo, l'amore. Fuoco e fiamme per un anno, cenere per trenta. Lo sapeva lui che cos'era l'amore... E Tancredi, poi, davanti al quale le donne sarebbero cadute come pere cotte...

Ad un tratto sentí freddo. L'acqua che gli era addosso evaporava, e la pelle delle braccia era gelida. Le punte delle dita si raggrinzivano. E che quantità di penose conversazioni in vista. Bisognava evitare... "Adesso debbo andare a vestirmi, Padre. Dite a Concetta, ve ne prego, che non sono affatto seccato, ma che di tutto questo riparleremo quando saremo sicuri che non si tratta soltanto di fantasie di una ragazza romantica. A presto, Padre."

Si alzò e passò nella stanza di toletta. Dalla Madre Chiesa vicina giungevano lugubri i rintocchi di un mortorio. Qualcuno era morto a Donnafugata, qualche corpo affaticato che non aveva resistito al grande lutto dell'estate siciliana, cui era mancata la forza di aspettare le pioggie. "Beato lui," pensò il Principe mentre si passava la lozione sulle basette, "Beato lui, se ne strafotte adesso di figlie, doti e carriere politiche." Questa effimera identificazione con un defunto ignoto fu sufficiente a calmarlo. "Finché c'è morte c'è speranza," pensò; poi si trovò ridicolo per essersi posto in un tale stato di depressione perché una sua figlia voleva sposarsi. "*Ce sont leurs affaires, après tout,*" pensò in francese come faceva quando le sue cogitazioni si sforzavano di essere sbarazzine. Sedette su una poltrona e si appisolò.

Dopo un'ora si svegliò rinfrescato e discese in giardino. Il sole già calava e i suoi raggi, smessa la prepotenza, illuminavano di luce cortese le araucarie, i pini, i robusti lecci che facevano la gloria del posto. Da in fondo al viale principale che scendeva lento fra alte siepi di alloro incornicianti anonimi busti di dee senza naso, si udiva la dolce pioggia degli zampilli che ricadevano nella fontana di Anfitrite. Vi si diresse, svelto, avido di rivedere. Soffiate via dalle conche dei Tritoni, dalle conchiglie delle Naiadi, dalle narici dei mostri marini, le acque erompevano in filamenti sottili, picchiettavano con pungente brusio la superficie verdastra del bacino, suscitavano rimbalzi, bolle, spume, ondulazioni, fremiti, gorghi ridenti; dall'intera fontana, dalle acque tiepide, dalle pietre rivestite di muschi vellutati emanava la promessa di un piacere che non avrebbe mai potuto volgersi in dolore. Su di un isolotto al centro del bacino rotondo, modellato da uno scalpello inesperto ma sensuale, un Nettuno spiccio e sorridente abbrancava un'Anfitrite vogliosa: l'ombelico di lei inumidito dagli spruzzi brillava al sole, nido, fra poco, di baci nascosti nell'ombria subacquea. Don Fabrizio si fermò, guardò, ricordò, rimpianse. Rimase a lungo.

"Zione, vieni a guardare le pesche forestiere. Sono venute benissimo. E lascia stare queste indecenze che non sono fatte per uomini della tua età."

L'affettuosa malizia della voce di Tancredi lo distolse dall'intorpidimento voluttuoso. Non lo aveva inteso venire: era come un gatto. Per la prima volta gli sembrò che un senso di rancore lo pungesse alla vista del ragazzo: quel bellimbusto col vitino smilzo sotto l'abito bleu scuro era stato la causa che lui avesse tanto acerbamente pensato alla morte due ore fa. Poi si rese conto che rancore non era: soltanto un travestimento del timore; aveva paura che gli parlasse di Concetta. Ma l'abbordo, il tono del nipote, non era quello di chi si prepari a far confidenze amorose a un uomo come lui. Si calmò: l'occhio del nipote lo guardava con l'affetto ironico che la gioventú accorda alle persone anziane. "Possono permettersi di fare un po' i gentili con noi, tanto sono sicuri che il giorno dopo dei nostri funerali saranno liberi." Andò con Tancredi a guardare le "pesche forestiere." L'innesto dei gettoni tedeschi, fatto due anni prima, era riuscito perfettamente: i frutti erano pochi, una dozzina sui due alberi innestati, ma erano grandi, vellutati, fragranti; giallognoli, con due sfumature rosee sulle guancie, sembravano testoline di cinesine pudiche. Il Principe le palpò con la delicatezza famosa dei polpastrelli carnosi.

"Mi sembra che siano proprio mature. Peccato che siano troppo poche per servirle stasera. Ma domani le faremo cogliere e vedremo come sono." "Vedi! cosí mi piaci, zio; cosí, nella parte dell'*agricola pius* che apprezza e pregusta i frutti del proprio lavoro; e non come ti ho trovato poc'anzi mentre contemplavi nudità scandalose." "Eppure, Tancredi, anche queste pesche sono prodotte da amori, da congiungimenti." "Certo, ma da amori legali, promossi da te, padrone, e da Nino il giardiniere, notaio. Da amori meditati, fruttuosi. In quanto a quelli lí," disse, e accennava alla fontana della quale si percepiva il fremito al di là di un sipario di lecci, "credi davvero che siano passati dinanzi al parroco?" L'abbrìvo della conversazione si faceva pericoloso, e don Fabrizio si affrettò a cambiar rotta. Risalendo verso casa, Tancredi raccontò quanto aveva appreso dalla cronaca galante di Donnafugata: Menica, la figlia di campiere Saverio, si era lasciata ingravidare dal fidanzato; il matrimonio adesso si doveva compiere in fretta. Calicchio poi era sfuggito per un pelo alla fucilata di un marito scontento. "Ma come fai a sapere già queste cose?" "Le so, zione, le so. A me raccontano tutto; sanno che io compatisco."

Giunti in cima alla scala, che con svolte molli e lunghe soste di pianerottoli saliva dal giardino al palazzo, videro l'orizzonte serale al di là degli alberi: dalla parte del mare immani nuvoloni color d'inchiostro scalavano il cielo. Forse la collera di Dio si era saziata, e la maledizione annuale della Sicilia aveva avuto termine? In quel momento quei nuvoloni carichi di sollievo erano guardati da migliaia di altri occhi, avvertiti nel grembo della terra da miliardi di semi. "Speriamo che l'estate sia finita, che venga finalmente la pioggia," disse don Fabrizio; e con queste parole l'altero nobiluomo, cui, personalmente, le pioggie avrebbero soltanto recato fastidio, si rivelava fratello dei suoi rozzi villani.

Il Principe aveva sempre badato a che il primo pranzo a Donnafugata rivestisse un carattere solenne: i figlioli sotto i quindici anni erano esclusi dalla tavola, venivano serviti vini francesi, vi era il poncio alla romana prima dell'arrosto; e i domestici erano in cipria e polpe. Su di un solo particolare transigeva: non si metteva in abito da sera, per non imbarazzare gli ospiti che, evidentemente, non ne possedevano. Quella sera, nel salone detto "di Leopoldo," la famiglia Salina aspettava gli ultimi invitati. Da sotto i paralumi ricoperti di merletto i lumi a petrolio spandevano una gialla luce circoscritta; gli smisurati ritratti equestri dei Salina trapassati non erano che delle immagini imponenti e vaghe come il loro ricordo. Don Onofrio era già arrivato con la moglie, e cosí pure l'Arciprete che, con la mantellina di leggerissima stoffa pieghettata giú dalle spalle in segno di gala, parlava con la Principessa delle beghe del Collegio di Maria. Era giunto anche don Ciccio l'organista (Teresina era di già stata legata al piede di un tavolo del riposto), che rievocava insieme al Principe favolosi tiri riusciti nelle forre della Dragonara. Tutto era placido e consueto, quando Francesco Paolo, il sedicenne figliolo, fece nel salotto una irruzione scandalosa: "Papà, don Calogero sta salendo le scale. È in *frac*!"

Tancredi valutò l'importanza della notizia un secondo prima degli altri; era intento ad ammaliare la moglie di don Onofrio. Ma quando udí la fatale parola non poté trattenersi e scoppiò in una risata convulsa. Non rise invece il Principe sul quale, è lecito dirlo, la notizia fece un effetto maggiore che non il bollettino dello sbarco a Marsala. Quello era stato un avvenimento previsto, non solo, ma anche lontano ed invisibile. Adesso, sensibile com'egli era ai presagi ed ai simboli, contemplava una rivoluzione in quel cravattino bianco ed in quelle due code nere che salivano la scala di casa sua. Non soltanto lui, il Principe, non era piú il massimo proprietario di Donnafugata, ma si vedeva anche costretto a ricevere, vestito da pomeriggio, un invitato che si presentava in abito da sera.

Il suo sconforto fu grande e durava ancora, mentre meccanicamente si avanzava verso la porta per ricevere l'ospite. Quando lo vide, però, le sue pene furono alquanto alleviate. Perfettamente adeguato quale manifestazione politica, si poteva però affermare che, come riuscita sartoriale, il *frac* di don Calogero era una catastrofe. Il panno era finissimo, il modello recente, ma il taglio era semplicemente mostruoso. Il Verbo londinese si era assai malamente incarnato in un artigiano girgentano cui la tenace avarizia di don Calogero si era rivolta. Le punte delle due falde si ergevano verso il cielo in muta supplica, il vasto colletto era informe, e, per quanto sia doloroso è pur necessario dirlo, i piedi del sindaco erano calzati da stivaletti abbottonati.

Don Calogero si avanzava con la mano tesa e inguantata verso la Principessa: "Mia figlia chiede scusa: non era ancora del tutto pronta. Vostra Eccellenza sa come sono le femmine in queste occasioni," aggiunse esprimendo in termini quasi vernacoli un pensiero di levità parigina. "Ma sarà qui fra un attimo; da casa nostra sono due passi, come sapete."

L'attimo durò cinque minuti; poi la porta si aprí ed entrò Angelica. La prima impressione fu di abbagliata sorpresa. I Salina rimasero col fiato in gola; Tancredi sentí addirittura come gli pulsassero le vene delle tempie. Sotto l'urto che ricevettero allora dall'impeto della sua bellezza, gli uomini rimasero incapaci di notare, analizzandola, i non pochi difetti che questa bellezza aveva; molte dovevano essere le persone che di questo lavorio critico non furono capaci mai. Era alta e ben fatta, in base a generosi criteri; la carnagione sua doveva possedere il sapore della crema fresca alla quale rassomigliava, la bocca infantile quello delle fragole. Sotto la massa dei capelli color di notte avvolti in soavi ondulazioni, gli occhi verdi albeggiavano immoti come quelli delle statue e, com'essi, un po' crudeli. Procedeva lenta, facendo roteare intorno a sé l'ampia gonna bianca e recava nella persona la pacatezza, l'invincibilità della donna di sicura bellezza. Molti mesi dopo soltanto si seppe che nel momento di quel suo ingresso vittorioso essa era stata sul punto di svenire per l'ansia.

Non si curò del Principe che accorreva verso di

lei, oltrepassò Tancredi che le sorrideva trasognato; dinanzi alla poltrona della Principessa la sua groppa stupenda disegnò un lieve inchino, e questa forma di omaggio, inconsueta in Sicilia, le conferí un istante il fascino dell'esotismo in aggiunta a quello della bellezza paesana. "Angelica mia, da quanto tempo non ti avevo vista. Sei molto cambiata; e non in peggio!" La Principessa non credeva ai propri occhi: ricordava la tredicenne poco curata e bruttina di quattro anni prima e non riusciva a farne combaciare l'immagine con quella dell'adolescente voluttuosa che le stava dinanzi. Il Principe non aveva ricordi da riordinare; aveva soltanto previsioni da capovolgere; il colpo inferto al suo orgoglio dal *frac* del padre si ripeteva adesso nell'aspetto della figlia; ma questa volta non si trattava di panno nero, ma di matta pelle lattea; e tagliata bene, come bene! Vecchio cavallo da battaglia com'era, lo squillo della grazia femminile lo trovò pronto ed egli si rivolse alla ragazza con tutto il grazioso ossequio che avrebbe adoperato parlando alla Duchessa di Bovino o alla Principessa di Lampedusa: "È una fortuna per noi, signorina Angelica, di avere accolto un fiore tanto bello nella nostra casa; e spero che avremo il piacere di rivedervelo spesso." "Grazie, Principe; vedo che la Sua bontà per me è uguale a quella che ha sempre dimostrato al mio caro papà." La voce era bella, bassa di tono, un po' troppo sorvegliata, forse; ed il collegio fiorentino aveva cancellato lo strascichío dell'accento girgentano; di siciliano, nelle parole, le rimaneva soltanto l'asprezza delle consonanti, che del resto si armonizzava benissimo con la sua venustà chiara ma greve. A Firenze, anche, le avevano appreso ad omettere l' "Eccellenza."

Rincresce di poter dir poco di Tancredi: dopo che si fu fatto presentare da don Calogero, dopo aver manovrato il faro del suo occhio azzurro, dopo aver a stento resistito al desiderio di baciare la mano di Angelica, era ritornato a chiacchierare con la signora Rotolo, e non capiva niente di quanto udiva. Padre Pirrone, in un angolo buio, se ne stava a meditare e pensava alla Sacra Scrittura, che quella sera gli si presentava soltanto come una successione di Dalile, Giuditte ed Ester.

La porta centrale del salotto si aprí e: "Prann' pronn'," declamò il maestro di casa: suoni misteriosi mediante i quali si annunziava che il pranzo era pronto; e il gruppo eterogeneo si avviò verso la stanza da pranzo.

Il Principe era troppo sperimentato per offrire a degli ospiti siciliani, in un paese dell'interno, un pranzo che si iniziasse con un *potage,* e infrangeva tanto piú facilmente le regole dell'alta cucina in quanto ciò corrispondeva ai propri gusti. Ma le informazioni sulla barbarica usanza forestiera di servire una brodaglia come primo piatto erano giunte con troppa insistenza ai maggiorenti di Donnafugata perché un residuo timore non palpitasse in loro all'inizio di quei pranzi solenni. Perciò quando tre servitori in verde, oro e cipria entrarono recando ciascuno uno smisurato piatto di argento che conteneva un torreggiante timballo di maccheroni, soltanto quattro su venti convitati si astennero dal manifestare un lieta sorpresa: il Principe e la Principessa perché se l'aspettavano, Angelica per affettazione e Concetta per mancanza di appetito. Tutti gli altri (Tancredi compreso, rincresce dirlo) manifestarono il loro sollievo in modi diversi, che andavano dai flautati grugniti estatici del notaio allo strilletto acuto di Francesco Paolo. Lo sguardo circolare minaccioso del padrone di casa troncò del resto subito queste manifestazioni indecorose.

Buone creanze a parte, però, l'aspetto di quei monumentali pasticci era ben degno di evocare fremiti di ammirazione. L'oro brunito dell'involucro, la fragranza di zucchero e di cannella che ne emanava, non erano che il preludio della sensazione di delizia che si sprigionava dall'interno quando il coltello squarciava la crosta: ne erompeva dapprima un fumo carico di aromi e si scorgevano poi i fegatini di pollo, le ovette dure, le sfilettature di prosciutto, di pollo e di tartufi nella massa untuosa, caldissima dei maccheroncini corti, cui l'estratto di carne conferiva un prezioso color camoscio.

L'inizio del pasto fu, come avviene in provincia, raccolto. L'arciprete si fece il segno della croce, e si lanciò a capofitto senza dir parola. L'organista assorbiva la succolenza del cibo ad occhi chiusi: era grato al Creatore che la propria abilità nel fulminare lepri e beccaccie gli procurasse talvolta simili estasi, e pensava che col solo valore di uno di quei timballi lui e Teresina avrebbero campato un mese; Angelica, la bella Angelica, dimenticò i migliaccini toscani e parte delle proprie buone maniere e divorò con l'appetito dei suoi diciassette anni e col vigore che la forchetta tenuta a metà dell'impugnatura le conferiva. Tancredi, tentando di unire la galanteria alla gola, si provava a vagheggiare il sapore dei baci di Angelica, sua vicina, nel gusto delle forchettate aromatiche, ma si accorse subito che l'esperimento era disgustoso e lo sospese, riservandosi di risuscitare queste fantasie al momento del dolce; il Principe, benché rapito nella contemplazione di Angelica che gli stava di fronte, ebbe modo di notare, unico a tavola, che la *demi-glace* era troppo carica, e si ripromise di dirlo al cuoco l'indomani; gli altri mangiavano senza pensare a nulla, e non sapevano che il cibo sembrava a loro tanto squisito perché un'aura sensuale era penetrata in casa.

Tutti erano tranquilli e contenti. Tutti, tranne Concetta. Essa aveva sí abbracciato e baciato Angelica, aveva anche respinto il "lei" che quella le dava, e preteso il "tu" della loro infanzia, ma lí, sotto il corpetto azzurro pallido, il cuore le veniva attanagliato; il violento sangue Salina si ridestava in lei, e sotto la fronte liscia si ordivano fantasie di venefici. Tancredi sedeva fra essa ed Angelica e, con la compitezza puntigliosa di chi si sente in colpa, divideva equamente sguardi, complimenti e facezie fra le sue due vicine; ma Concetta sentiva, animalescamente sentiva, la corrente di desiderio che scorreva dal cugino verso l'intrusa; ed il cipiglietto di lei fra la fronte e il naso s'inaspriva: desiderava uccidere quanto desiderava morire. Poiché era donna, si aggrappava ai particolari: notò la grazia volgare del mignolo destro di Angelica levato in alto mentre la mano teneva il bicchiere; notò un neo rossastro sulla pelle del collo, notò il tentativo, represso a metà, di togliere con la mano un pezzetto di cibo rimasto fra i denti bianchissimi; notò ancor piú vivacemente una certa durezza di spirito; ed a questi particolari, che in realtà erano insignificanti perché bruciati dal fascino sensuale, si aggrappava fiduciosa e disperata come un muratore precipitato si aggrappa a una grondaia di piombo; sperava che Tancredi li notasse anch'egli e si disgustasse dinanzi a queste traccie palesi della differenza di educazione. Ma Tancredi li aveva di già notati e ahimé! senza alcun risultato. Si lasciava trascinare dallo stimolo fisico che la femmina bellissima procurava alla sua gioventú focosa, ed anche dalla eccitazione diciamo cosí contabile che la ragazza ricca suscitava nel suo cervello di uomo ambizioso e povero.

Alla fine del pranzo la conversazione era generale: don Calogero raccontava in pessima lingua ma con intuito sagace alcuni retroscena della conquista garibaldina della provincia; il notaio parlava alla Principessa del villino "fuori città" che si faceva costruire; Angelica eccitata dalle luci, dal cibo, dallo *chablis,* dall'evidente consenso che essa trovava in tutti i maschi attorno alla tavola, aveva chiesto a Tancredi di narrarle alcuni episodi dei "gloriosi fatti d'arme" di Palermo. Aveva posato un gomito sulla tovaglia e poggiato la guancia sulla mano. Il sangue le affluiva alle gote ed essa era pericolosamente gradevole da guardare: l'arabesco disegnato dall'avambraccio, dal gomito, dalle dita, dal guanto bianco pendente, venne trovato squisito da Tancredi e disgustoso da Concetta. Il giovane, pur continuando ad ammirare, narrava la guerra facendo apparire tutto lieve e senza importanza: la marcia notturna su Gibilrossa, la scenata fra Bixio e La Masa, l'assalto a Porta di Termini. "Mi sono divertito un mondo, signorina, mi creda. Le piú grandi risate le abbiamo fatte la sera del 28 maggio. Il Generale aveva bisogno di avere un posto di vedetta in cima al monastero dell'Origlione: picchia, picchia, impreca, nessuno apre: era un convento di clausura. Allora Tassoni, Aldrighetti, io e qualche altro tentiamo di sfondare con i calci dei nostri moschetti. Niente. Corriamo a prendere una trave di una casa bombardata vicina, e finalmente, con un baccano d'inferno, la porta viene giú. Entriamo: tutto deserto, ma da un angolo del corridoio si odono strilli disperati: un gruppo di suore si era rifugiato nella cappella e stavano lí ammucchiate vicino all'altare; chissà cosa te-mes-se-ro da quella diecina di giovanotti esasperati. Era buffo vederle, brutte e vecchie come erano, nelle loro tonache nere, con gli occhi sbarrati, pronte e disposte al... martirio. Guaivano come cagne. Tassoni, quel bel tipo, gridò: 'Niente da fare, sorelle, abbiamo da badare ad altro; ritorneremo quando ci farete trovare le novizie.' E noi tutti a ridere, che si voleva mettere la pancia in terra. E le lasciammo lí, con la bocca asciutta, per andare a far fuoco contro i Regi dai terrazzini di sopra. Dieci minuti dopo fui ferito."

Angelica, ancora appoggiata, rideva, mostrando tutti i suoi denti di lupatta. Lo scherzo le sembrava delizioso; quella possibilità di stupro la turbava; la bella gola palpitava. "Che bei tipi dovevate essere! Come avrei voluto trovarmi con voi!" Tancredi sembrava trasformato: la foga del racconto, la forza del ricordo, entrambe innestate sulla eccitazione che produceva in lui l'aura sensuale della ragazza, lo mutarono un istante, da quel giovanotto ammodo che in realtà era, in un soldataccio brutale.

"Se ci fosse stata lei, signorina, non avremmo avuto bisogno di aspettare le novizie."

Angelica a casa sua aveva udito molte parole grosse; questa era però la prima volta (e non l'ultima) che si trovava ad esser l'oggetto di un doppio senso lascivo; la novità le piacque, la sua risata salí di tono, si fece stridula.

In quel momento tutti si alzavano da tavola; Tancredi si chinò per raccattare il ventaglio di piume che Angelica aveva lasciato cadere; rialzandosi vide Concetta col volto di brace, con due piccole lacrime sull'orlo delle ciglia: "Tancredi, queste brutte cose si dicono al confessore; non si raccontano alle signorine, a tavola; per lo meno quando ci sono anch'io." E gli volse le spalle.

Prima di andare a letto don Fabrizio si fermò un momento sul balconcino dello spogliatoio. Il giardino dormiva sprofondato nell'ombra, sotto; nell'aria inerte gli alberi sembravano di piombo fuso; dal campanile incombente giungeva il sibilo fiabesco dei gufi. Il cielo era sgombro di nuvole: quelle che avevano salutato a sera se ne erano andate chissà dove, verso paesi meno colpevoli, nei cui riguardi la collera divina aveva decretato condanna minore. Le stelle apparivano torbide ed i loro raggi faticavano a penetrare la coltre di afa.

L'anima del Principe si slanciò verso di loro, verso le intangibili, le irraggiungibili, quelle che donavano gioia senza poter nulla pretendere in cambio; come tante altre volte fantasticò di poter presto trovarsi in quelle gelide distese, puro intelletto armato di un taccuino per calcoli: per calcoli difficilissimi, ma che sarebbero tornati sempre. "Esse sono le sole pure, le sole persone perbene," pensò, con le sue formule mondane. "Chi pensa a preoccuparsi della dote delle Pleiadi, della carriera politica di Sirio, delle attitudini all'alcova di Vega?" La giornata era stata cattiva; lo avvertiva adesso, non soltanto dalla pressione alla bocca dello stomaco, ma glielo dicevano anche le stelle: invece di vederle atteggiarsi nei loro usati disegni, ogni volta che alzava gli occhi scorgeva lassú un unico diagramma: due stelle sopra, gli occhi; una sotto, la punta del mento: quello schema beffardo di volto triangolare che la sua anima proiettava nelle costellazioni, quando era sconvolta. Il *frac* di don Calogero, gli amori di Concetta, l'infatuazione evidente di Tancredi, la propria pusillanimità; financo la minacciosa bellezza di quell'Angelica: brutte cose; pietruzze in corsa che precedono la frana. E quel Tancredi! Aveva ragione, siamo d'accordo, e lo avrebbe anche aiutato; ma non si poteva negare che fosse un tantino ignobile. E lui stesso era come Tancredi. "Basta, dormiamoci su."

Bendicò nell'ombra gli strisciava il testone contro il ginocchio. "Vedi: tu, Bendicò, sei un po' come loro, come le stelle: felicemente incomprensibile, incapace di produrre angoscia." Sollevò la testa del cane quasi invisibile nella notte. "E poi con quei tuoi occhi al medesimo livello del naso, con la tua assenza di mento, è impossibile che la tua testa evochi nel cielo spettri maligni."

Abitudini secolari esigevano che il giorno seguente al proprio arrivo la famiglia Salina andasse al monastero di Santo Spirito a pregare sulla tomba della Beata Corbèra, antenata del Principe, che aveva fondato il convento, lo aveva dotato, santamente vi aveva vissuto e santamente vi era morta.

Il monastero di Santo Spirito era soggetto ad una rigida regola di clausura e l'ingresso ne era severamente vietato agli uomini. Appunto per questo il Principe era particolarmente lieto di visitarlo, perché per lui, discendente diretto della fondatrice, la esclusione non vigeva, e di questo suo privilegio, che divideva soltanto col Re di Napoli, era geloso e infantilmente fiero.

Questa facoltà di canonica prepotenza era la causa principale, ma non l'unica, della sua predilezione per Santo Spirito. In quel luogo tutto gli piaceva, cominciando dall'umiltà del parlatorio rozzo, con la sua volta a botte centrata dal Gattopardo, con le duplici grate per le conversazioni, con la piccola ruota di legno per fare entrare e uscire i messaggi, con la porta ben squadrata che il Re e lui, soli maschi nel mondo, potevano lecitamente varcare. Gli piaceva l'aspetto delle suore con la loro larga bavetta di candidissimo lino a piegoline minute, spiccante sulla ruvida tonaca nera; si edificava nel sentir raccontare per la ventesima volta dalla badessa gli ingenui miracoli della Beata, nel vedere com'essa gli additasse l'angolo del giardino malinconico dove la Santa monaca aveva sospeso nell'aria un grosso sasso che il Demonio, innervosito dalla di lei austerità, le aveva scagliato addosso; si stupiva sempre vedendo incorniciate sulla parete di una cella le due lettere famose e indecifrabili, quella che la Beata Corbèra aveva scritto al diavolo per convertirlo al bene e la risposta che esprimeva, pare, il rammarico di non poter obbedirle; gli piacevano i mandorlati che le monache confezionavano su ricette centenarie, gli piaceva ascoltare l'Uffizio nel coro, ed era financo contento di versare a quella comunità una parte non trascurabile del proprio reddito, cosí come voleva l'atto di fondazione.

Quella mattina quindi non vi era che gente contenta nelle due vetture che si dirigevano verso il monastero, appena fuori del paese. Nella prima stavano il Principe con la Principessa e le figlie Carolina e Concetta; nella seconda la figlia Caterina, Tancredi e padre Pirrone i quali, beninteso, si sarebbero fermati *extra muros* ed avrebbero atteso nel parlatorio durante la visita, confortati dai mandorlati che sarebbero apparsi attraverso la ruota. Concetta appariva un po' distratta ma serena, e il Principe volle sperare che le fanfaluche di ieri fossero passate.

L'ingresso in un convento di clausura non è cosa breve, anche per chi possegga il piú sacro dei diritti.

Le religiose tengono a far mostra di una certa riluttanza, formale sí ma prolungata, che del resto dà maggiore sapore alla già scontata ammissione; e, benché la visita fosse stata preannunziata, si dovette aspettare un bel po' nel parlatorio. Fu verso la fine di questa attesa che Tancredi inaspettatamente disse al Principe: "Zio, non potresti fare entrare anche me? Dopo tutto sono per metà Salina, e qui non ci sono stato mai." Il Principe fu in fondo lieto della richiesta, ma scosse risolutamente il capo. "Ma, figlio mio, lo sai: io solo posso entrare qui; per gli altri è impossibile." Non era però facile smontare Tancredi: "Scusa, zione: *potrà entrare il Principe di Salina e insieme a lui due gentiluomini del suo seguito se la badessa lo permetterà:* me lo sono riletto ieri. Farò il gentiluomo al tuo seguito, farò il tuo scudiero, farò quel che vorrai. Chiedilo alla badessa, te ne prego." Parlava con calore inconsueto; voleva forse far dimenticare a qualcuno gl'inconsiderati discorsi della sera prima. Il Principe era lusingato. "Se ci tieni tanto, caro, vedrò..." Ma Concetta col suo sorriso piú dolce si rivolse al cugino: "Tancredi, passando abbiamo visto una trave per terra, davanti alla casa di Ginestra. Vai a prenderla, farai piú presto a entrare." L'occhio azzurro di Tancredi s'incupí ed il volto gli divenne rosso come un papavero, non si sa se per vergogna o ira. Voleva dire qualcosa al Principe sorpreso, ma Concetta intervenne di nuovo, con voce cattiva, adesso, e senza sorriso. "Lascia stare, papà, lui scherza: in un convento almeno c'è stato, e gli deve bastare; in questo nostro non è giusto che entri." Con fragore di chiavistelli tirati, la porta si apriva. Entrò nel parlatorio afoso la frescura del chiostro insieme al parlottare delle monache schierate. Era troppo tardi per trattare, e Tancredi rimase a passeggiare davanti al convento, sotto il cielo infuocato.

La visita a Santo Spirito riuscí a perfezione. Don Fabrizio, per amor di quiete, aveva fatto a meno di chiedere a Concetta il significato delle sue parole: doveva trattarsi senza dubbio di una delle solite ragazzate fra cugini; ad ogni modo il bisticcio fra i due giovani allontanava seccature, conversazioni, decisioni da prendere: quindi era stato il benvenuto. Su queste premesse la tomba della Beata Corbèra fu da tutti venerata con compunzione, il caffè leggero delle monache bevuto con tolleranza e i mandorlati rosa e verdognoli sgranocchiati con soddisfazione; la Principessa ispezionò il guardaroba, Concetta parlò alle suore con la consueta ritegnosa bontà, lui, il Principe, lasciò sul tavolo del refettorio le dieci onze che offriva ogni volta. È vero che all'uscita padre Pirrone venne trovato solo: ma poiché disse che Tancredi era andato via a piedi, essendosi ricordato di una lettera urgente da scrivere, nessuno vi fece caso.

Ritornato a palazzo, il Principe salí nella libreria che era proprio al centro della facciata sotto all'orologio ed al parafulmine. Dal grande balcone chiuso contro l'afa si vedeva la piazza di Donnafugata: vasta, ombreggiata dai platani polverosi. Le case di fronte ostentavano alcune facciate disegnate con brio da un architetto paesano, rustici mostri in pietra tenera, levigati dagli anni, sostenevano contorcendosi i balconcini troppo piccoli; altre case, fra cui quella di don Calogero Sedàra, si ammantavano dietro pudiche facciatine Impero.

Don Fabrizio passeggiava su e giú per l'immensa stanza: ogni tanto al passaggio gettava un'occhiata sulla piazza: su una delle panchine da lui stesso donate al comune tre vecchietti si arrostivano al sole; quattro muli erano attaccati ad un albero; una diecine di monelli s'inseguivano gridando e brandendo spadoni di legno. Sotto l'infuriare del solleone lo spettacolo non poteva essere piú paesano. Ad uno dei suoi passaggi davanti alla finestra, però, il suo sguardo fu attratto da una figura nettamente cittadina: eretta, smilza, benvestita. Aguzzò gli occhi: era Tancredi; lo riconobbe, benché fosse già un po' lontano, dalle spalle cascanti, dal vitino ben racchiuso nella *redingote*. Aveva cambiato abito: non era piú in marrone come a Santo Spirito, ma in blu di Prussia, il "colore della mia seduzione," come diceva lui stesso. Teneva in mano una canna dal pomo smaltato (doveva esser quella con il Liocorno dei Falconeri e il motto *Semper purus*) e camminava leggero come un gatto, come qualcuno che tenga a non impolverarsi le scarpe. A dieci passi indietro lo seguiva un domestico che reggeva una cesta infiocchettata, contenente una diecina di pesche gialline con le guancette rosse. Scansò un monello spadaccino, evitò con cura una pisciata di mulo. Raggiunse la porta di casa Sedàra.

Capitolo terzo

Partenza per la caccia - Fastidi di don Fabrizio - Lettera di Tancredi - La caccia e il Plebiscito - Don Ciccio Tumeo inveisce - Come si mangia un rospo - Epiloghetto

Ottobre 1860

La pioggia era venuta, la pioggia era andata via; ed il sole era risalito sul trono come un re assoluto che, allontanato per una settimana dalle barricate dei sudditi, ritorna a regnare iracondo ma raffrenato da carte costituzionali. Il calore ristorava senza ardere, la luce era autoritaria ma lasciava sopravvivere i colori, e dalla terra rispuntavano trifogli e mentucce cautelose, sui volti diffidenti speranze.

Don Fabrizio insieme a Teresina ed Arguto, cani, e a don Ciccio Tumeo seguace, passava a caccia lunghe ore, dall'alba al pomeriggio. La fatica era fuori d'ogni proporzione con i risultati, perché anche ai piú esperti tiratori riesce difficile colpire un bersaglio che non c'è quasi mai, ed era molto se il Principe rincasando poteva far portare in cucina un paio di pernici, cosí come don Ciccio si reputava fortunato se a sera poteva sbattere sul tavolo un coniglio selvatico, il quale del resto veniva *ipso facto* promosso al grado di lepre, come si usa da noi.

Un'abbondanza di bottino sarebbe stata d'altronde, per il Principe, un piacere secondario; il diletto dei giorni di caccia era altrove, suddiviso in molti episodi minuti. Cominciava con la rasatura nella camera ancora buia, al lume di una candela che rendeva enfatici i gesti sul soffitto dalle architetture dipinte; si acuiva nel traversare i saloni addormentati, nello scansare alla luce traballante i tavoli con le carte da gioco in disordine fra gettoni e bicchierini vuoti, e nello scorgere fra esse il cavallo di spade che gli rivolgeva un augurio virile; nel percorrere il giardino immoto sotto la luce grigia nel quale gli uccelli piú mattinieri si strizzavano per far saltare la rugiada via dalle penne; nello sgusciare attraverso la porticina impedita dall'edera: nel fuggire, insomma; e poi sulla strada, innocentissima ancora ai primi albori, ritrovava don Ciccio sorridente fra i baffi ingialliti mentre sacramentava affettuoso contro i cani: a questi, nell'attesa, fremevano i muscoli sotto il velluto del pelo. Venere brillava, chicco d'uva sbocciato, trasparente e umido, ma già sembrava di udire il rombo del carro solare che saliva l'erta sotto l'orizzonte; presto s'incontravano le prime greggi che avanzavano torpide come maree, guidate a sassate dai pastori calzati di pelli; le lane erano rese morbide e rosee dai primi raggi; poi bisognava dirimere oscuri litigi di precedenza fra i cani di mandria e i bracchi puntigliosi, e dopo quest'intermezzo assordante si svoltava su per un pendio e ci si trovava nell'immemoriale silenzio della Sicilia pastorale. Si era subito lontani da tutto, nello spazio e ancora di piú nel tempo. Donnafugata con il suo palazzo e i suoi nuovi ricchi era appena a due miglia, ma sembrava sbiadita nel ricordo come quei paesaggi che talvolta si intravedono allo sbocco lontano di una galleria ferroviaria; le sue pene e il suo lusso apparivano ancor piú insignificanti che se fossero appartenuti al passato, perché, rispetto alla immutabilità di questa contrada fuor di mano, sembravano far parte del futuro, esser ricavati non dalla pietra e dalla carne ma dalla stoffa di un sognato avvenire, estratti da una utopia vagheggiata da un Platone rustico e che per un qualsiasi minimo accidente avrebbe anche potuto conformarsi in foggie del tutto diverse o addirittura non essere: sprovvisti cosí anche di quel tanto di carica energetica che ogni cosa passata continua a possedere, non potevano piú recar fastidio.

Fastidii don Fabrizio ne aveva avuto parecchi in questi due ultimi mesi: erano sbucati da tutte le parti, come formiche all'arrembaggio di una lucertola morta. Alcuni erano spuntati fuori dai crepacci della situazione politica; altri gli erano stati buttati addosso dalle passioni altrui; altri ancora (ed erano i piú mordaci) erano germogliati dal suo proprio interno, cioè dalle irrazionali reazioni sue alla politica ed ai capricci del prossimo ("capricci" chiamava, quando era irritato, ciò che da calmo designava come "passioni"); e questi fastidi se li passava in rivista ogni giorno, li faceva manovrare, comporsi in colonna, o spiegarsi in fila sulla piazza d'armi della propria coscienza sperando di scorgere nelle loro evoluzioni un qualsiasi senso di finalità che potesse rassicurarlo; e non ci riusciva. Gli anni scorsi, le seccature erano in numero minore e ad ogni modo il soggiorno a Donnafugata costituiva un periodo di riposo: i crucci lasciavano cadere il fucile, si disperdevano fra le anfrattuosità delle valli e stavano tanto tranquilli, intenti a mangiare pane e formaggio, che si dimenticava la bellicosità delle loro uniformi e potevano esser presi per bifolchi inoffensivi. Quest'anno invece, come truppe ammutinate che vociassero brandendo le armi, erano rimasti adunati e, a casa sua, gli suscitavano lo sgomento di un colonnello che abbia detto: "Fate rompere le righe" e che dopo vede il reggimento piú serrato e minaccioso che mai.

Bande, mortaretti, campane, *zingarelle* e *Te Deum* all'arrivo, va bene: ma dopo! La rivoluzione borghese che saliva le sue scale nel *frac* di don Calogero, la bellezza di Angelica che poneva in ombra la grazia contegnosa della sua Concetta, Tancredi che precipitava i tempi dell'evoluzione prevista e cui anzi l'infatuazione sensuale dava modo di infiorare i motivi realistici; gli scrupoli e gli equivoci del Plebiscito; le mille astuzie alle quali doveva piegarsi lui, lui il Gattopardo, che per anni aveva spazzato via le difficoltà con un rovescio della zampa.

Tancredi era partito già da piú di un mese e adesso se ne stava a Caserta accampato negli appartamenti del suo Re; da lí inviava ogni tanto a don Fabrizio lettere, che questi leggeva con ringhi e sorrisi alternati, e che poi riponeva nel piú remoto cassetto della scrivania. A Concetta non aveva scritto mai, ma non dimenticava di farla salutare con la consueta affettuosa malizia; una volta anzi scrisse: "Bacio le mani di tutte le Gattopardine, e sopratutto quelle di Concetta," frase che venne censurata dalla prudenza paterna quando la lettera venne letta alla famiglia riunita. Angelica veniva a far visita quasi ogni giorno, piú seducente che mai, accompagnata dal padre o da una cameriera iettatoria: ufficialmente le visite erano fatte alle amichette, alle ragazze, ma di fatto si avvertiva che il loro acme era raggiunto al momento in cui essa chiedeva con indifferenza: "E sono arrivate notizie del Principe?" Il "Principe" nella bella bocca di Angelica non era ahimé! il vocabolo per designare lui, don Fabrizio, ma quello usato per evocare il capitanuccio garibaldino: e ciò provocava in Salina un sentimento buffo, tessuto del cotone dell'invidia sensuale e della seta del compiacimento per il successo del caro Tancredi; sentimento, a conti fatti, sgradevole. Alla domanda rispondeva sempre lui: in forma meditatissima riferiva quanto sapeva, avendo cura però di presentare una pianticella di notizie ben rimondata, alla quale le sue caute cesoie avevano asportato tanto le spine (narrazioni di frequenti gite a Napoli, allusioni chiarissime alla bellezza delle gambe di Aurora Schwarzwald, ballerinetta del San Carlo), quanto i bòccioli prematuri ("dammi notizie della signorina Angelica" - "nello studio di Ferdinando II ho visto una Madonna di Andrea del Sarto che mi ha ricordato la signorina Sedàra"). Cosí plasmava una immagine insipida di Tancredi, assai poco veritiera, ma cosí anche non si poteva dire che egli recitasse la parte del guastafeste o quella del paraninfo. Queste precauzioni verbali corrispondevano assai bene ai propri sentimenti nei riguardi della ragionata passione di Tancredi, ma lo irritavano in quanto lo stancavano; esse erano del resto soltanto un esemplare delle cento astuzie di linguaggio e di contegno che da qualche tempo era costretto ad escogitare: egli ripensava con invidia alla situazione di un anno prima, quando diceva tutto quanto gli passasse per il capo, sicuro che ogni sciocchezza sarebbe stata accettata come parola di Vangelo, e qualsiasi improntitudine come noncuranza principesca. Postosi sulla via del rimpianto del passato, nei momenti di peggior malumore si spingeva assai lontano giú per questa china pericolosa: una volta, mentre inzuccherava la tazza di tè tesagli da Angelica, si accorse che stava invidiando le possibilità di quei tali Fabrizi Salina e Tancredi Falconeri di tre secoli prima, che si sarebbero cavati la voglia di andare a letto con le Angeliche dei loro tempi senza dover passare davanti al parroco, noncuranti delle doti delle villane (che del resto non esistevano) e scaricati delle necessità di costringere i loro rispettabili zii a danzar fra le uova per dire o tacere le cose appropriate. L'impulso di lussuria atavica (che poi non era del tutto lussuria, ma anche atteggiamento sensuale della pigrizia) fu brutale al punto da far arrossire il civilizzatissimo gentiluomo quasi cinquantenne, e l'animo di lui che, pur attraverso numerosi filtri, aveva finito con tingersi di rousseauiani scrupoli, si vergognò profondamente; dal che venne dedotto un ancor piú acuto ribrezzo verso la congiuntura sociale nella quale era incappato.

La sensazione di trovarsi prigioniero di una situazione che evolvesse piú rapidamente di quanto fosse previsto era particolarmente acuta quella mattina. La sera prima, infatti, la corriera che dentro la cassa giallo canarino portava irregolarmente la scarsa posta di Donnafugata gli aveva recato una lettera di Tancredi.

Prima ancora di esser letta essa proclamava la propria importanza, scritta come era su sontuosi foglietti di carta lucida e con la scrittura armoniosa tracciata con scrupolosa osservanza dei "pieni" discendenti e dei "sottili" che andavano in su. Si rivelava subito come la "bella copia" di chissà quante bozze disordinate. Il Principe non veniva in essa chiamato con l'appellativo di "zione" che gli era divenuto caro; il garibaldino sagace aveva escogitato la formula "carissimo zio Fabrizio" che possedeva molteplici meriti: quello di allontanare ogni sospetto di celia fin dal pronao del tempio, quello di far presentire sin dal primo rigo l'importanza di ciò che seguirebbe, quello di permettere che si mostrasse la lettera a chiunque, ed anche quello di riallacciarsi ad antichissime tradizioni religiose precristiane, che attribuivano un potere vincolatorio alla precisione del nome invocato.

Il "carissimo zio Fabrizio," adunque, era informato che il suo "affezionatissimo e devotissimo nipote" era da tre mesi preda del piú violento amore, che né "i rischi della guerra" (leggi: passeggiate nel parco di Caserta), né "le molte attrattive di una grande città" (leggi: i vezzi della ballerina Schwarzwald) avevano potuto sia pure per un attimo allontanare dalla sua mente e dal suo cuore l'immagine della signorina Angelica Sedàra (qui una lunga processione di aggettivi volti ad esaltare la bellezza, la grazia, la virtú, l'intelletto della fanciulla amata); attraverso nitidi ghirigori d'inchiostro e di sentimenti, poi, si diceva come il Tancredi stesso, cosciente della propria indegnità avesse cercato di soffocare il proprio ardore ("lunghe ma vane sono state le ore durante le quali fra il chiasso di Napoli o l'austerità dei miei compagni d'arme ho cercato di reprimere i miei sentimenti"). Adesso però l'amore aveva superato il ritegno, ed egli veniva a pregare l'amatissimo zio di volere a suo nome e per suo conto richiedere la mano della signorina Angelica al "suo stimabilissimo padre." "Tu sai, zio, che io non posso offrire all'oggetto della mia fiamma null'altro all'infuori del mio amore, del mio nome e della mia spada." Dopo questa frase, a proposito della quale occorre non dimenticare che allora ci si trovava in pieno meriggio romantico, Tancredi si abbandonava a lunghe considerazioni sulla opportunità, anzi sulla necessità che unioni tra famiglie come quella dei Falconeri e quella dei Sedàra (una volta si spingeva fino a scrivere arditamente "casa Sedàra") venissero incoraggiate per l'apporto di sangue nuovo che esse recavano ai vecchi casati, e per l'azione di livellamento dei ceti, che era uno degli scopi dell'attuale movimento politico in Italia. Questa fu la sola parte della lettera che don Fabrizio leggesse con piacere; e non soltanto perché essa confermava le proprie previsioni e gli conferiva l'alloro di profeta, ma anche (sarebbe duro dire "sopratutto") perché lo stile, riboccante di sottintesa ironia, gli evocava magicamente la figura del nipote, la nasalità beffarda della voce, gli occhi sprizzanti malizia azzurrina, i ghignetti cortesi. Quando poi si fu accorto che questo squarcio giacobino era esattamente racchiuso in un foglio, cosicché, volendo, si poteva far leggere la lettera pur sottraendone il capitoletto rivoluzionario, la sua ammirazione per il tatto di Tancredi raggiunse lo zenit. Dopo aver narrato brevemente le piú recenti vicende guerresche ed espresso la convinzione che entro un anno si sarebbe raggiunta Roma "predestinata capitale augusta dell'Italia nuova," si ringraziava per le cure e l'affetto ricevuti in passato, e si conchiudeva scusandosi per l'ardire avuto nell'affidare a lui l'incarico "dal quale dipende la mia felicità futura." Poi si salutava (soltanto lui).

La prima lettura di questo straordinario brano di prosa diede un po' di capogiro a don Fabrizio: notò di nuovo la stupefacente accelerazione della storia; per esprimersi in termini moderni diremo che egli venne a trovarsi nello stato d'animo di chi credendo, oggi, di esser salito a bordo di uno degli aerei paciocconi che fanno il cabotaggio fra Palermo e Napoli, si accorga invece di trovarsi rinchiuso in un supersonico e comprenda che sarà alla mèta prima di aver avuto il tempo di farsi il segno della croce. Il secondo strato, quello affettuoso, della sua personalità si fece strada ed egli si rallegrò della decisione di Tancredi che veniva ad assicurare la sua soddisfazione carnale, effimera, e la sua tranquillità economica, perenne. Dopo ancora, però, notò l'incredibile sicumera del giovanotto, che postulava il proprio desiderio come già accettato da Angelica;

ma alla fine tutti questi pensieri furono travolti da un grande senso di umiliazione per trovarsi costretto a trattare con don Calogero di argomenti tanto intimi, ed anche da un fastidio per dovere l'indomani intavolare trattative delicate e dover impiegare quelle precauzioni e quegli accorgimenti che ripugnavano alla propria natura, presunta leonina.

Il contenuto della lettera venne comunicato da don Fabrizio soltanto alla moglie, quando già erano a letto al chiarore azzurrino del lumino a olio incappucciato nello schermo di vetro. E Maria Stella dapprima non disse parola, ma si faceva una caterva di segni di croce; poi affermò che non con la destra ma con la sinistra avrebbe dovuto segnarsi: dopo questa espressione di somma meraviglia, si scatenarono i fulmini della sua eloquenza. Seduta nel letto le dita di lei gualcivano il lenzuolo, mentre le parole rigavano l'atmosfera lunare della camera chiusa, rosse come torcie iraconde. "E io che avevo sperato che sposasse Concetta! Un traditore è, come tutti i liberali della sua specie; prima ha tradito il Re, ora tradisce noi! Lui, con la sua faccia falsa, con le sue parole piene di miele e le azioni cariche di veleno! Ecco che cosa succede quando si porta in casa gente che non ha il vostro sangue!" E qui lasciò irrompere la carica di corazzieri delle scenate di famiglia: "Io lo avevo sempre detto! ma nessuno mi ascolta. Non ho mai potuto soffrirlo quel bellimbusto. Tu solo avevi perduto la testa per lui!" In realtà anche la Principessa era stata soggiogata dalle moine di Tancredi, anch'essa lo amava ancora; ma la voluttà di gridare "lo avevo detto," essendo la piú forte che creatura umana possa godere, tutte le verità e tutti i sentimenti venivano travolti. "E ora ha anche la faccia tosta di incaricare te, suo zio e Principe di Salina, padre della creatura che ha ingannato, di fare le sue indegne richieste a quel farabutto, padre di quella sgualdrina! Ma tu non lo devi fare, Fabrizio, non lo devi fare, non lo farai, non lo devi fare!" La voce saliva di tono, il corpo cominciava a irrigidirsi. Don Fabrizio ancora coricato sul dorso sogguardò di lato per assicurarsi che la valeriana fosse sul cassettone. La bottiglia era lí ed anche il cucchiaio d'argento posato di traverso sul turacciolo; nella semioscurità glauca della camera essi brillavano come un faro rassicurante, eretto contro le tempeste isteriche. Un momento volle alzarsi e prenderli; però si accontentò di mettersi a sedere anche lui; cosí riacquistò una parte di prestigio. "Stelluccia, non dire troppe sciocchezze. Non sai quel che dici. Angelica non è una sgualdrina. Lo diventerà forse, ma per ora è una ragazza come tutte, piú bella delle altre e che vuol semplicemente fare un buon matrimonio; forse anche un tantino innamorata di Tancredi, come tutti. Soldi, intanto, ne avrà: soldi nostri in gran parte, ma amministrati fin troppo bene da don Calogero; e Tancredi di questo ha gran bisogno: è un signore, è ambizioso, ha le mani bucate. A Concetta non aveva mai detto nulla, anzi è lei che da quando siamo arrivati a Donnafugata lo trattava come un cane. E poi non è un traditore: segue i tempi, ecco tutto, in politica come nella vita privata: del resto è il piú caro giovane che io conosca; e tu lo sai quanto me, Stelluccia mia." Cinque enormi dita sfiorarono la minuscola scatola cranica di lei. Essa singhiozzava, adesso; aveva avuto il buon senso di bere un sorso d'acqua ed il fuoco dell'ira si era mutato in accoramento. Don Fabrizio cominciò a sperare che non sarebbe stato necessario di uscire dal letto tiepido, di affrontare a piedi nudi una traversata della stanza già freschetta. Per essere sicuro della calma futura si rivestí di falsa furia: "E poi non voglio grida in casa mia, nella mia camera, nel mio letto! Niente di questi 'farai' e 'non farai.' Decido io; ho già deciso da quando tu non te lo sognavi neppure! E basta!"

L'odiatore delle grida urlava lui stesso con quanto fiato capiva nel torace smisurato. Credendo avere un tavolo dinanzi a sé, menò un gran pugno sul proprio ginocchio, si fece male e si calmò anche lui.

La Principessa era spaurita e guaiolava basso come un cuccioletto minacciato. "Dormiamo, ora. Domani vado a caccia e dovrò alzarmi presto. Basta! Quel che è deciso è deciso. Buona notte, Stelluccia." Baciò la moglie, in fronte prima, poi sulla bocca. Si ridistese, si voltò dalla parte del muro. Sulla seta della parete l'ombra sua coricata si proiettava come il profilo di una giogaia montana su un orizzonte ceruleo.

Stelluccia anch'essa si rimise a posto, e mentre la sua gamba destra sfiorava quella sinistra del Principe, essa si sentí tutta consolata e orgogliosa di avere per marito un uomo tanto energico e fiero. Che importava Tancredi... e anche Concetta...

Queste marce sul filo del rasoio erano sospese del tutto per il momento, insieme agli altri pensieri, nell'arcaicità odorosa della campagna, se cosí potevano chiamarsi i luoghi nei quali si trovava ogni mattina a cacciare. Nel termine campagna è implicito un senso di terra trasformata dal lavoro; la boscaglia invece, aggrappata alle pendici di un colle, si trovava nell'identico stato di intrico aromatico nel quale la avevano trovata Fenici, Dori e Ioni quando sbarcavano in Sicilia, quest'America dell'antichità. Don Fabrizio e Tumeo salivano, scendevano, sdrucciolavano ed erano graffiati dalle spine tale e quale come un Archedamo o un Filostrato qualunque erano stati stancati o graffiati venticinque secoli prima: vedevano gli stessi oggetti, un sudore altrettanto appiccicaticcio bagnava i loro abiti, lo stesso indifferente vento senza soste, marino, muoveva i mirti e le ginestre, spandeva l'odore del timo. Gl'improvvisi arresti pensosi dei cani, la loro patetica tensione in attesa della preda era identica a quella dei giorni in cui per la caccia s'invocava Artemide. Ridotta a questi elementi essenziali, col volto lavato dal belletto delle preoccupazioni, la vita appariva sotto un aspetto tollerabile. Poco prima di giungere in cima al colle, quella mattina Arguto e Teresina iniziarono la danza religiosa dei cani che hanno scoperto la selvaggina: strisciamenti, irrigidimenti, prudenti alzate di zampe, latrati repressi: dopo pochi minuti, un culetto di peli bigi guizzò fra le erbe, due colpi quasi simultanei posero termine alla silenziosa attesa; Arguto depose ai piedi del Principe una bestiola agonizzante.

Era un coniglio selvatico: la dimessa casacca color di creta non era bastata a salvarlo. Orribili squarci gli avevano lacerato il muso e il petto. Don Fabrizio si vide fissato da grandi occhi neri che, invasi rapidamente da un velo glauco, lo guardavano senza rimprovero, ma che erano carichi di un dolore attonito rivolto contro tutto l'ordinamento delle cose; le orecchie vellutate erano già fredde, le zampette vigorose si contraevano in ritmo, simbolo sopravvissuto di una inutile fuga: l'animale moriva torturato da una ansiosa speranza di salvezza, immaginando di potere ancora caversala quando di già era ghermito, proprio come tanti uomini. Mentre i polpastrelli pietosi accarezzavano il musetto misero, la bestiola ebbe un ultimo fremito e morí; ma don Fabrizio e don Ciccio avevano avuto il loro passatempo; il primo anzi aveva provato in aggiunta al piacere di uccidere anche quello rassicurante di compatire.

Quando i cacciatori giunsero in cima al monte, di fra i tamerici e i sugheri radi riapparve l'aspetto della vera Sicilia, quello nei cui riguardi città barocche ed aranceti non sono che fronzoli trascurabili: l'aspetto di una aridità ondulante all'infinito in groppe sopra groppe, sconfortate e irrazionali, delle quali la mente non poteva afferrare le linee principali, concepite in un momento delirante della creazione: un mare che si fosse ad un tratto pietrificato nell'attimo in cui un cambiamento di vento avesse reso dementi le onde. Donnafugata, rannicchiata, si nascondeva in una piega anonima del terreno e non si vedeva anima viva: sparuti filari di viti denunziavano soli un qualche passaggio d'uomini. Oltre le colline, da una parte, la macchia indaco del mare, ancor piú minerale e infecondo della terra. Il vento lieve passava su tutto, universalizzava odori di sterco, di carogne e di salvie, cancellava, elideva, ricomponeva ogni cosa nel proprio trascorrere noncurante: prosciugava le goccioline di sangue che erano l'unico lascito del coniglio, molto piú in là andava ad agitare la capelliera di Garibaldi e dopo ancora cacciava il pulviscolo negli occhi dei soldati napoletani che rafforzavano in fretta i bastioni di Gaeta, illusi da una speranza che era vana quanto la fuga stramazzata della selvaggina. Alla circoscritta ombra dei sugheri il Principe e l'organista si riposarono: bevevano il vino tiepido delle borracce di legno, accompagnavano un pollo arrosto venuto fuori dal carniere di don Fabrizio con i soavissimi "muffoletti" cosparsi di farina cruda che don Ciccio aveva portato con sé; degustavano la dolce "insòlia," quell'uva tanto brutta da vedere quanto buona da mangiare; saziarono con larghe fette di pane la fame dei bracchi che stavano di fronte a loro, impassibili come uscieri concentrati nella riscossione dei propri crediti. Sotto il sole costituzionale don Fabrizio e don Ciccio furono poi sul punto di assopirsi.

Ma se una fucilata aveva ucciso il coniglio, se i cannoni rigati di Cialdini scoraggiavano già i soldati borbonici, se il calore meridiano addormentava gli uomini, niente invece poteva fermare le formiche. Richiamate da alcuni chicchi d'uva stantia che don Ciccio aveva risputato via, le loro fitte schiere accorrevano, esaltate dal desiderio di annettersi quel po' di marciume intriso di saliva di organista. Accorrevano colme di baldanza, in disordine, ma risolute: gruppetti di tre o quattro sostavano un po' a parlottare e, certo, esaltavano la gloria secolare e l'abbondanza futura del formicaio numero 2 sotto il sughero numero 4 della cima di Monte Morco; poi insieme alle altre riprendevano la marcia verso il prospero avvenire; i dorsi lucidi di quegl'imperialisti sembravano vibrare di entusiasmo e, senza dubbio, al di sopra delle loro file, trasvolavano le note di un inno.

Come conseguenze di alcune associazioni di idee che non sarebbe opportuno precisare, l'affaccendarsi di quegli insetti impedí il sonno al Principe e gli fece ricordare i giorni del Plebiscito, quali egli li aveva vissuti poco tempo prima a Donnafugata stessa; oltre ad un senso di meraviglia, quelle giornate gli avevano lasciato parecchi enigmi da sciogliere; adesso, al cospetto di questa natura che, tranne le formiche, evidentemente se ne infischiava, era forse possibile cercare la soluzione di uno di essi. I cani dormivano distesi e appiattiti come figurine ritagliate, il coniglietto appeso con la testa in giú ad un ramo pendeva in diagonale sotto la spinta continua del vento, ma Tumeo, aiutato in questo dalla sua pipa, riusciva ancora a tenere gli occhi aperti.

“E voi, don Ciccio, come avete votato il giorno ventuno?”

Il pover'uomo sussultò; preso alla sprovvista, in un momento nel quale si trovava fuori dal recinto di siepi precauzionali nel quale si aggirava di solito come ogni suo compaesano, esitava, non sapendo cosa rispondere.

Il Principe scambiò per timore quel che era soltanto sorpresa e si irritò. "Insomma, di chi avete paura? Qui non ci siamo che noi, il vento e i cani."

La lista dei testimoni rassicuranti non era, a dir vero, felice: il vento è chiacchierone per definizione, il Principe era per metà siciliano. Di assoluta fiducia non c'erano che i cani, e soltanto in quanto sprovvisti di linguaggio articolato. Don Ciccio però si era ripreso e l'astuzia paesana gli aveva suggerito la risposta giusta, cioè nulla. "Scusate, Eccellenza, la vostra è una domanda inutile. Sapete che a Donnafugata tutti hanno votato per il 'sí.'"

Questo don Fabrizio lo sapeva; e appunto per ciò la risposta non fece che mutare un enigma piccolino in un enigma storico. Prima della votazione molte persone erano venute da lui a chiedere consiglio: tutte, sinceramente, erano state esortate a votare in modo affermativo. Don Fabrizio, infatti, non concepiva neppure come si potesse fare altrimenti: sia di fronte al fatto compiuto, come rispetto alla teatrale banalità dell'atto; cosí di fronte alla necessità storica, come anche in considerazione dei guai nei quali quelle umili persone sarebbero forse capitate quando il loro atteggiamento negativo fosse stato scoperto. Si era accorto, però, che molti non erano stati convinti dalle sue parole: era entrato in gioco il machiavellismo astratto dei siciliani, che tanto spesso induceva questa gente, generosa per definizione, ad erigere impalcature complesse, fondate su fragilissime basi. Come dei clinici abilissimi nelle cure, ma che si basassero su analisi del sangue e delle orine radicalmente sbagliate, e per far correggere le quali fossero troppo pigri, i siciliani (di allora) finivano con l'uccidere l'ammalato, cioè loro stessi, proprio in seguito alla raffinatissima astuzia che non era quasi mai appoggiata ad una reale conoscenza dei problemi o, per lo meno, degli interlocutori. Alcuni fra questi che avevano compiuto il viaggio *ad limina gattopardorum* stimavano cosa impossibile che un Principe di Salina potesse votare in favore della Rivoluzione (cosí in quel remoto paese venivano ancora designati i recenti mutamenti) e interpretavano i ragionamenti di lui come uscite ironiche, volte ad ottenere un risultato pratico opposto a quello suggerito a parole. Questi pellegrini (ed erano i migliori) erano usciti dal suo studio ammiccando per quanto il rispetto lo permettesse loro, orgogliosi di aver penetrato il senso delle parole principesche e fregandosi le mani per congratularsi della propria perspicacia proprio nell'istante in cui questa si era ecclissata. Altri invece, dopo averlo ascoltato, si allontanavano contristati, convinti che lui fosse un transfuga o un mentecatto e piú che mai decisi a non dargli retta e ad obbedire invece al proverbio millenario che esorta a preferire un male già noto ad un bene non sperimentato. Questi erano riluttanti a ratificare la nuova realtà nazionale anche per ragioni personali: sia per fede religiosa, sia per aver ricevuto favori dal passato sistema e non aver poi saputo con sufficiente sveltezza inserirsi nel nuovo, sia, infine, perché durante il trambusto della liberazione erano loro scomparsi qualche paio di capponi e alcune misure di fave, ed erano invece spuntate qualche paia di corna, o liberamente volontarie come le truppe garibaldine o di leva forzosa come i reggimenti borbonici. Per una quindicina di persone, insomma, egli aveva avuta l'impressione penosa ma netta che avrebbero votato "no," una minoranza esigua certamente ma non trascurabile nel piccolo elettorato donnafugasco. Ove poi si voglia considerare che le persone venute da lui rappresentavano soltanto il fior fiore del paese, e che qualche non convinto doveva pur esserci fra quelle centinaia di elettori che non si erano neppur sognati di farsi vedere al palazzo, il Principe aveva calcolato che la compattezza affermativa di Donnafugata sarebbe stata variegata da quaranta voti negativi circa.

Il giorno del Plebiscito era stato ventoso e coperto, e per le strade del paese si erano visti aggirarsi stanchi gruppetti di giovanotti con un cartellino recante tanto di "sí" infilato nel nastro del cappello. Fra le cartaccie e i rifiuti sollevati dai turbini di vento, cantavano alcune strofe della *Bella Gigugin* trasformate in nenie arabe, sorte cui deve assuefarsi qualsiasi melodietta vivace che voglia esser cantata in Sicilia. Si erano anche viste due o tre "faccie forestiere" (cioè di Girgenti), insediate nella taverna di *zzu* Menico, dove decantavano le "magnifiche sorti e progressive" di una rinnovata Sicilia unita alla risorta Italia. Alcuni contadini stavano muti ad ascoltarli, abbrutiti com'erano, in parti eguali, da un immoderato uso dello "zappone" e dai molti giorni di ozio coatto ed affamato. Scaracchiavano e sputavano spesso, ma tacevano; tanto tacevano che dovette essere allora (come disse poi don Fabrizio) che le "faccie forestiere" decisero di anteporre, fra le arti del Quadrivio, la Matematica alla Rettorica.

Verso le quattro del pomeriggio il Principe si era recato a votare, fiancheggiato a destra da padre Pirrone, a sinistra da don Onofrio Rotolo; accigliato e pelli-chiaro procedeva lento verso il Municipio e spesso con la mano si proteggeva gli occhi per impedire che quel ventaccio, carico di tutte le schifezze raccolte per via, gli cagionasse quella congiuntivite cui era soggetto; e andava dicendo a padre Pirrone che senza vento l'aria sarebbe stata uno stagno putrido ma che, anche, le ventate risanatrici trascinavano con sé molte porcherie. Portava la stessa *redingote* nera con la quale due anni fa si era recato a ossequiare a Caserta quel povero Re Ferdinando che, per fortuna sua, era morto a tempo per non essere presente in questa giornata flagellata da un vento impuro, durante la quale si poneva il suggello alla sua insipienza. Ma era poi stata insipienza davvero? Allora tanto valeva dire che chi soccombe al tifo muore per insipienza. Ricordò quel re affaccendato ad apporre argini al dilagare delle cartaccie inutili: e ad un tratto si avvide quanto inconscio appello alla misericordia si fosse manifestato in quel volto antipatico. Questi pensieri erano sgradevoli come tutti quelli che ci fanno comprendere le cose troppo tardi, e l'aspetto del Principe, la sua figura, divennero tanto solenni e neri che sembrava seguisse un carro funebre invisibile. Soltanto la violenza con la quale i ciottolini della strada venivano schizzati via dall'urto rabbioso dei piedi rivelava i conflitti interni; è superfluo dire che il nastro della sua tuba era vergine di qualsiasi cartello, ma agli occhi di chi lo conoscesse un "sí" e un "no" alternati s'inseguivano sulla lucentezza del feltro.

Giunto in una saletta del Municipio dove era il luogo di votazione, fu sorpreso vedendo come tutti i membri del seggio si alzassero quando la sua statura riempí intera l'altezza della porta; vennero messi da parte alcuni contadini arrivati prima, e cosí, senza dover aspettare, don Fabrizio consegnò il proprio "sí" alle patriottiche mani di don Calogero Sedàra. Padre Pirrone invece non votò affatto, perché era stato attento a non farsi iscrivere come residente nel paese. Don 'Nofrio, lui, obbedendo agli espressi desideri del Principe, manifestò la propria monosillabica opinione circa la complicata questione italiana: capolavoro di concisione che venne compiuto con la medesima buona grazia con la quale un bambino beve l'olio di ricino. Dopo di che tutti furono invitati a "prendere un bicchierino" su, nello studio del Sindaco; ma padre Pirrone e don 'Nofrio misero avanti buone ragioni di astinenza l'uno, di mal di pancia l'altro, e rimasero abbasso. Don Fabrizio dovette affrontare il rinfresco da solo.

Dietro la scrivania del Sindaco fiammeggiava un ritratto di Garibaldi e (di già) uno di Vittorio Emanuele, fortunatamente collocato a destra; bell'uomo il primo, bruttissimo il secondo: ambedue però affratellati dal prodigioso rigoglio del loro pelame che quasi li mascherava. Su un tavolinetto basso un piatto con biscotti anzianissimi che defecazioni di mosche listavano a lutto, e dodici bicchierini tozzi colmi di rosolio: quattro rossi, quattro verdi, quattro bianchi: questi in centro; ingenua simbolizzazione della nuova bandiera, che venò di un sorriso il rimorso del Principe. Scelse per sé il liquore bianco perché presumibilmente meno indigesto, e non, come si volle dire, come tardivo omaggio al vessillo borbonico. Le tre varietà di rosolio erano del resto egualmente zuccherose, attaccaticcie e disgustevoli. Si ebbe il buon gusto di non brindare. E comunque, come disse don Calogero, le grandi gioie sono mute. Venne mostrata a don Fabrizio una lettera delle autorità di Girgenti che annunziava ai laboriosi cittadini di Donnafugata la concessione di un contributo di duemila lire per la fognatura, opera che sarebbe stata completata entro il 1961, come assicurò il Sindaco, inciampando in uno di quei lapsus dei quali Freud doveva spiegare il meccanismo molti decenni dopo; e la riunione si sciolse.

Prima del tramonto le tre o quattro bagascette di Donnafugata (ve ne erano anche lí, non raggruppate, ma operose nelle loro aziende private) comparvero in piazza col crine adorno di nastrini tricolori per protestare contro l'esclusione delle donne dal voto; le poverine vennero beffeggiate via anche dai piú accesi liberali e furono costrette a rintanarsi. Questo non impedí che il *Giornale di Trinacria* quattro giorni dopo facesse sapere ai Palermitani che a Donnafugata "alcune gentili rappresentanti del bel sesso hanno voluto manifestare la propria fede incconcussa nei nuovi fulgidi destini della Patria amatissima, ed hanno sfilato nella piazza fra il generale consenso di quella patriottica popolazione."

Dopo, il seggio elettorale venne chiuso, gli scrutatori si misero all'opera, ed a notte fatta venne spalancato il balcone centrale del Municipio e don Calogero si rese visibile con panciera tricolore e tutto, fiancheggiato da due inservienti con candelabri accesi che peraltro il vento spense senza indugio. Alla folla invisibile nelle tenebre annunziò che a Donnafugata il Plebiscito aveva dato questi risultati:

Iscritti 515; votanti 512; sí 512; no zero.

Dal fondo scuro della piazza salirono applausi ed evviva; dal balconcino di casa sua, Angelica, insieme alla cameriera funerea, batteva le belle mani rapaci; vennero pronunziati discorsi: aggettivi carichi di superlativi e di consonanti doppie rimbalzavano e si urtavano nel buio da una parete all'altra delle case; nel tuonare dei mortaretti si spedirono messaggi al Re (a quello nuovo) ed al Generale; qualche razzo tricolore si inerpicò dal paese al buio verso il cielo senza stelle. Alle otto tutto era finito, e non rimase che l'oscurità come ogni altra sera, da sempre.

Sulla cima di Monte Morco tutto era nitido adesso, la luce era grande; la cupezza di quella notte però ristagnava ancora in fondo all'anima di don Fabrizio. Il suo disagio assumeva forme tanto piú penose in quanto piú incerte: non era in alcun modo originato dalle grosse questioni delle quali il Plebiscito aveva iniziato la soluzione: i grandi interessi del Regno (delle Due Sicilie), gl'interessi della propria classe, i suoi vantaggi privati uscivano da tutti quegli avvenimenti ammaccati ma ancora vitali. Date le circostanze non era lecito chiedere di piú: il disagio non era di natura politica e doveva avere radici piú profonde, radicate in una di quelle cagioni che chiamiamo irrazionali perché seppellite sotto cumuli di ignoranza di noi stessi. L'Italia era nata in quell'accigliata sera a Donnafugata; nata proprio lí, in quel paese dimenticato, altrettanto quanto nella ignavia di Palermo e nella agitazione di Napoli; una fata cattiva però, della quale non si conosceva il nome, doveva esser stata presente; ad ogni modo era nata e bisognava sperare che avrebbe potuto vivere in questa forma: ogni altra sarebbe stata peggiore. D'accordo. Eppure questa persistente inquietudine qualcosa significava; egli sentiva che durante quella troppo asciutta enunciazione di cifre, come durante quei troppo enfatici discorsi, qualche cosa, qualcheduno era morto. Dio solo sapeva in quale andito del paese, in quale piega della coscienza popolare.

Il fresco aveva disperso la sonnolenza di don Ciccio, la massiccia imponenza del Principe aveva allontanato i suoi timori; ora, a galla della propria coscienza, emergeva soltanto il dispetto, inutile certo ma non ignobile. In piedi, parlava in dialetto e gesticolava, pietoso burattino che aveva ridicolmente ragione.

"Io, Eccellenza, avevo votato 'no.' 'No,' cento volte 'no.' So quello che mi avevate detto: la necessità, l'unità, l'opportunità. Avrete ragione voi: io di politica non me ne sento. Lascio queste cose agli altri. Ma Ciccio Tumeo è un galantuomo, povero e miserabile, coi calzoni sfondati" (e percuoteva sulle sue chiappe gli accurati rattoppi dei pantaloni da caccia), "e il beneficio ricevuto non lo aveva dimenticato; e quei porci in Municipio s'inghiottono la mia opinione, la masticano e poi la cacano via trasformata come vogliono loro. Io ho detto nero e loro mi fanno dire bianco! Per una volta che potevo dire quello che pensavo, quel succhiasangue di Sedàra mi annulla, fa come se non fossi mai esistito, come se fossi niente immischiato con nessuno, io che sono Francesco Tumeo La Manna fu Leonardo organista della Madre Chiesa di Donnafugata, padrone suo mille volte che gli ho anche dedicato una mazurka composta da me quando è nata quella..." (e si morse un dito per frenarsi) "quella smorfiosa di sua figlia!"

A questo punto la calma discese su don Fabrizio, che finalmente aveva sciolto l'enigma: adesso sapeva chi era stato ucciso a Donnafugata, in cento altri luoghi, nel corso di quella nottata di vento lercio: una neonata: la buonafede: proprio quella creatura che piú si sarebbe dovuto curare, il cui irrobustimento avrebbe giustificato altri stupidi vandalismi compiuti. Il voto negativo di don Ciccio, cinquanta voti simili a Donnafugata, centomila "no" in tutto il regno, non avrebbero mutato nulla al risultato, lo avrebbero anzi reso piú significativo; e si sarebbe evitata la storpiatura delle anime. Sei mesi fa si udiva la dura voce dispotica che diceva: "Fai come dico io, o saranno botte." Adesso si aveva di già l'impressione che la minaccia venisse sostituita dalle parole molli dell'usuraio: "Ma se hai firmato tu stesso. Non lo vedi? È tanto chiaro. Devi fare come diciamo noi, perché, guarda la cambiale: la tua volontà è uguale alla mia."

Don Ciccio tuonava ancora: "Per voi, signori, è un'altra cosa. Si può essere ingrati per un feudo in piú, per un pezzo di pane la riconoscenza è un obbligo. Un altro paio di maniche ancora è per i trafficanti come Sedàra, per i quali approfittare è legge di natura. Per noi piccola gente le cose sono come sono. Voi lo sapete, Eccellenza, la buon'anima di mio padre era guardacaccia nel Casino reale di S. Onofrio già al tempo di Ferdinando IV, quando c'erano qui gl'inglesi. Si faceva vita dura, ma l'abito verde reale e la placca d'argento conferivano autorità. Fu la regina Isabella, la spagnola, che era duchessa di Calabria allora, a farmi studiare, a permettermi di essere quello che sono, Organista della Madre Chiesa, onorato dalla benevolenza di Vostra Eccellenza; e negli anni di maggior bisogno, quando mia madre mandava una supplica a Corte, le cinque onze di soccorso arrivavano sicure come la morte, perché là a Napoli ci volevano bene, sapevano che eravamo buona gente e sudditi fedeli; quando il Re veniva erano manacciate sulla spalla di mio padre e: 'Don Lionà, ne vurria tante come a vuie, fedeli sostegni del trono e della Persona mia.' L'aiutante di campo poi distribuiva le monete d'oro. Elemosine le chiamano ora, queste generosità di veri Re; lo dicono per non dover darle loro; ma erano giuste ricompense alla devozione. E oggi se questi santi Re e belle Regine guardano dal cielo, che dovrebbero dire? 'Il figlio di don Leonardo Tumeo ci tradí!' Meno male che in Paradiso si conosce la verità.

Lo so, Eccellenza, lo so, le persone come voi me lo hanno detto, queste cose da parte dei Reali non significano niente, fanno parte del loro mestiere. Sarà vero, è vero, anzi. Ma le cinque onze c'erano, è un fatto, e con esse ci si aiutava a campare l'inverno. E ora che potevo ripagare il debito, niente, 'tu non ci sei.' Il mio 'no' diventa un 'sí.' Ero un 'fedele suddito,' sono diventato un 'borbonico schifoso.' Ora tutti savoiardi sono! Ma i savoiardi me li mangio col caffè, io!" E tenendo fra il pollice e l'indice un biscotto fittizio lo inzuppava in una immaginaria tazza.

Don Fabrizio aveva sempre voluto bene a don Ciccio, ma era stato un sentimento nato dalla compassione che ispira ogni persona che da giovane si era creduta destinata all'arte e che da vecchio, accortosi di non possedere talento, continua ad esercitare quella stessa attività su scalini piú bassi, con in tasca i propri sogni avvizziti, e compativa anche la sua contegnosa povertà. Ma adesso provava anche una specie di ammirazione per lui, e nel fondo, proprio nel fondo della sua altera coscienza, una voce chiedeva se per caso don Ciccio non si fosse comportato piú signorilmente del Principe di Salina. E i Sedàra, tutti questi Sedàra, da quello minuscolo che violentava l'aritmetica a Donnafugata, a quelli maggiori a Palermo, a Torino, non avevano forse commesso un delitto strozzando queste coscienze? Don Fabrizio non poteva saperlo allora, ma una buona parte della neghittosità, dell'acquiescenza per le quali durante i decenni seguenti si doveva vituperare la gente del Mezzogiorno, ebbe la propria origine nello stupido annullamento della prima espressione di libertà che a questi si fosse mai presentata.

Don Ciccio si era sfogato. Adesso alla sua autentica ma rara personificazione del "galantuomo austero" subentrava l'altra, assai piú frequente e non meno genuina, dello snob. Perché Tumeo apparteneva alla specie zoologica degli "snob passivi," specie oggi ingiustamente vilipesa. Beninteso la parola "snob" era ignota in Sicilia nel 1860: ma come prima di Koch esistevano i tubercolotici, cosí in quella remotissima età esisteva la gente per la quale obbedire, imitare e sopratutto non far pena a chi stimano di levatura sociale superiore alla loro, è legge suprema di vita: lo snob, infatti, è il contrario dell'invidioso. Allora egli si presentava sotto nomi diversi: era chiamato "devoto," "affezionato," "fedele"; e trascorreva vita felice perché il piú fuggitivo sorriso di un nobiluomo era sufficiente a riempire di sole una intera sua giornata; e poiché si presentava accompagnato da quegli appellativi affettuosi, le grazie ristoratrici erano piú frequenti di adesso. La cordiale natura snobistica di don Ciccio, dunque, temette di aver recato fastidio a don Fabrizio; e la di lui sollecitudine si affrettava a cercare i mezzi di fugare le ombre accumulatesi per sua colpa, credeva, sul ciglio olimpico del Principe: e il mezzo piú immediatamente idoneo era quello di proporre di riprendere la caccia; e cosí fu fatto. Sorprese nel loro sonno meridiano, alcune sventurate beccaccie ed un altro coniglio caddero sotto i colpi dei cacciatori, colpi quel giorno particolarmente precisi e spietati perché tanto Salina quanto Tumeo si compiacevano a identificare con don Calogero Sedàra quegli innocenti animali. Gli sparacchiamenti, però, i batuffolini di pelo o di penne che gli spari facevano per un istante brillare al sole, non bastavano quel giorno a rasserenare il Principe; via via che le ore passavano e che il ritorno a Donnafugata si avvicinava, la preoccupazione, il dispetto, l'umiliazione per la imminente conversazione col plebeo Sindaco lo opprimevano, e l'aver chiamato in cuor suo due beccaccie e un coniglio "don Calogero" non era servito dopo tutto a nulla; benché fosse già deciso a inghiottire lo schifosissimo rospo, pure sentí il bisogno di possedere piú ampie informazioni sull'avversario, o, per meglio dire, di sondare l'opinione pubblica riguardo al passo che stava per compiere. Fu cosí che per la seconda volta in quel giorno don Ciccio venne sorpreso da una domanda a bruciapelo.

"Don Ciccio, statemi a sentire: voi che vedete tanta gente in paese, che cosa si pensa veramente di don Calogero di Donnafugata?"

A Tumeo, in verità, sembrava di aver già espresso con sufficiente chiarezza la propria opinione sul Sindaco; e cosí stava per rispondere, quando gli balenarono in mente le voci vaghe che aveva inteso frusciare circa la dolcezza degli occhi con i quali don Tancredi contemplava Angelica; cosicché venne assalito dal dispiacere di essersi lasciato trascinare a manifestazioni tribunizie che certamente puzzavano alle narici del Principe se quel che si assumeva era vero; ciò mentre in un altro compartimento della sua mente si rallegrava di non aver detto nulla di positivo contro Angelica; anzi il lieve dolore che ancora sentiva al suo indice destro gli fece l'effetto di balsamo.

"Dopo tutto, Eccellenza, don Calogero Sedàra non è peggiore di tanta altra gente venuta su in questi ultimi mesi." L'omaggio era moderato ma fu sufficiente a permettere a don Fabrizio di insistere: "Perché, vedete, don Ciccio, a me interessa molto conoscere la verità su don Calogero e la sua famiglia."

"La verità, Eccellenza, è che don Calogero è molto ricco, e molto influente anche; che è avaro (quando la figlia era in collegio, lui e la moglie mangiavano in due un uovo fritto), ma che quando occorre sa spendere; e poiché ogni 'tarí' speso nel mondo finisce in tasca a qualcheduno è successo che molta gente ora dipende da lui; e poi quando è amico è amico, bisogna dirlo: la sua terra la dà a cinque terraggi e i contadini debbono crepare per pagarlo, ma un mese fa ha prestato cinquanta onze a Pasquale Tripi che lo aveva aiutato nel periodo dello sbarco: e senza interessi, il che è il piú grande miracolo che si sia visto da quando Santa Rosalia fece cessare la peste a Palermo. Intelligente come il diavolo, del resto: Vostra Eccellenza avrebbe dovuto vederlo in aprile e maggio scorso: andava avanti e indietro in tutto il territorio come un pipistrello: in carrozzino, a cavallo al mulo, a piedi, pioggia o sereno che fosse: e dove era passato si formavano circoli segreti, si preparava la strada per quelli che dovevano venire. Un castigo di Dio, Eccellenza, un castigo di Dio. E ancora non vediamo che il principio della carriera di don Calogero: fra qualche mese sarà deputato al Parlamento di Torino: fra qualche anno, quando saranno messi in vendita i beni ecclesiastici, pagando quattro soldi si prenderà i feudi di Marca e di Fondachello, diventerà il piú gran proprietario della provincia. Questo è don Calogero, Eccellenza, l'uomo nuovo come deve essere: è peccato però che debba essere cosí."

Don Fabrizio ricordò la conversazione di qualche mese prima con padre Pirrone nell'osservatorio sommerso nel sole. Quel che aveva predetto il Gesuita si avverava; ma non era forse una buona tattica quella di inserirsi nel nuovo movimento, farlo volgere almeno in parte a profitto di alcuni individui della sua classe? Il fastidio dell'imminente conversazione con don Calogero diminuí.

"Ma gli altri di casa, don Ciccio, gli altri, come sono veramente?"

"Eccellenza, la moglie di don Calogero non l'ha vista nessuno da anni, meno di me. Esce solo per andare a messa, alla prima messa, quella delle cinque, quando non c'è nessuno. A quell'ora servizio di organo non ce n'è: ma io una volta ho fatto una levataccia apposta per vederla. Donna Bastiana entrò accompagnata dalla cameriera, ed io, impedito dal confessionale dietro il quale mi ero nascosto, non riuscivo a vedere molto: ma alla fine del servizio il caldo fu piú forte della povera donna ed essa scartò il velo nero. Parola d'onore, Eccellenza, essa è bella come il sole: e non si può dar torto a don Calogero se, scarafaggio come è lui, se la vuol tenere lontana dagli altri. Però anche dalle case meglio custodite le notizie finiscono col gocciolare: le serve parlano: e pare che donna Bastiana sia una specie di animale: non sa leggere, non sa scrivere, non conosce l'orologio, quasi non sa parlare: una bellissima giumenta, voluttuosa e rozza; è incapace anche di voler bene alla figlia; buona ad andare a letto e basta." Don Ciccio, che, pupillo di regine e seguace di principi, teneva molto alle proprie semplici maniere che stimava perfette, sorrideva compiaciuto: aveva scoperto il modo di prendersi un po' di rivincita sull'annientatore della propria personalità. "Del resto," continuava, "non può essere diversamente. Lo sapete, Eccellenza, di chi è figlia donna Bastiana?' Voltato, si alzò sulla punta dei piedi, con l'indice mostrava un lontano gruppetto di casupole che sembravano scivolare giú dal dirupo di un colle ed esservi a mala pena inchiodate da un campanile miserabile: un borgo crocifisso. "È figlia di un vostro mezzadro di Runci, Peppe Giunta si chiamava, e tanto sudicio e 'sarvaggio' era, che tutti lo chiamavano 'Peppe Mmerda'; scusi la parola, Eccellenza." E soddisfatto avvolgeva attorno a un suo dito un orecchio di Teresina. "Due anni dopo la fuga di don Calogero con Bastiana lo hanno trovato morto sulla trazzera che va a Rampinzeri, con dodici *lupare* nella schiena. Sempre fortunato don Calogero, perché quello stava diventando importuno e prepotente."

Molte di queste cose erano note a don Fabrizio ed erano già state passate in bilancio; ma il soprannome del nonno di Angelica gli era rimasto ignoto: esso apriva una prospettiva storica profonda, faceva intravedere altri abissi, in paragone dei quali don Calogero sembrava un'aiola da giardino. Sentí veramente il terreno mancargli sotto i piedi; come avrebbe fatto Tancredi a inghiottire anche questo? e lui stesso? La sua testa si mise a calcolare quale legame di parentela avrebbe potuto unire il Principe di Salina, zio dello sposo, con il nonno della sposa: non ne trovò, non ce n'erano. Angelica era Angelica, un fiore di ragazza, una rosa cui il soprannome del nonno era servito solo da fertilizzante. *Non olet*, ripeteva, *non olet*; anzi *optime foeminam ac contubernium olet.*

"Di tutto mi parlate, don Ciccio, di madri selvagge e di nonni fecali, ma non di ciò che mi interessa: della signorina Angelica."

Il segreto sulle intenzioni matrimoniali di Tancredi, benché ancora embrionali sino a poche ore prima, sarebbe stato certamente divulgato, se, per caso, esso non avesse avuto la fortuna di mimetizzarsi. Senza dubbio erano state notate le frequenti visite del giovanotto alla casa di don Calogero, come pure i sorrisi estatici di lui e le mille piccole premure che, abituali e insignificanti in città, divenivano sintomi di violente brame agli occhi dei donnafugaschi virtuosi. Lo scandalo maggiore era stato il primo: i vecchietti che si rosolavano al sole e i ragazzini che duellavano nella polvere avevano visto tutto, compreso tutto, e ripetuto tutto; e sui significati ruffianeschi ed afrodisiaci di quella decina di pesche erano state consultate megere espertissime e libri disvelatori di arcani, fra i quali in primo luogo il Rutilio Benincasa, l'Aristotile delle plebi contadine. Per fortuna si era prodotto un fenomeno relativamente frequente da noi: il desiderio di malignare aveva mascherato la verità; tutti si erano costruiti il pupazzo di un Tancredi libertino che aveva fissato la propria lascivia su Angelica: che armeggiasse per sedurla, e basta. Il semplice pensiero di meditate nozze tra un Principe di Falconeri e una nipote di Peppe 'Mmerda' non traversò neppure l'immaginazione di quei villici che rendevano cosí alle case feudali un omaggio equivalente a quello che il bestemmiatore rende a Dio. La partenza di Tancredi troncò poi queste fantasie e non se ne parlò piú. Sotto questo riguardo Tumeo era stato alla pari con gli altri e perciò accolse la domanda del Principe con l'aria divertita che gli uomini anziani assumono quando parlano delle bricconate dei giovani.

"Della signorina, Eccellenza, non c'è niente da dire: essa parla da sé: i suoi occhi, la sua pelle, la sua magnificenza sono esplicite e si fanno capire da tutti. Credo che il linguaggio che parlano sia stato compreso da don Tancredi; o sono troppo ardito a pensarlo? In lei c'è tutta la bellezza della madre senza l'odor di beccume del nonno; è intelligente, poi! Avete visto come questi pochi anni a Firenze sono bastati a trasformarla? Una vera signora è diventata," continuava don Ciccio che era insensibile alle sfumature, "una signora completa. Quando è ritornata dal collegio mi ha fatto venire a casa sua e mi ha suonato la mia vecchia mazurka: suonava male, ma vederla era una delizia, con quelle trecce nere, quegli occhi, quelle gambe, quel petto... Uuuh! Altro che odore di beccume: le sue lenzuola devono avere il profumo del paradiso!"

Il Principe si seccò: tanto geloso è l'orgoglio di classe, anche nel momento in cui traligna, che quelle lodi orgiastiche alla procacità della futura nipote lo offesero; come ardiva don Ciccio esprimersi con questo lascivo lirismo a proposito di una futura Principessa di Falconeri? Era vero però che il pover'uomo non ne sapeva niente; bisognava raccontargli tutto; del resto fra tre ore la notizia sarebbe stata pubblica. Si decise subito e rivolse a Tumeo un sorriso gattopardesco ma amichevole: "Calmatevi, caro don Ciccio, calmatevi; a casa ho una lettera di mio nipote che m'incarica di fare una domanda di matrimonio per la signorina Angelica; da ora in poi ne parlerete col vostro consueto ossequio. Siete il primo a conoscere la notizia; ma per questo vantaggio dovrete pagare: ritornando a palazzo sarete rinchiuso a chiave insieme a Teresina nella stanza dei fucili; avrete il tempo di ripulirli e oliarli tutti e sarete posto in libertà soltanto dopo la visita di don Calogero; non voglio che niente trapeli prima."

Sorpresi cosí alla sprovvista, le cento precauzioni, i cento snobismi di don Ciccio crollarono di botto come un gruppo di birilli centrati in pieno. Sopravvisse solo un sentimento antichissimo.

"Questa, Eccellenza, è una porcheria! Un nipote vostro non doveva sposare la figlia di quelli che sono i vostri nemici e che sempre vi hanno tirato i piedi. Cercare di sedurla, come credevo io, era un atto di conquista; cosí, è una resa senza condizioni. È la fine dei Falconeri, e anche dei Salina.'

Detto questo, chinò il capo e desiderò, angosciato, che la terra si aprisse sotto i suoi piedi. Il Principe era diventato paonazzo, financo le orecchie, financo i globi degli occhi sembravano di sangue. Strinse i magli dei suoi pugni e fece un passo verso don Ciccio. Ma era un uomo di scienza, abituato dopo tutto a vedere talvolta il pro e il contro; inoltre sotto l'aspetto leonino era uno scettico. Aveva subíto già tanto, oggi: il risultato del Plebiscito, il soprannome del nonno di Angelica, le lupare! E Tumeo aveva ragione: in lui parlava la tradizione schietta. Però era uno stupido: questo matrimonio non era la fine di niente, ma il principio di tutto. Si trovava nell'ambito delle migliori tradizioni.

I pugni si riaprirono: i segni delle unghie rimasero impressi nei palmi. "Andiamo a casa, don Ciccio, voi certe cose non le potete capire. D'accordo come prima, siamo intesi?"

E mentre ridiscendevano verso la strada, sarebbe stato difficile dire quale dei due fosse don Chisciotte e quale Sancio.

Quando alle quattro e mezza precise gli venne annunciato l'arrivo puntualissimo di don Calogero, il Principe non aveva ancora finita la propria toletta; fece pregare il signor Sindaco di aspettare un momento nello studio e continuò, placido, a farsi bello. Si unse i capelli con il *Lemo-liscio*, il *Lime-Juice* di Atkinson, densa lozione biancastra che gli arrivava a cassette da Londra e che subiva, nel nome, la medesima deformazione etnica delle canzonette; rifiutò la *redingote* nera e la sostituí con una di tenuissima tinta lilla che gli sembrava piú adatta all'occasione presunta festosa; indugiò ancora un poco per strappare con una pinzetta uno sfacciato peluzzo biondo che era riuscito a farsela franca la mattina, nell'affrettata rasatura; fece chiamare padre Pirrone; prima di uscire dalla camera prese su un tavolo un estratto delle *Blätter der Himmelsforschung*, e con il fascicoletto arrotolato si fece il segno della croce, gesto di devozione che ha in Sicilia un significato non religioso piú frequente di quanto non si creda.

Traversando le due stanze che precedevano lo studio, si illuse di essere un gattopardo imponente dal pelo liscio e profumato che si preparasse a sbranare uno sciacalletto timoroso; ma per una di quelle involontarie associazioni di idee che sono il flagello delle nature come la sua, davanti alla memoria gli passò l'immagine di uno di quei quadri storici francesi nei quali marescialli e generali austriaci, carichi di decorazioni e pennacchi, sfilano, arrendendosi, dinanzi a un ironico Napoleone: loro sono piú eleganti, è indubbio, ma il vittorioso è l'omiciattolo in cappottino grigio; e cosí, oltraggiato da questi inopportuni ricordi di Mantova e di Ulma, fu un gattopardo irritato ad entrare nello studio.

Don Calogero se ne stava lí all'impiedi, piccolino, minuto e imperfettamente rasato: sarebbe davvero sembrato uno sciacalletto, non fosse stato per i suoi occhietti sprizzanti intelligenza: ma poiché questo ingegno aveva uno scopo materiale opposto a quello astratto cui credeva tendere quello del Principe, esso venne considerato come un segno di malignità. Sprovvisto del senso di adattazione dell'abito alle circostanze che nel Principe era innato, il Sindaco aveva creduto far bene vestendosi quasi in gramaglie; egli era nero quasi quanto padre Pirrone; ma, mentre questi si sedette in un angolo assumendo l'aria marmoreamente astratta dei sacerdoti che non vogliono pesare sulle decisioni altrui, il volto di lui esprimeva un senso di attesa avida che era quasi penoso da guardare. S'iniziarono subito le scaramuccie di parole insignificanti che precedono le grandi battaglie verbali. Fu don Calogero, tuttavia, a disegnare il grande attacco:

"Eccellenza," chiese, "ha ricevuto buone notizie da don Tancredi?" Nei piccoli paesi, allora, il Sindaco aveva possibilità di controllare la posta in modo inofficioso, e l'inconsueta eleganza della carta lo aveva forse messo in guardia. Il Principe, quando questo gli passò per la testa, cominciò ad irritarsi.

"No, don Calogero, no. Mio nipote è diventato pazzo..."

Ma esiste un dio protettore dei principi. Esso si chiama Buone Creanze. E spesso interviene a salvare i gattopardi dai mali passi. Però gli si deve pagare un forte tributo. Come Pallade interviene a frenare le intemperanze di Odisseo, cosí Buone Creanze apparve a don Fabrizio per fermarlo sull'orlo dell'abisso; ma il Principe dovette pagare la salvezza divenendo esplicito una volta tanto in vita sua. Con perfetta naturalezza, senza un attimo di sosta conchiuse la frase:

"... pazzo di amore per vostra figlia, don Calogero. E me lo ha scritto ieri." Il Sindaco conservò una sorprendente equanimità. Sorrise appena e si diede a scrutare il nastro del proprio cappello; padre Pirrone aveva gli occhi rivolti al soffitto, come se fosse un capomastro incaricato di saggiarne la solidità. Il Principe rimase male: quelle taciturnità congiunte gli sottraevano anche la meschina soddisfazione di aver stupefatto gli ascoltatori. Fu quindi con sollievo che si accorse che don Calogero stava per parlare.

"Lo sapevo, Eccellenza, lo sapevo. Sono stati visti baciarsi martedí 25 settembre, la vigilia della partenza di don Tancredi. Nel vostro giardino vicino alla fontana. Le siepi di alloro non sempre sono fitte come si crede. Ho atteso per un mese un passo di vostro nipote, e adesso pensavo già di venire a chiedere a Vostra Eccellenza quali erano le sue intenzioni."

Vespe numerose e pungenti assalirono don Fabrizio. Anzitutto, come si conviene ad ogni uomo non ancora decrepito, quella della gelosia carnale: Tancredi aveva assaporato quel gusto di fragole e di panna, che a lui sarebbe rimasto sempre ignoto. Dopo, un senso di umiliazione sociale, quello di trovarsi ad essere l'accusato invece che il messaggero di buone nuove. Terzo, un dispetto personale, quello di chi si sia illuso di controllare tutti, e che trova invece che molte cose si svolgono senza la propria conoscenza. "Don Calogero, non cambiamo le carte in tavola. Ricordatevi che sono stato io a farvi chiamare. Volevo comunicarvi una lettera di mio nipote che è arrivata ieri. In essa si dichiara la passione sua per la signorina vostra figlia, passione che io..." (qui il Principe titubò un poco perché le bugie sono talvolta difficoltose da dire davanti a degli occhi a succhiello come quelli del Sindaco) "della quale io sinora ignoravo tutta l'intensità; ed a conclusione di essa egli mi ha incaricato di chiedere a voi la mano della signorina Angelica.'

Don Calogero continuava a rimanere impassibile; padre Pirrone da perito edile si era trasformato in saggio musulmano e, incrociate quattro dita della mano destra con quattro della sinistra, faceva roteare i pollici l'uno di fronte all'altro, invertendone e mutandone la direzione con sfoggio di fantasia coreografica. Il silenzio durò a lungo, il Principe si spazientí: "Adesso, don Calogero, sono io che aspetto che mi dichiariate le vostre intenzioni."

Il Sindaco che aveva tenuto gli occhi rivolti verso la frangia arancione della poltrona del Principe, se li coprí un istante con la destra, poi li rialzò; adesso apparivano candidi, colmi di stupefatta sorpresa; come se davvero se li fosse cambiati in quell'atto.

"Scusatemi, Principe." (Alla fulminea omissione dell'"Eccellenza," don Fabrizio capí che tutto era felicemente consumato.) "Ma la bella sorpresa mi aveva tolto la parola. Io però sono un padre moderno e non potrò darvi una risposta definitiva se non dopo avere interrogato quell'angelo che è la consolazione della nostra casa. I diritti sacri di un padre, però, so anche esercitarli: io conosco tutto ciò che avviene nel cuore e nella mente di Angelica; e credo di poter dire che l'affetto di don Tancredi, che tanto ci onora tutti, è sinceramente ricambiato."

Don Fabrizio fu sopraffatto da sincera commozione: il rospo era stato ingoiato: la testa e gl'intestini maciullati scendevano giú per la gola; restavano ancora da masticare le zampe, ma era roba da poco in confronto al resto: il piú era fatto. Assaporato questo senso di liberazione, cominciò in lui a farsi strada l'affetto per Tancredi: si raffigurò gli stretti occhi azzurri che sfavillavano leggendo la risposta festosa; immaginò, ricordò per dir meglio, i primi mesi di un matrimonio di amore durante i quali le frenesie, le acrobazie dei sensi sono smaltate e sorrette da tutte le gerarchie angeliche, benevole benché sorprese. Ancor piú in là intravide la vita sicura, le possibilità di sviluppo dei talenti di Tancredi, cui, senza questo, la mancanza di quattrini avrebbe tarpato le ali.

Il nobiluomo si alzò, fece un passo verso don Calogero attonito, lo sollevò dalla poltrona, se lo strinse al petto: le gambe corte del Sindaco rimasero sospese in aria. In quella camera di remota provincia siciliana venne a raffigurarsi una stampa giapponese nella quale si vedesse un enorme iris violaceo da un cui petalo pendesse un moscone peloso. Quando don Calogero ritoccò il pavimento: "Debbo proprio regalargli un paio di rasoi inglesi," pensò don Fabrizio, "cosí non si può andare avanti."

Padre Pirrone bloccò il turbinío dei propri pollici; si alzò, strinse la mano al Principe: "Eccellenza, invoco la protezione di Dio su queste nozze: la vostra gioia è diventata la mia." A don Calogero porse le punte delle dita senza far parola. Poi con una nocca percosse un barometro appeso al muro: calava; brutto tempo in vista. Si risedette, aprí il breviario.

"Don Calogero," disse il Principe, "l'amore di

questi due giovani è la base di tutto, l'unico fondamento sul quale può sorgere la loro felicità futura. Punto e basta: questo lo sappiamo. Ma noi, uomini anziani, uomini vissuti, siamo costretti a preoccuparci di altre cose. È inutile dirvi quanto sia illustre la famiglia Falconeri: venuta in Sicilia con Carlo d'Angiò, essa ha trovato modo di continuare a fiorire sotto gli Aragonesi, gli Spagnoli, i re Borboni (se mi è permesso nominarli dinanzi a voi) e sono sicuro che prospererà anche sotto la nuova dinastia continentale (Dio guardi)." (Non era mai possibile conoscere quando il Principe ironizzasse o quando si sbagliasse.) "Furono Pari del Regno, Grandi di Spagna, Cavalieri di Santiago, e quando salta loro il ticchio di essere Cavalieri di Malta, non hanno che da alzare un dito, e via Condotti sforna loro i diplomi senza fiatare, come se fossero maritozzi, almeno fino ad oggi." (Questa insinuazione, perfida, fu del tutto sprecata, ché don Calogero ignorava assolutamente lo Statuto dell'Ordine Gerosolimitano di San Giovanni.) "Sono sicuro che vostra figlia con la sua rara bellezza ornerà ancora di piú il vecchio tronco dei Falconeri, e con la sua virtú saprà emulare quella delle sante Principesse, l'ultima delle quali, la mia sorella buon'anima, certo benedirà dal cielo gli sposi." E don Fabrizio si commosse di nuovo, ricordando la sua cara Giulia, la cui vita spregiata era stata un perpetuo sacrificio dinanzi alle stravaganze frenetiche del padre di Tancredi. "In quanto al ragazzo, lo conoscete: e, se non lo conosceste, ci son qua io che potrei garantirvelo in tutto e per tutto.

Tonnellate di bontà ci sono in lui, e non sono io solo che lo dico, non è vero padre Pirrone?"

L'ottimo Gesuita, tirato fuori dalla propria lettura, venne a trovarsi ad un tratto dinanzi a un dilemma penoso. Era stato confessore di Tancredi, e di peccatucci suoi ne conosceva piú d'uno: nessuno veramente grave, s'intende, però tali ad ogni modo da detrarre parecchi quintali da quella massiccia bontà della quale si parlava: di natura, poi, tutti, da garantire (era proprio il caso di dire) una ferrea infedeltà coniugale. Questo, va da sé, non poteva esser detto tanto per ragioni sacramentali come per convenienze mondane. D'altra parte egli voleva bene a Tancredi e benché disapprovasse il matrimonio dal fondo del proprio cuore, non avrebbe mai detto una parola che avesse potuto non si dice neppure impedire, ma offuscarne la scorrevolezza. Trovò rifugio nella Prudenza, fra le virtú cardinali la piú duttile e quella di piú agevole maneggio. "Il fondo di bontà del nostro caro Tancredi è grande, don Calogero, ed egli, sorretto dalla grazia divina e dalla virtú terrena della signorina Angelica, potrà diventare un giorno un buon sposo cristiano." La profezia, arrischiata ma prudentemente condizionata, passò liscia.

"Ma, don Calogero," proseguiva il Principe, masticando le ultime cartilagini del rospo, "se è inutile parlarvi dell'antichità di casa Falconeri, è disgraziatamente anche inutile, perché lo saprete già, dirvi che le attuali condizioni economiche di mio nipote non sono eguali alla grandezza del suo nome. Il padre di don Tancredi, mio cognato Ferdinando, non era quel che si chiama un padre preveggente: le sue magnificenze di gran signore, aiutate dalla leggerezza dei suoi amministratori, hanno gravemente scosso il patrimonio del mio caro nipote ed ex-pupillo: i grandi feudi intorno a Mazzara, la pistacchiera di Ravanusa, le piantagioni di gelsi a Oliveri, il palazzo di Palermo, tutto, tutto è andato via; voi lo sapete, don Calogero." Don Calogero infatti lo sapeva: era stata la piú grande migrazione di rondini della quale si avesse ricordo; e la memoria di essa incuteva ancora terrore, ma non prudenza, a tutta la nobiltà siciliana, mentre era fonte di delizia appunto per tutti i Sedàra. "Durante il periodo della mia tutela sono riuscito a salvare la sola villa, quella vicino alla mia, mediante molti cavilli giuridici ed anche in grazia di qualche sacrificio che, del resto, ho compiuto con gioia tanto in memoria della mia santa sorella Giulia come per affetto per quel caro ragazzo. È una bella villa: la scala è disegnata da Marvuglia, i salotti erano stati decorati dal Serenario; ma, per ora, l'ambiente in miglior stato può appena servire da stalla per le capre."

Gli ultimi ossicini del rospo erano stati piú disgustosi del previsto; ma insomma erano andati giú anch'essi. Adesso bisognava sciacquarsi la bocca con qualche frase piacevole, del resto sincera. "Ma, don Calogero, il risultato di tutti questi guai, di tutti questi crepacuori, è stato Tancredi. Noialtri queste cose le sappiamo: è forse impossibile ottenere la distinzione, la delicatezza, il fascino di un ragazzo come lui, senza che i suoi maggiori abbiano dilapidato una mezza dozzina di grossi patrimoni. Almeno in

Sicilia è cosí; è una specie di legge di natura, come quelle che regolano i terremoti e la siccità."

Tacque perché entrava un cameriere recando su di un vassoio due lumi accesi. Mentre essi venivano collocati al loro posto, il Principe fece regnare nello studio un silenzio carico di compiaciuto accoramento. Dopo: "Tancredi non è un ragazzo qualsiasi, don Calogero," proseguí, "non è soltanto signorile ed elegante; ha appreso poco, ma conosce tutto quello che si deve conoscere: gli uomini, le donne, le circostanze ed il colore del tempo. È ambizioso ed ha ragione di esserlo, andrà lontano: e la vostra Angelica, don Calogero, sarà fortunata se vorrà salire la strada insieme a lui. E poi, quando si è con Tancredi ci si può forse irritare qualche volta, ma non ci si annoia mai; e questo è molto."

Sarebbe esagerato dire che il Sindaco apprezzasse le sfumature mondane di questa parte del discorso del Principe; esso all'ingrosso non fece che confermarlo nella propria sommaria convinzione dell'astuzia e dell'opportunismo di Tancredi, e di un uomo astuto e tempista egli aveva bisogno a casa, ma di null'altro. Si credeva, si sentiva uguale a chiunque; gli rincresceva financo di notare nella figliola un certo sentimento affettuoso per il bel giovanotto.

"Principe, queste cose le sapevo, ed altre ancora. E non me ne importa niente." Si rivestí di sentimentalità. "L'amore, Eccellenza, l'amore è tutto, ed io lo posso sapere." E forse era sincero, il pover'uomo, se si ammetteva la probabile sua definizione dell'amore. "Ma io sono un uomo di mondo e voglio anch'io porre le mie carte in tavola. Sarebbe inutile parlare della dote di mia figlia: essa è il sangue del mio cuore, il fegato fra le mie viscere: non ho altra persona cui lasciare quello che posseggo, e quello che è mio è suo. Ma è giusto che i giovani conoscano quello su cui possono contare subito. Nel contratto matrimoniale assegnerò a mia figlia il feudo di Settesoli, di salme 644, cioè ettari 1010, come vogliono chiamarli oggi, tutto a frumento, terre di prima qualità, ventilate e fresche; e 180 salme di vigneto e uliveto a Gibildolce: e il giorno del matrimonio consegnerò allo sposo venti sacchetti di tela con diecimila onze ognuno. Io resto con una canna alle mani," aggiunse convinto e desideroso di non essere creduto, "ma una figlia è una figlia. E con questo si possono rifare tutte le scale di Marruggia e tutti i soffitti di Sorcionario che esistono al mondo. Angelica dev'essere alloggiata bene."

La volgarità ignorante gli sprizzava da tutti i pori; malgrado ciò i suoi due ascoltatori furono sbalorditi: don Fabrizio ebbe necessità di tutto il proprio controllo per nascondere la sorpresa: il colpo di Tancredi era piú sbardellato di quanto si potesse supporre. Una sensazione di disgusto stava per assalirlo di nuovo, ma la bellezza di Angelica, la grazia dello sposo riuscivano ancora a velare di poesia la brutalità del contratto. Padre Pirrone, lui, fece schioccare la lingua sul palato; poi, infastidito per aver rivelato il proprio stupore, si provò a trovare una rima all'improvvido suono facendo scricchiolare la sedia e le scarpe, sfogliando con fragore il breviario; non riuscí a niente: l'impressione rimase.

Per fortuna una improntitudine di don Calogero,

la sola della conversazione, tirò tutti dall'imbarazzo: "Principe," disse, "so che quello che sto per dire non farà effetto su di voi che discendete dagli amori di Titone imperatore e Berenice regina: ma anche i Sedàra sono nobili: fino a me essi sono stati una razza sfortunata, seppellita in provincia e senza lustro, ma io ci ho le carte in regola nel cassetto, e un giorno si saprà che vostro nipote ha sposato la baronessina Sedàra del Biscotto: titolo concesso da Sua Maestà Ferdinando IV sulle secrezie del porto di Mazzara. Debbo fare le pratiche: mi manca solo un attacco."

Quella degli attacchi mancati, delle secrezie, delle quasi omonimie, era, cento anni fa, un elemento importante nella vita di molti siciliani, e forniva alternate esaltazioni e depressioni a migliaia di persone, brave o meno brave che fossero; ma questo è argomento troppo importante per essere trattato di sfuggita e qui ci contenteremo di dire che l'uscita araldica di don Calogero recò al Principe l'impareggiabile soddisfazione artistica di vedere un tipo realizzarsi in tutti i suoi particolari, e che il proprio riso depresso gli addolcí la bocca fino alla nausea.

In seguito la conversazione si disperse in molti rivoli inutili: don Fabrizio si ricordò di Tumeo rinchiuso all'oscuro nella stanza dei fucili: e per l'ennesima volta in vita deplorò la durata delle visite paesane e finí col chiudersi in un silenzio ostile. Don Calogero capí, promise di ritornare l'indomani mattina per recare il non dubbio consenso di Angelica, e si congedò. Fu accompagnato per due salotti, fu riabbracciato, e si mise a scendere le scale mentre il Principe, torreggiando dall'alto, guardava rimpicciolirsi quel mucchietto di astuzia, di abiti maltagliati, di oro e d'ignoranza che adesso entrava quasi a far parte della famiglia.

Tenendo in mano una candela andò poi a liberare Tumeo che se ne stava rassegnato al buio fumando la propria pipa. "Mi dispiace, don Ciccio, ma capirete, lo dovevo fare." "Capisco, Eccellenza, capisco. Tutto è andato bene, almeno?" "Benissimo, non si poteva meglio." Tumeo biascicò delle congratulazioni, rimise il laccio al collare di Teresina che dormiva stremata dalla caccia, raccattò il carniere. "Prendete anche le mie beccaccie, tanto son troppo poche per noi. Arrivederci, don Ciccio, fatevi vedere presto. E scusatemi per ogni cosa." Una potente manacciata sulle spalle serví da segno di riconciliazione e da richiamo di potenza; l'ultimo fedele di casa Salina se ne andò alle sue povere stanze.

Quando il Principe ritornò nel suo studio trovò che padre Pirrone era sgattaiolato via per evitare discussioni. E si diresse verso la camera della moglie per raccontarle i fatti. Il rumore dei suoi passi vigorosi e rapidi lo preannunciava a dieci metri di distanza. Traversò la stanza di soggiorno delle ragazze: Carolina e Caterina arrotolavano un gomitolo di lana, ed al suo passaggio si alzarono sorridenti; mademoiselle Dombreuil si tolse in fretta gli occhiali e rispose compunta al suo saluto; Concetta aveva le spalle voltate; ricamava al tombolo e, poiché non aveva udito passare il padre, non si volse neppure.

Capitolo quarto

Don Fabrizio e don Calogero - Prima visita di Angelica da fidanzata - Arrivo di Tancredi e Cavriaghi - Arrivo di Angelica - Il ciclone amoroso - Rilassamento dopo il ciclone - Un piemontese arriva a Donnafugata - Un giretto in paese - Chevalley e don Fabrizio - Partenza all'alba.

Novembre 1860

Dai piú frequenti contatti derivati dall'accordo nuziale cominciò a nascere in don Fabrizio una curiosa ammirazione per i meriti di Sedàra. La consuetudine lo abituò alle guancie mal rasate, all'accento plebeo, agli abiti bislacchi ed al persistente olezzo di sudore stantio, ed egli cominciò ad avvedersi della rara intelligenza dell'uomo. Molti problemi che apparivano insolubili al Principe venivano risolti in quattro e quattr'otto da don Calogero; liberato com'egli era dalle cento pastoie che l'onestà, la decenza e magari la buona educazione impongono alle azioni di molti altri uomini, egli procedeva nella foresta della vita con la sicurezza di un elefante che, svellendo alberi e calpestando tane, avanza in linea retta non avvertendo neppure i graffi delle spine ed i guaiti dei sopraffatti. Allevato e vissuto in vallette amene percorse dagli zeffiri cortesi dei "per piacere," "ti sarei grato," "mi faresti un favore," "sei stato molto gentile," il Principe adesso, quando chiacchierava con don Calogero, si trovava invece allo scoperto su una landa spazzata da venti asciutti, e pur continuando a preferire in cuor suo gli anfratti dei monti non poteva non ammirare la foga di questa corrente d'aria che dai lecci e dai cedri di Donnafugata traeva arpeggi mai uditi.

Pian piano, quasi senza avvedersene, don Fabrizio raccontava a don Calogero i propri affari, che erano numerosi, complessi e da lui stesso mal conosciuti: questo non già per difetto di penetrazione, ma per una sorta di sprezzante indifferenza al riguardo di questo genere di cose, reputate infime, e causata in fondo in fondo dalla indolenza e dalla sempre sperimentata facilità con la quale era uscito dai mali passi mediante la vendita di qualche centinaio fra le migliaia dei propri ettari.

Gli atti che don Calogero consigliava dopo aver ascoltato dal Principe e riordinato da sé la relazione erano quanto mai opportuni e di effetto immediato, ma il risultato finale dei consigli, concepiti con crudele efficienza ed applicati dal bonario don Fabrizio con timorosa mollezza, fu che con l'andar degli anni casa Salina si acquistò fama di esosità verso i propri dipendenti, fama in realtà quanto mai immeritata ma che distrusse il prestigio di essa a Donnafugata ed a Querceta, senza che peraltro il franare del patrimonio venisse in alcun modo arginato.

Non sarebbe equo tacere che una frequentazione piú assidua del Principe aveva avuto un certo effetto anche su Sedàra. Fino a quel momento egli aveva incontrato degli aristocratici soltanto in riunioni di affari (cioè di compravendite) o in seguito ad eccezionalissimi e lunghissimamente meditati inviti a feste, due sorta di eventualità durante le quali questa singolarissima classe sociale non mostra il proprio aspetto migliore. All'occasione di tali incontri egli si era formato la convinzione che l'aristocrazia consistesse unicamente di uomini-pecore, esistenti soltanto per abbandonare la lana alle sue forbici tosatrici ed il nome, illuminato da un inspiegabile prestigio, a sua figlia. Ma già con la sua conoscenza del Tancredi dell'epoca postgaribaldina, si era trovato di fronte a un esemplare inatteso di giovane nobile arido quanto lui, capace di barattare assai vantaggiosamente sorrisi e titoli propri con avvenenze e sostanze altrui, pur sapendo rivestire queste azioni "sedaresche" di una grazia e di un fascino che egli sentiva di non possedere, che subiva senza rendersene conto e senza in alcun modo poter discernerne le origini. Quando, necessariamente, ebbe imparato a conoscere meglio don Fabrizio, ritrovò sí la mollezza e l'incapacità di difendersi che erano le caratteristiche del suo immaginario nobile-pecora, ma in piú una forza di attrazione differente in tono, ma simile in intensità, a quella del giovane Falconeri; inoltre, ancora, una certa energia tendente verso la astrazione, una disposizione a cercar la forma di vita in ciò che da lui stesso uscisse e non in ciò che poteva strappare agli altri. Da questa energia astrattiva egli rimase fortemente colpito benché gli si presentasse grezza e non riducibile in parole, come qui si è tentato di fare; si avvide che buona parte di questo fascino scaturiva dalle buone maniere e si rese conto di quanto un uomo beneducato sia piacevole, perché in fondo non è altro che qualcheduno che elimina le manifestazioni sempre sgradevoli di tanta parte della condizione umana e che esercita una specie di profittevole altruismo (formula nella quale l'efficacia dell'aggettivo gli fece tollerare l'inutilità del sostantivo). Lentamente don Calogero capiva che un pasto in comune non deve di necessità essere un uragano di rumori masticatori e di macchie d'unto; che una conversazione può benissimo non rassomigliare a una lite fra cani; che dar la precedenza a una donna è segno di forza e non, come aveva creduto, di debolezza; che da un interlocutore si può ottenere di piú se gli si dice: "non mi sono spiegato bene" anziché "non hai capito un corno"; e che adoperando simili accorgimenti, cibi, argomenti, donne, ed interlocutori vengono a guadagnarci a tutto profitto di chi li ha trattati bene.

Sarebbe ardito affermare che don Calogero approfittasse subito di quanto aveva appreso: egli seppe da allora in poi radersi un po' meglio e spaventarsi meno della quantità di sapone adoperato nel bucato, e null'altro; ma fu da quel momento che si iniziò, per lui ed i suoi, quel costante raffinarsi di una classe che nel corso di tre generazioni trasforma innocenti cafoni in gentiluomini indifesi.

La prima visita di Angelica alla famiglia Salina, da fidanzata, si era svolta regolata da una regía impeccabile. Il contegno della ragazza era stato perfetto a tal punto che sembrava suggerito parola per parola da Tancredi; ma le comunicazioni lente del tempo rendevano insostenibile questa eventualità e si fu costretti a ricorrere ad una ipotesi: a quella di suggerimenti anteriori allo stesso fidanzamento ufficiale: ipotesi arrischiata anche per chi meglio conoscesse la preveggenza del principino, ma non del tutto assurda. Angelica giunse alle sei di sera, in bianco e rosa; le soffici treccie nere ombreggiate da una grande paglia ancora estiva sulla quale grappoli d'uva artificiali e spighe dorate evocavano discrete i vigneti di Gibildolce ed i granai di Settesoli. In sala d'ingresso piantò lí il padre; nello sventolio dell'ampia gonna salí leggera i non pochi scalini della scala interna e si gettò nelle braccia di don Fabrizio: gli diede, sulle basette, due bei bacioni che furono ricambiati con genuino affetto; il Principe si attardò forse un attimo piú del necessario a fiutare l'aroma di gardenia delle guancie adolescenti. Dopo di che Angelica arrossí, retrocedette di mezzo passo: "Sono tanto, tanto felice..." Si riavvicinò di nuovo e, ritta sulla punta delle scarpine, gli sospirò all'orecchio: "Zione!": felicissimo *gag*, di regía paragonabile in efficacia addirittura alla carrozzella da bambini di Eisenstein, e che, esplicito e segreto com'era, mandò in visibilio il cuore semplice del Principe e lo aggiogò definitivamente alla bella figliola. Don Calogero intanto saliva la scala e andava dicendo quanto dolente fosse sua moglie di non poter essere lí, ma ieri sera aveva inciampato in casa e si era prodotta una distorsione al piede sinistro, assai dolorosa. "Ha il collo del piede come una melanzana, Principe." Don Fabrizio esilarato dalla carezza verbale e che, d'altra parte, le rivendicazioni di Tumeo avevano rassicurato sulla innocuità della propria cortesia, si passò il piacere di andare lui stesso subito dalla signora Sedàra, proposta che sbigottí don Calogero che fu costretto, per respingerla, ad appioppare un secondo malanno alla consorte, una emicrania questa volta, che costringeva la poveretta a stare nell'oscurità.

Intanto il Principe dava il braccio ad Angelica. Si traversarono parecchi saloni quasi all'oscuro, vagamente rischiarati da lumini ad olio che permettevano di trovare a malapena la strada; in fondo alla prospettiva delle sale splendeva invece il "salone di Leopoldo," dove stava il resto della famiglia, e questo procedere attraverso il buio deserto verso il chiaro centro dell'intimità aveva il ritmo di una iniziazione massonica.

La famiglia si affollava sulla porta: la Principessa aveva ritirato le proprie riserve dinanzi all'ira maritale, che le aveva, non è sufficiente dire respinte, ma addirittura fulminate nel nulla; baciò ripetutamente la bella futura nipote e la strinse a sé tanto forte che alla giovinetta rimase impresso sulla pelle il contorno della famosa collana di rubini dei Salina che Maria Stella aveva tenuto a portare, benché fosse giorno, in segno di festa grande. Francesco Paolo, il sedicenne, fu lieto di avere l'opportunità eccezionale di baciare anch'egli Angelica sotto lo sguardo impotentemente geloso del padre. Concetta fu affettuosa in modo particolare: la sua gioia era cosí intensa da farle salire le lacrime agli occhi. Le altre sorelle si stringevano attorno a lei rumorosamente liete appunto perché non commosse. Padre Pirrone, poi, che santamente non era insensibile al fascino muliebre nel quale si compiaceva di ravvisare una prova innegabile della Bontà Divina, sentí fondere tutte le proprie opposizioni dinanzi al tepore della grazia (col g minuscolo); e le mormorò: "*Veni, sponsa de Libano.*"

(Dovette poi un po' contrastare per non far risalire alla propria memoria altri piú calorosi versetti.) Mademoiselle Dombreuil, come si conviene alle governanti, piangeva di emozione, stringeva fra le sue mani deluse le spalle fiorenti della fanciulla dicendo: "*Angelicà, Angelicà, pensons à la joie de Tancrède.*" Bendicò soltanto, in contrasto con la consueta socievolezza, rintanato sotto una *consolle*, ringhiava nel fondo della propria gola, finché venne energicamente messo a posto da un Francesco Paolo indignato, cui le labbra fremevano ancora.

Su ventiquattro dei quarantotto bracci del lampadario era stata posta una candela accesa, e ognuno di questi ceri, candido e ardente insieme, poteva sembrare una vergine che si struggesse di amore; i fiori bicolori di Murano sul loro stelo di curvo vetro guardavano in giú, ammiravano colei che entrava, e le rivolgevano un sorriso cangiante e fragile. Il grande caminetto era acceso piú in segno di giubilo che per riscaldare l'ambiente ancora tiepido, e la luce delle fiamme palpitava sul pavimento, sprigionava intermittenti bagliori dalle dorature appassite del mobilio: esso rappresentava davvero il focolare domestico, il simbolo della casa, e in esso i tizzoni alludevano a sfavillii di desideri, la brace a contenuti ardori.

Dalla Principessa, che possedeva in grado eminente la facoltà di ridurre le emozioni al minimo comun denominatore, vennero narrati sublimi episodi della fanciullezza di Tancredi; e tanto essa insistette su questi, che davvero si sarebbe potuto credere che Angelica dovesse reputarsi fortunata di sposare un uomo che a sei anni era stato tanto ragionevole da sottomettersi ai clisterini indispensabili senza far storie, e a dodici tanto ardito da aver osato rubare una manata di ciliegie. Mentre quest'episodio di banditismo temerario veniva ricordato, Concetta si mise a ridere e: "Questo è un vizio che Tancredi non si è potuto ancora togliere," disse; "ricordi papà, quando due mesi fa ti ha portato via quelle pesche alle quali tenevi tanto?" E poi si rabbuiò ad un tratto come se fosse stata presidente di una società di frutticoltura danneggiata.

Presto la voce di don Fabrizio pose in ombra queste inezie: egli parlò del Tancredi di adesso, del giovanotto sveglio e attento, sempre pronto a una di quelle uscite che rapivano chi gli voleva bene, ed esasperavano gli altri; raccontò come durante un soggiorno a Napoli, presentato alla duchessa di Sanqualchecosa, questa si fosse presa di una passione per lui, e voleva vederlo a casa mattina, pomeriggio e sera, non importa se si trovasse in salotto od a letto, perché, diceva, nessuno sapeva raccontare *les petits riens* come lui: e benché don Fabrizio si affrettasse a precisare aggiungendo come allora Tancredi non avesse ancora sedici anni e la duchessa fosse al di là della cinquantina, gli occhi di Angelica lampeggiarono perché essa possedeva precise informazioni sui giovanottini palermitani e forti intuizioni sul conto delle duchesse napoletane.

Se da questa attitudine di Angelica si deducesse che essa amava Tancredi, ci si sbaglierebbe: essa possedeva troppo orgoglio e troppa ambizione per esser capace di quell'annullamento, provvisorio, della propria personalità senza il quale non c'è amore; inoltre la propria giovanile esperienza non le permetteva ancora di apprezzare le reali qualità di lui, composte tutte di sfumature sottili; però, pur non amandolo, essa era, allora, innamorata di lui, il che è assai differente: gli occhi azzurri, la scherzosa affettuosità, certi toni improvvisamente gravi della sua voce le causavano, anche nel ricordo, un turbamento preciso, e in quei giorni non desiderava altro che di esser piegata da quelle mani; piegata che fosse stata, le avrebbe dimenticate e sostituite, come infatti avvenne; ma per il momento ad esser ghermita da lui essa teneva assai. Quindi la rivelazione di quella possibile relazione galante (che era, del resto, inesistente) le causò un attacco del piú assurdo fra i flagelli, quello della gelosia retrospettiva; attacco presto dissipato, però, da un freddo esame dei vantaggi erotici e non erotici che le sue nozze con Tancredi recavano.

Don Fabrizio continuava ad esaltare Tancredi. Trascinato dall'affetto parlava di lui come di un Mirabeau: "Ha cominciato presto ed ha cominciato bene," diceva, "la strada che farà è molta." La fronte liscia di Angelica si chinava nell'assenso. In realtà essa all'avvenire politico di Tancredi non badava: era una delle molte ragazze che considerano gli avvenimenti pubblici come svolgentisi in un universo separato, e non immaginava neppure che un discorso di Cavour potesse con l'andar del tempo, attraverso mille ingranaggi minuti, influire sulla vita di lei e mutarla. Pensava in siciliano: "Noi avemo il *furmento*, e questo ci basta; che strada e strada!"

Ingenuità giovanili queste, che essa doveva poi radicalmente scartare quando, nel corso degli anni, divenne una delle piú viperine Egerie di Montecitorio e della Consulta.

"E poi, Angelica, voi non sapete ancora quanto è divertente Tancredi! Sa tutto, di tutto coglie un aspetto imprevisto. Quando si è con lui, quando è in vena, il mondo appare piú buffo di come appaia sempre, talvolta anche piú serio." Che Tancredi fosse divertente, Angelica lo sapeva; che fosse capace di rivelare mondi nuovi essa non soltanto lo sperava, ma aveva ragione di sospettarlo fin dal 25 settembre scorso, giorno del famoso ma non unico bacio ufficialmente constatato, al riparo della infida siepe di alloro, che era stato infatti qualcosa di molto piú sottile e sapido, interamente differente da quel che fosse stato il solo altro suo esemplare, quello regalatole dal ragazzotto del giardiniere di Poggio a Cajano, piú di un anno fa. Ma ad Angelica importava poco dei tratti di spirito, della intelligenza, anche, del fidanzato, assai meno ad ogni modo di quanto queste cose importassero a quel caro don Fabrizio, tanto caro davvero, ma anche tanto "intellettuale." In Tancredi essa vedeva la possibilità di avere un bel posto nel mondo nobile della Sicilia, mondo che essa considerava pieno di meraviglie assai differenti da quelle che esso in realtà conteneva, ed in lui desiderava anche un vivace compagno di abbracciamenti. Se per di piú era anche spiritualmente superiore, tanto meglio; ma lei, per conto suo, non ci teneva. Divertirsi si poteva sempre. Del resto queste erano idee per il futuro: per il momento, spiritoso o sciocco che fosse, avrebbe voluto averlo qui, che le stuzzicasse almeno la nuca, di sotto le treccie, come aveva fatto una volta.

"Dio, Dio come vorrei che fosse qui, tra noi, ora!"

Esclamazione che commosse tutti, sia per l'evidente sincerità, come per l'ignoranza in cui restava la sua cagione e che conchiuse la felicissima prima visita. Poco dopo, infatti, Angelica e suo padre si congedarono; preceduti da un mozzo di scuderia con una lanterna accesa che con l'oro incerto della sua luce accendeva il rosso delle foglie cadute dei platani, padre e figlia rientrarono in quella loro casa, l'ingresso della quale era stato vietato a Peppe 'Mmerda dalle lupare che gli strafotterono i reni.

Una abitudine nella quale si era riannidato don Fabrizio, ridiventato sereno, era quella delle letture serali. In autunno, dopo il Rosario, poiché faceva troppo buio per uscire, la famiglia si riuniva attorno al caminetto aspettando l'ora di pranzo, ed il Principe all'impiedi leggeva ai suoi, a puntate, un romanzo moderno; e sprizzava dignitosa benevolenza da ognuno dei propri pori.

Erano quelli, appunto, gli anni durante i quali, attraverso i romanzi, si andavano formando quei miti letterari che ancor oggi dominano le menti europee; la Sicilia, però, in parte per la tradizionale sua impermeabilità al nuovo, in parte per la diffusa misconoscenza di qualsiasi lingua, in parte anche, bisogna dirlo, per la vessatoria censura borbonica che agiva per mezzo delle dogane, ignorava l'esistenza di Dickens, di George Eliot, della Sand e di Flaubert; financo quella di Dumas. Un paio di volumi di Balzac, è vero, era giunto attraverso sotterfugi fino alle mani di don Fabrizio che si era attribuito la carica di censore familiare; li aveva letti e prestati poi via, disgustato, ad un amico cui voleva del male, dicendo che essi erano il frutto di un ingegno senza dubbio vigoroso ma stravagante e "fissato" (oggi avrebbe detto monomaniaco): giudizio frettoloso, come si vede, non privo peraltro di una certa acutezza. Il livello delle letture era quindi piuttosto basso, condizionato com'era dal rispetto per i pudori verginali delle ragazze, da quello per gli scrupoli religiosi della Principessa, e dallo stesso senso di dignità del Principe, che si sarebbe energicamente rifiutato a far udire delle "porcherie" ai suoi familiari riuniti.

Si era verso il dieci di novembre ed anche alla fine del soggiorno a Donnafugata. Pioveva fitto, imperversava un maestrale umido che spingeva rabbiosi schiaffi di pioggia sulle finestre; lontano si udiva un rotolare di tuoni; ogni tanto alcune goccie avendo trovato la strada per penetrare giú negli ingenui fumaioli siciliani, friggevano un attimo sul fuoco e picchiettavano di nero gli ardenti tizzoni di ulivo. Si leggeva *Angiola Maria* e quella sera si era giunti alle ultime pagine: la descrizione dello sgomento viaggio della giovinetta attraverso la diaccia Lombardia invernale intirizziva il cuore siciliano delle signorine, pur nelle loro tiepide poltrone. D'un tratto un gran tramestío nella stanza vicina, e Mimí il cameriere entrò col fiato grosso: "Eccellenze," gridò dimenticando tutta la propria stilizzazione, "Eccellenze, è arrivato il signorino Tancredi! È in cortile che fa scaricare i bagagli dal carrozzino. Bella Madre, Madonna mia, con questo tempo!" E fuggí via.

La sorpresa rapí Concetta in un tempo che non corrispondeva piú a quello reale, ed essa esclamò: "Caro!" Ma il suono stesso della propria voce la ricondusse allo sconfortato presente e, come è facile vedere, questi bruschi trapassi da una temporalità segregata e calorosa ad un'altra palese ma gelida le fecero molto male; per fortuna l'esclamazione, sommersa nell'emozione generale, non venne udita.

Preceduti dai lunghi passi di don Fabrizio tutti si precipitarono verso la scala; si traversarono in fretta i saloni bui, si discese; la grande porta era spalancata sullo scalone esterno e giú sul cortile; il vento irrompeva, faceva fremere le tele dei ritratti spingendo innanzi a sé umidità e odor di terra; sullo sfondo del cielo lampeggiante gli alberi del giardino si dibattevano e frusciavano come sete strapazzate. Don Fabrizio stava per infilare la porta, quando sull'ultimo scalino comparve una massa informe e pesante: era Tancredi avvolto nell'enorme mantella azzurra della cavalleria piemontese, talmente inzuppata d'acqua da pesare cento chili e da apparire nera. "Stai attento, zione: non mi toccare, sono una spugna!" La luce della lanterna della sala fece intravedere il suo volto. Entrò, sganciò la catenella che tratteneva il mantello al collo, lasciò cadere l'indumento che si afflosciò per terra con un rumore viscido. Odorava di can bagnato e da tre giorni non si era tolto gli stivali, ma era lui, per don Fabrizio che lo abbracciava, il ragazzo piú amato che non i propri figli, per Maria Stella il caro nipote perfidamente calunniato, per padre Pirrone la pecorella sempre smarrita e sempre ritrovata, per Concetta un caro fantasma rassomigliante al suo amore perduto. Anche mademoiselle Dombreuil lo baciò con la bocca disavvezza alle carezze e gridava, la poveretta: "*Tancrède, Tancrède, pensons à la joie d'Angelicà,*" tante poche corde aveva il proprio arco, sempre costretta com'era a raffigurarsi le gioie degli altri. Bendicò pure ritrovava il caro compagno dei giochi, colui che come nessun altro sapeva soffiargli dentro il muso attraverso il pugno chiuso, ma, caninamente, dimostrava la propria estasi galoppando frenetico attorno alla sala e non curandosi dell'amato.

Fu davvero un momento commovente quello del raggrupparsi della famiglia attorno al giovane che ritornava, tanto piú caro in quanto non proprio della famiglia, tanto piú lieto in quanto veniva a cogliere l'amore insieme ad un senso di perenne sicurezza. Momento commovente, ma anche lungo. Quando i primi impeti furono trascorsi, don Fabrizio si accorse che sul limitare della porta stavano due altre figure, gocciolanti anch'esse ed anch'esse sorridenti. Tancredi se ne accorse pure e si mise a ridere: "Scusatemi tutti, ma l'emozione mi ha fatto perdere la testa. Zia," disse rivolto alla Principessa, "mi sono permesso di portare qui un mio caro amico, il conte Carlo Cavriaghi; del resto lo conoscete, è venuto tante volte alla villa quando era in servizio presso il generale. E quell'altro è il lanciere Moroni, il mio attendente." Il soldato sorrideva nella faccia ottusamente onesta, se ne stava sull'attenti mentre dal grosso panno del pastrano l'acqua sgocciolava sul pavimento. Ma il contino non stava sull'attenti: toltosi il berrettino fradicio e sformato baciava la mano della Principessa, sorrideva e abbagliava le ragazze con i baffetti biondi e l'insopprimibile erre moscia. "E pensare che a me avevano detto che quaggiú da voi non pioveva mai! Mamma mia, son due giorni che siamo stati come dentro il mare!" Dopo si fece serio: "Ma insomma, Falconeri, dov'è la signorina Angelica? Mi hai trascinato da Napoli fin qui per farmela vedere. Vedo molte belle, ma lei no." Si rivolse a don Fabrizio: "Sa, Principe, a sentire lui è la regina di Saba! Andiamo subito a riverire la *formosissima et nigerrima*. Muoviti, testone!"

Parlava cosí e trasportava il linguaggio delle mense ufficiali nell'arcigno salone con la sua doppia fila di antenati corazzati e infiocchettati; e tutti si divertivano. Ma don Fabrizio e Tancredi la sapevano piú lunga: conoscevano don Calogero, conoscevano la Bella Bestia di sua moglie, l'incredibile trascuratezza della casa di quel riccone: cose queste che la candida Lombardia ignora.

Don Fabrizio intervenne: "Senta, conte: lei credeva che in Sicilia non piovesse mai e può vedere invece come diluvia. Non vorrei che credesse che in Sicilia non ci sono le polmoniti, e poi si trovasse a letto con quaranta di febbre. Mimí," disse al suo cameriere, "fai accendere i caminetti nella stanza del signorino Tancredi ed in quella verde della foresteria. Fai preparare lo stanzino accanto per il soldato. E lei, conte, vada ad asciugarsi bene ed a cambiar abito. Le farò portare un ponce e dei biscotti. Ed il pranzo è alle otto, fra due ore." Cavriaghi era da troppi mesi abituato al servizio militare per non piegarsi subito alla voce autoritaria; salutò, e seguí mogio mogio il cameriere. Moroni si trascinò dietro le cassette militari e le sciabole ricurve nelle loro fodere di flanella verde.

Intanto Tancredi scriveva: "Carissima Angelica, sono arrivato, e arrivato per te. Sono innamorato come un gatto, ma anche bagnato come un ranocchio, sudicio come un cane sperso, e affamato come un lupo. Appena mi sarò ripulito e mi stimerò degno di farmi vedere dalla bella fra le belle, mi precipiterò da te: fra due ore. I miei ossequi ai tuoi cari genitori. A te... niente, per ora." Il testo fu sottoposto all'approvazione del Principe; questi che era sempre stato un ammiratore dello stile epistolare di Tancredi, rise, lo approvò pienamente. Donna Bastiana avrebbe avuto tutto il tempo per procurarsi un nuovo malanno; ed il biglietto venne subito inviato dirimpetto.

Tale era la foga della letizia generale che un quarto d'ora bastò perché i due giovani si asciugassero, si ripulissero, cambiassero divise e si ritrovassero nel "Leopoldo" attorno al caminetto: bevevano tè e cognac e si lasciavano ammirare. In quei tempi non vi era nulla di meno militare delle famiglie aristocratiche siciliane; di ufficiali borbonici non se ne erano mai visti nei salotti palermitani ed i pochi garibaldini che vi erano penetrati facevano piú l'effetto di spaventapasseri pittoreschi che di militari veri e propri. Perciò quei due giovani ufficiali erano in verità i primi che le ragazze Salina vedessero da vicino;

tutti e due in "doppio petto," Tancredi con i bottoni d'argento dei lancieri, Carlo con quelli dorati dei bersaglieri, con l'alto colletto di velluto nero bordato d'arancione il primo, cremisi l'altro, allungavano verso la brace le gambe rivestite di panno azzurro e di panno nero. Sulle maniche i "fiori" d'argento o d'oro si snodavano in ghirigori, slanci e riprese senza fine: un incanto per quelle figliole avvezze alle *redingotes* severe ed ai *frac* funerei. Il romanzo edificante giaceva rovesciato dietro una poltrona.

Don Fabrizio non capiva bene: li ricordava entrambi rossi come gamberi e trasandati. "Ma insomma, voialtri garibaldini non portate piú la camicia rossa!" I due si voltarono come se li avesse morsi una vipera. "Ma che garibaldini e garibaldini, zione! Lo siamo stati, ora basta. Cavriaghi ed io, grazie a Dio, siamo ufficiali dell'esercito regolare di Sua Maestà, il Re di Sardegna per qualche mese ancora, d'Italia fra poco. Quando l'esercito di Garibaldi si sciolse si poteva scegliere: andare a casa o restare nelle armate del Re. Lui ed io come tanti altri siamo entrati nell'esercito *vero*. Con quelli lí non si poteva stare, non è cosí, Cavriaghi?" "Mamma mia, che gentaglia! Uomini da colpi di mano, buoni per sparacchiare e basta! Adesso siamo fra persone perbene, siamo ufficiali sul serio insomma." E sollevava il baffetto con una smorfia di adolescente disgusto.

"Ci hanno tolto un grado, sai, zione: tanta poca stima avevano della serietà delle nostre attitudini militari; io da capitano sono ridiventato tenente, vedi," e mostrava le due stellette delle controspalline; "lui da tenente è sottotenente. Ma siamo contenti come se ci avessero promossi. Siamo rispettati in tutt'altro modo, adesso, con le nostre divise." "Sfido io," interruppe Cavriaghi, "la gente non ha piú paura che rubiamo le galline, ora." "Dovevi vedere da Palermo a qui, quando ci fermavamo alle stazioni di posta per il cambio dei cavalli! Bastava dire: 'ordini urgenti per il servizio di Sua Maestà,' e i cavalli comparivano d'incanto; e noi a mostrare gli ordini, che erano poi i conti dell'albergo di Napoli bene avvolti e sigillati."

Esaurita la conversazione sui mutamenti militari, si passò a piú vaghi argomenti. Concetta e Cavriaghi si erano seduti insieme un po' discosti ed il contino mostrava a lei il regalo che le aveva portato da Napoli: i *Canti* di Aleardo Aleardi che aveva magnificamente fatto rilegare. Sull'azzurro cupo della pelle una corona principesca era profondamente incisa e, sotto, le cifre di lei: *C. C. S.* Piú sotto ancora caratteri grandi e vagamenti gotici dicevano: *Sempre sorda.* Concetta, divertita, rideva. "Ma perché sorda, conte? C. C. S. ci sente benissimo." Il volto del contino s'infiammò di fanciullesca passione. "Sorda, sí, sorda, signorina, sorda ai miei sospiri, sorda ai miei gemiti, e cieca anche, cieca alle suppliche che i miei occhi le rivolgono. Sapesse lei quanto ho patito a Palermo, quando loro sono partiti per qui: nemmeno un saluto, nemmeno un cenno mentre la vettura scompariva nel viale! E vuole che non la chiami sorda? Crudele avrei dovuto far scrivere."

La concitazione letteraria di lui fu congelata dal riserbo della ragazza. "Lei è ancora stanco per il lungo viaggio, i suoi nervi non sono a posto; si calmi: mi faccia piuttosto sentire qualche bella poesia.'

Mentre il bersagliere leggeva i molli versi con voce accorata e pause piene di sconforto, davanti al caminetto Tancredi estraeva di tasca un astuccetto di raso celeste. "Ecco l'anello, zione, l'anello che dono ad Angelica; o piuttosto quello che tu per mia mano le regali." Fece scattare la molletta ed apparve uno zaffiro scurissimo, tagliato in ottagono schiacciato, serrato tutt'intorno stretto stretto da una moltitudine di piccoli purissimi brillantini. Un gioiello un po' tetro ma altamente consono al gusto cimiteriale del tempo, e che valeva chiaramente le duecento onze spedite da don Fabrizio. In realtà era costato assai meno: in quei mesi di semisaccheggio e di fughe, a Napoli si trovavano bellissimi gioielli d'occasione; dalla differenza di prezzo era saltata fuori una spilla, un ricordo per la Schwarzwald. Anche Concetta e Cavriaghi vennero chiamati ad ammirarlo, ma non si mossero, perché il contino l'aveva già visto e perché Concetta rimandò quel piacere a piú tardi. L'anello girò di mano in mano, fu ammirato, lodato; e venne esaltato il prevedibile buon gusto di Tancredi. Don Fabrizio chiese: "Ma per la misura come si farà? Bisognerà mandare l'anello a Girgenti per farla fare giusta." Gli occhi di Tancredi sprizzarono malizia: "Non ci sarà bisogno zio; la misura è esatta; l'avevo presa prima"; e don Fabrizio tacque: aveva riconosciuto un maestro.

L'astuccetto aveva compiuto tutto il giro attorno al caminetto ed era ritornato nelle mani di Tancredi, quando da dietro la porta si udí un sommesso: "Si può?" Era Angelica. Nella fretta e nell'emozione non aveva trovato di meglio per ripararsi dalla pioggia dirotta che mettersi uno " scappolare," uno di quegli immensi tabarri da contadino di ruvidissimo panno. Avviluppato nelle rigide pieghe bleu-scure il corpo di lei appariva snellissimo; di sotto il cappuccio bagnato gli occhi verdi erano ansiosi e smarriti; parlavano di voluttà.

Da quella vista, da quel contrasto anche fra la bellezza della persona e la rusticità delle veste, Tancredi ricevette come una frustata: si alzò, corse verso lei senza parlare e la baciò sulla bocca. L'astuccio che teneva nella destra solleticava la nuca recline. Poi fece scattare la molla, prese l'anello, glielo passò all'anulare; l'astuccio cadde per terra. "Tieni, bella, è per te, dal tuo Tancredi." L'ironia si ridestò: "E ringrazia anche zione per esso." Poi la riabbracciò: l'ansia sensuale li faceva tremare: il salone, gli astanti per essi sembravano molto lontani; ed a lui parve davvero che in quei baci riprendesse possesso della Sicilia, della terra bella ed infida che i Falconeri avevano per secoli posseduta e che adesso, dopo una vana rivolta, si arrendesse di nuovo a lui, come ai suoi da sempre, fatta di delizie carnali e di raccolti dorati.

In seguito all'arrivo degli ospiti benvenuti, il ritorno a Palermo fu rinviato; e seguirono due settimane d'incanti. L'uragano che aveva accompagnato il viaggio dei due ufficiali era stato l'ultimo di una serie e dopo di esso risplendette l'estate di San Martino che è la vera stagione di voluttà in Sicilia: temperie luminosa e azzurra, oasi di mitezza nell'andamento aspro delle stagioni, che con la mollezza persuade e travia i sensi, mentre con il tepore invita alle nudità segrete. Di nudità erotiche nel palazzo di Donnafugata non era il caso di parlare, ma vi era copia di esaltata sensualità tanto piú acre quanto maggiormente rattenuta. Il palazzo dei Salina era stato ottant'anni prima un ritrovo per quegli oscuri piaceri nei quali si era compiaciuto il Settecento agonizzante; ma la reggenza severa della principessa Carolina, la neoreligiosità della Restaurazione, il carattere soltanto bonariamente arzillo dell'attuale don Fabrizio avevano fatto persino dimenticare i suoi bizzarri trascorsi; i diavoletti incipriati erano stati posti in fuga; esistevano ancora, certamente, ma allo stato larvale, ed ibernavano sotto cumuli di polvere in chissà quale soffitta dello smisurato edificio. L'entrata a palazzo della bella Angelica aveva fatto un po' rinvenire quelle larve, come forse si ricorderà; ma fu l'arrivo dei giovanotti innamorati che ridestò davvero gli istinti rimpiattati nella casa; essi adesso si mostravano dappertutto, come formiche destate dal sole, disintossicati ma oltremodo vivaci. L'architettura, la decorazione stessa rococò, con le loro curve impreviste evocavano anche distese e seni eretti; l'aprirsi di ogni portale frusciava come una cortina di alcova.

Cavriaghi era innamorato di Concetta; ma fanciullo com'egli era, e non soltanto nell'aspetto come Tancredi, ma nel proprio intimo, il suo amore si sfogava nei facili ritmi di Prati e di Aleardi, nel sognare ratti al chiaro di luna dei quali non si arrischiava a contemplare il logico seguito, e che del resto la sordità di Concetta schiacciava in embrione. Non si sa se nella reclusione della sua camera verde egli non si abbandonasse ad un piú concreto vagheggiare; certo è che alla scenografia galante di quell'autunno donnafugasco egli contribuiva solo come abbozzatore di nuvole e di orizzonti evanescenti e non come ideatore di masse architettoniche. Le due ragazze, invece, Carolina e Caterina, tenevano assai bene la loro parte nella sinfonia di desideri che in quel novembre percorreva tutto il palazzo e si mescolava al mormorio delle fontane, allo scalciare dei cavalli in amore nelle scuderie ed al tenace scavare di nidi nuziali da parte dei tarli nei vecchi mobili. Erano giovanissime ed avvenenti e, benché prive di innamorati particolari, si ritrovavano immerse nella corrente di stimoli che emanava dagli altri; e spesso il bacio che Concetta negava a Cavriaghi, la stretta di Angelica che non aveva saziato Tancredi, si riverberava sulle loro persone, sfiorava i loro corpi intatti; e per esse si sognava, esse stesse sognavano ciocche madide di speciosi sudori, gemiti brevi. Financo l'infelice mademoiselle Dombreuil a forza di dover funzionare da parafulmine, come gli psichiatri si infettano e soccombono alle frenesie dei loro ammalati, fu attratta in quel vortice torbido e ridente. Quando, dopo una giornata di inseguimenti e di agguati moralistici, essa si stendeva sul letto solingo, palpava i propri seni vizzi e mormorava indiscriminate invocazioni a Tancredi, a Carlo, a Fabrizio...

Centro e motore di questa esaltazione sensuale

era, naturalmente, la coppia Tancredi-Angelica. Le nozze sicure, benché non vicinissime, stendevano in anticipo la loro ombra rassicurante sul terriccio arso dei loro mutui desideri. La differenza di ceti faceva credere a don Calogero normali nella nobiltà i lunghi colloqui appartati, ed alla principessa Maria Stella abituali nel rango dei Sedàra la frequenza delle visite di Angelica ed una certa libertà di contegno che essa non avrebbe certamente trovata lecita nelle proprie figlie. E cosí le visite di Angelica al palazzo divennero sempre piú frequenti sino ad essere quasi perpetue, ed essa finí con l'essere accompagnata soltanto formalmente dal padre che si recava subito in amministrazione per scoprire o tessere nascoste trame, o dalla cameriera che scompariva nel riposto per bere il caffè ed incupire i domestici sventurati.

Tancredi voleva che Angelica conoscesse tutto il palazzo nel suo complesso inestricabile di foresterie, appartamenti di rappresentanza, cucine, cappelle, teatri, quadrerie, rimesse odorose di cuoi, scuderie, serre afose, passaggi, scalette, terrazzini e porticati, e sopratutto di una serie di appartamenti smessi e disabitati, abbandonati da decenni e che formavano un intrico labirintico e misterioso. Tancredi non si rendeva conto (oppure si rendeva conto benissimo) che trascinava la ragazza verso il centro nascosto del ciclone sensuale; ed Angelica, in quel tempo, voleva ciò che Tancredi aveva deciso. Le scorribande attraverso il quasi illimitato edificio erano interminabili; si partiva come verso una terra incognita, ed incognita era davvero perché in molti di quegli appartamenti e ripieghi neppure don Fabrizio aveva mai posto piede, il che del resto gli era cagione di grande soddisfazione, perché soleva dire che un palazzo del quale si conoscevano tutte le camere non era degno di essere abitato. I due innamorati s'imbarcavano verso Citera su una nave fatta di camere cupe e di camere solatie, di ambienti sfarzosi o miserabili, vuoti o affollati di relitti di mobilio eterogeneo. Partivano accompagnati da Cavriaghi o da mademoiselle Dombreuil (padre Pirrone con la sagacia del suo Ordine si rifiutò sempre a farlo), talvolta da tutti e due: la decenza esteriore era salva. Ma nel palazzo di Donnafugata non era difficile di fuorviare chi volesse seguirvi: bastava infilare un corridoio (ve ne erano lunghissimi, stretti e tortuosi, con finestrine grigliate che non si potevano percorrere senza angoscia), svoltare per un ballatoio, salire una scaletta complice, e i due ragazzi erano lontani, invisibili, soli come su un'isola deserta. Restavano a guardarli soltanto un ritratto a pastello sfumato via e che l'inesperienza del pittore aveva creato cieco, o su un soffitto obliterato una pastorella subito consenziente. Cavriaghi del resto si stancava presto ed appena trovava sulla propria rotta un ambiente conosciuto o una scaletta che scendeva in giardino se la svignava, tanto per far piacere all'amico, come per andare a sospirare guardando le gelide mani di Concetta. La governante resisteva piú a lungo, ma non per sempre; per qualche tempo si udivano sempre piú lontani i suoi appelli mai corrisposti: "*Tancrède, Angelicà, où êtes-vous?*" Poi tutto si richiudeva nel silenzio, striato solo dal galoppo dei topi al di sopra dei soffitti, dallo strisciare di una lettera centenaria dimenticata che il vento faceva errare sul pavimento: pretesti per desiderate paure, per un aderire rassicurante delle membra. E l'eros era sempre con loro, malizioso e tenace; il gioco in cui trascinava i fidanzati era pieno di malia e di azzardi. Tutti e due vicinissimi ancora all'infanzia prendevano piacere al giocare in sé, godevano nell'inseguirsi, nel perdersi, nel ritrovarsi; ma quando si erano raggiunti i loro sensi aguzzati prendevano il sopravvento e le cinque dita di lui che s'incastravano nelle dita di lei, nel gesto caro ai sensuali indecisi, il soave soffregamento dei polpastrelli sulle vene pallide del dorso, scombussolava tutto il loro essere, preludeva a piú insinuate carezze.

Una volta lei si era nascosta dietro un enorme quadro posato per terra; e per un po' *Arturo Corbèra all'assedio di Antiochia* protesse l'ansia speranzosa della ragazza; ma quando fu scoperta, col sorriso intriso di ragnatele e le mani velate di polvere, venne avvinghiata e stretta, e rimase una eternità a dire: "No, Tancredi, no," diniego che era un invito perché di fatto lui non faceva altro che fissare nei verdissimi occhi di lei i propri azzurri. Una volta, in una mattinata luminosa e fredda, essa tremava nella veste ancora estiva: su di un divano coperto di stoffa a brandelli lui la strinse a sé per riscaldarla: il fiato odoroso di lei gli agitava i capelli in fronte; e furono momenti estatici e penosi, durante i quali il desiderio diventava tormento, i freni, a loro volta, delizia.

Negli appartamenti abbandonati le camere non avevano né fisionomia precisa né nome; e come gli scopritori del Nuovo Mondo essi battezzavano gli ambienti attraversati, celebrandoli coi nomi delle scoperte reciproche. Una vasta stanza da letto nella cui alcova stava lo spettro di un letto adorno sul baldacchino da scheletri di penne di struzzo fu ricordata poi come la "camera delle pene"; una scaletta dai gradini di lavagna lisi e sbrecciati venne chiamata da Tancredi "la scala dello scivolone felice." Piú d'una volta non seppero davvero dove erano: a furia di giravolte, di ritorni, di inseguimenti, di lunghe soste riempite di mormorii e di contatti perdevano l'orientamento e dovevano sporgersi da una finestra senza vetri per comprendere dall'aspetto di un cortile, dalla prospettiva del giardino, in quale ala del palazzo si trovassero. Talvolta però non si raccapezzavano lo stesso, perché la finestra dava non su uno dei grandi cortili ma su di un andito interno, anonimo anch'esso e mai intravisto, contrassegnato solo dalla carogna di un gatto o dalla solita manciata di pasta al pomidoro non si sa mai se vomitata o buttata via; e da un'altra finestra li scorgevano gli occhi di una cameriera pensionata. Un pomeriggio rinvennero dentro un armadio quattro *carillons*, di quelle scatole per musica delle quali si dilettava l'affettata ingenuità del Settecento. Tre di esse, sommerse nella polvere e nelle tele di ragno, rimasero mute; ma l'ultima, piú recente, meglio chiusa nell'astuccio di legno scuro, mise in moto il proprio cilindro di rame irto di punte, e le linguette di acciaio sollevate fecero ad un tratto udire una musichetta gracile, tutta in toni acuti, argentini: il famoso *Carnevale di Venezia*; ed essi ritmarono i loro baci in accordo con quei suoni di gaiezza disillusa; e quando la loro stretta si allentò si sorpresero nell'accorgersi che i suoni erano cessati da tempo e che le loro espansioni non avevano seguito altra traccia che quella del ricordo di quel fantasma di musica.

Una volta la sorpresa fu di colore diverso. In una stanza della foresteria vecchia si avvidero di una porta nascosta da un armadio; la serratura centenaria cedette presto a quelle dita che godevano nell'incrociarci e nel soffregarsi per forzarla: dietro, una lunga scala stretta si svolgeva in soffici curve con i suoi scalini di marmo rosa. In cima un'altra porta, aperta, e con spesse imbottiture disfatte; e poi un appartamentino vezzoso e strambo, sei piccole camere raccolte attorno ad un salotto di mediocre grandezza, tutte, e il salotto stesso, con pavimenti di bianchissimo marmo, un po' in pendio, declinanti verso una canaletta laterale. Sui soffitti bassi, bizzarri stucchi colorati che l'umidità aveva fortunatamente resi incomprensibili; sulle pareti grandi specchi attoniti, appesi troppo in giú, uno fracassato da un colpo quasi nel centro, ciascuno col contorto reggi-candele del Settecento. Le finestre davano su un cortile segregato, una specie di pozzo cieco e sordo, che lasciava entrare una luce grigia e sul quale non spuntava nessun'altra apertura. In ogni camera ed anche nel salotto, ampi, troppo ampi divani che mostravano sulle inchiodature tracce di una seta strappata via; appoggiatoi maculati; sui caminetti, delicati, intricati intagli di marmo, nudi parossistici, martoriati però, mutilati da un martello rabbioso. L'umidità aveva macchiato i muri in alto ed anche, forse, in basso, ad altezza d'uomo, dove essa aveva assunto configurazioni strane, inconsueti spessori, tinte cupe. Tancredi, inquieto, non volle che Angelica toccasse un armadio a muro del salotto: lo schiuse lui stesso. Era profondissimo ma vuoto, tranne che per un rotolo di stoffa sudicia, ritto in un angolo; dentro vi era un fascio di piccole fruste, di scudisci in nervo di bue, alcuni con manici in argento, altri rivestiti sino a metà da una graziosa seta molto vecchia, bianca a righine azzurre, sulla quale si scorgevano tre file di macchie nerastre: ed attrezzini metallici, inspiegabili. Tancredi ebbe paura, anche di sé stesso: "Andiamo via, cara, qui non c'è niente d'interessante." Richiusero bene la porta, ridiscesero in silenzio la scala, rimisero a posto l'armadio; e tutto il giorno, poi, i baci di Tancredi furono lievissimi, come dati in sogno ed in espiazione.

Dopo il Gattopardo, a dire il vero, la frusta sembrava essere l'oggetto piú frequente a Donnafugata. L'indomani della loro scoperta dell'appartamentino enigmatico, i due innamorati s'imbatterono in un altro frustino. Questo in verità non era negli appartamenti ignorati, ma anzi in quello, venerato, detto del Duca-Santo, dove a metà del Seicento un Salina si era ritirato come in un convento privato, ed aveva fatto penitenza e predisposto il proprio itinerario verso il Cielo. Erano stanze ristrette, basse di soffitto, con l'ammattonato di umile creta, con le pareti candide a calce, simili a quelle dei contadini piú derelitti. L'ultima dava su un poggiuolo dal quale si dominava la discesa gialla dei feudi accavallati ai feudi, tutti immersi in una triste luce. Su di una parete un enorme crocifisso, piú grande del vero: la testa del Dio martoriato toccava il soffitto, i piedi sanguinanti sfioravano il pavimento: la piaga sul costato sembrava una bocca cui la brutalità avesse vietato di pronunziare le parole della salvezza ultima. Accanto al cadavere divino pendeva giú da un chiodo una frusta col manico corto, dal quale si dipartivano sei striscie di cuoio ormai indurito, terminanti in sei palle di piombo grosse come nocciole. Era la "disciplina" del Duca-Santo. In quella stanza Giuseppe Corbèra, duca di Salina, si fustigava solo, al cospetto del proprio Dio e del proprio feudo, e doveva sembrargli che le goccie del sangue suo andassero a piovere sulle terre per redimerle: nella sua pia esaltazione doveva sembrargli che solo mediante questo battesimo espiatorio esse divenissero realmente sue, sangue del suo sangue, carne della sua carne, come si dice. Invece le zolle erano sfuggite, e molte di quelle, che da lassú si vedevano, appartenevano ad altri, a don Calogero anche: a don Calogero, cioè ad Angelica, quindi al suo futuro figlio. L'evidenza del riscatto attraverso la bellezza, parallelo all'altro riscatto attraverso il sangue, diede a Tancredi come una vertigine. Angelica inginocchiata baciava i piedi trafitti di Cristo. "Vedi, tu sei come quell'arnese lí, servi agli stessi scopi." E mostrava la disciplina; e poiché Angelica non capiva ed alzato il capo sorrideva, bella ma vacua, lui si chinò e cosí genuflessa com'era le diede un aspro bacio che la fece gemere perché le ferí il labbro e le raschiò il palato.

I due passavano cosí quelle giornate in vagabondaggi trasognati, in scoperte d'inferni che l'amore poi redimeva, in rinvenimenti di paradisi trascurati che lo stesso amore profanava. Il pericolo di far cessare il gioco per incassarne subito la posta si acuiva, urgeva per tutti e due; alla fine non cercavano piú, ma se ne andavano assorti nelle stanze piú remote, quelle dalle quali nessun grido avrebbe potuto giungere a nessuno; ma grida non vi sarebbero state: solo invocazioni e singulti bassi. Invece se ne stavano lí tutti e due stretti ed innocenti, a compatirsi l'un l'altro. Le piú pericolose per loro erano le stanze della foresteria vecchia: appartate, meglio curate, ciascuna col suo bel letto dalle materassa arrotolate che un colpo della mano sarebbe bastato a distendere... Un giorno, non il cervello di Tancredi che in questo non aveva nulla da dire, ma tutto il suo sangue aveva deciso di finirla: quella mattina Angelica, da quella bella canaglia che era, gli aveva detto: "Sono la tua novizia," richiamando alla mente di lui, con la chiarezza di un invito, il primo incontro di desideri che fosse corso fra loro; e già la donna resa scarmigliata si offriva, già il maschio stava per sopraffare l'uomo, quando il boato del campanone della chiesa piombò quasi a picco sui loro corpi giacenti, aggiunse il proprio fremito agli altri; le bocche compenetrate dovettero disgiungersi per un sorriso. Si ripresero; e l'indomani Tancredi doveva partire.

Quelli furono i giorni migliori della vita di Tancredi e di quella di Angelica, vite che dovevano poi essere tanto variegate, tanto peccaminose sull'inevitabile sfondo di dolore. Ma essi allora non lo sapevano ed inseguivano un avvenire che stimavano piú concreto, benché poi risultasse formato di fumo e di vento soltanto. Quando furono diventati vecchi ed inutilmente saggi, i loro pensieri ritornavano a quei giorni con rimpianto insistente: erano stati i giorni del desiderio sempre presente perché sempre vinto, dei letti, molti che si erano offerti e che erano stati respinti dallo stimolo sensuale che appunto perché inibito si era, un attimo, sublimato in rinunzia, cioè in vero amore. Quei giorni furono la preparazione a quel loro matrimonio che, anche eroticamente, fu mal riuscito; una preparazione, però, che si atteggiò in un insieme a sé stante, squisito e breve: come quelle sinfonie che sopravvivono alle opere dimenticate cui appartengono e che contengono accennate con la loro giocosità velata di pudore, tutte quelle arie che poi nell'opera dovevano essere sviluppate senza destrezza, e fallire.

Quando Angelica e Tancredi ritornavano nel mondo dei viventi dal loro esilio nell'universo dei vizi estinti, delle virtú dimenticate e sopratutto del desiderio perenne, venivano accolti con bonaria ironia. "Siete proprio scemi, ragazzi, ad andare a impolverarvi cosí. Ma guàrdati un po' come sei ridotto, Tancredi," sorrideva don Fabrizio; e il nipote andava a farsi spazzolare. Cavriaghi a cavalcioni di una sedia fumava compunto un Virginia e guardava l'amico che si lavava la faccia ed il collo e che sbuffava per il dispetto di veder l'acqua divenire nera come il carbone. "Io non dico di no, Falconeri: la signorina Angelica è la piú bella *tosa* che abbia mai visto; ma questo non ti giustifica: Santo Dio, un po' di freni ci vogliono; oggi siete stati soli tre ore; se siete tanto innamorati, sposatevi subito e non fate ridere la gente. Avresti dovuto vedere la faccia che ha fatto il padre oggi quando, uscito dall'amministrazione, ha visto che voi stavate ancora navigando in quest'oceano di stanze! Freni, caro amico, freni ci vogliono, e voi siciliani ne avete pochini!"

Pontificava, lieto di infliggere la propria saggezza al camerata piú anziano, al cugino della "sorda" Concetta. Ma Tancredi, mentre si asciugava i capelli, era furibondo: essere accusato di non avere freni, lui, che ne aveva tanti da poter fermare un treno! D'altra parte il buon bersagliere non aveva poi tutti i torti: anche alle apparenze bisognava pensare; però era divenuto tanto moralista per invidia, perché ormai si vedeva che la sua corte a Concetta non approdava a nulla. E poi quell'Angelica: quel gusto soavissimo di sangue oggi, quando le aveva morso l'interno del labbro! E quel suo piegarsi soffice sotto l'abbraccio! Ma era vero, non aveva senso. "Domani andremo a visitare la chiesa con tanto di padre Pirrone e di mademoiselle Dombreuil di scorta."

Angelica intanto andava a mutar d'abito nelle stanze delle ragazze. "*Mais Angelicà, est-il Dieu possible de se mettre dans un tel état?*" s'indignava la Dombreuil, mentre la bella in corpetto e sottanina si lavava le braccia e il collo. L'acqua fredda le faceva sbollire l'eccitazione e doveva convenire fra sé che la governante aveva ragione: valeva la pena di stancarsi tanto, d'impolverarsi a quel modo, di far sorridere la gente, per che cosa, poi? Per farsi guardare negli occhi, per lasciarsi percorrere da quelle dita sottili, per poco di piú... Ed il labbro le doleva ancora. "Adesso, basta. Domani staremo in salotto con gli altri." Ma l'indomani quegli stessi occhi, quelle stesse dita avrebbero riacquistato il loro sortilegio, e di nuovo i due avrebbero ripreso il loro pazzesco gioco a nascondersi ed a mostrarsi.

Il risultato paradossale di questi propositi, separati ma convergenti, era che la sera a pranzo i due piú innamorati erano i due piú sereni, poggiati sulle illusorie buone intenzioni per l'indomani; e si divertivano a ironizzare sulle manifestazioni amorose degli altri, pur tanto minori. Concetta aveva deluso Tancredi: a Napoli aveva patito un certo rimorso nei riguardi di lei e per questo si era tirato dietro Cavriaghi col quale sperava di rimpiazzare sé stesso verso la cugina; anche la compassione faceva parte della sua preveggenza. Sottilmente ma anche bonariamente, astuto com'era, aveva avuto, arrivando, quasi l'aria di condolersi con lei per il suo proprio abbandono; e spingeva avanti l'amico. Niente: Concetta dipanava il proprio chiacchiericcio da collegiale, guardava il sentimentale contino con occhi gelidi dietro i quali si poteva financo notare un po' di disprezzo. Quella ragazza era una sciocca: non se ne poteva tirar fuori niente di buono. Alla fine, cosa voleva? Cavriaghi era un bel ragazzo, una buona pasta d'uomo, aveva un bel nome, grasse cascine in Brianza; era insomma quel che con termine refrigerante si chiama: "un ottimo partito." Già; Concetta voleva lui, non era cosí? Anche lui la aveva voluta un tempo: era meno bella, assai meno ricca di Angelica, ma aveva in sé qualche cosa che la donnafugasca non avrebbe posseduto mai. Ma la vita è una cosa seria, che diamine! Concetta avrebbe dovuto capirlo. E poi perché aveva cominciato a trattarlo cosí male? Quella partaccia a Santo Spirito, tante altre dopo. Il Gattopardo, sicuro, il Gattopardo; ma dovrebbero esistere dei limiti anche per quella bestiaccia superba. "Freni ci vogliono, cara cugina, freni! E voi siciliane ne avete pochini."

Angelica invece dava in cuor suo ragione a Concetta: Cavriaghi mancava troppo di pepe; dopo esser stata innamorata di Tancredi, sposare lui sarebbe stato come bere dell'acqua dopo aver gustato questo marsala che le stava davanti. Concetta, va bene, la capiva a causa dei precedenti. Ma le altre due stupide, Carolina e Caterina, guardavano Cavriaghi con occhi di pesce morto e "friccicchiavano," si sdilinquivano tutte quando lui si avvicinava. E allora! Con la mancanza di scrupoli familiare, essa non capiva perché una delle due non cercasse di distogliere il contino da Concetta a proprio profitto. "A quell'età i giovanotti sono come i cagnolini: basta fischiettar loro e si avanzano subito. Sono delle stupide: a forza di riguardi, di divieti, di superbie, finiranno si sa già come."

Nel salotto, dove dopo la cena gli uomini si ritiravano per fumare, anche le conversazioni fra Tancredi e Cavriaghi, i soli due fumatori della casa e quindi i due soli esiliati, assumevano un tono particolare. Il contino finí col confessare all'amico il fallimento delle proprie speranze amorose: "È troppo bella, troppo pura per me; non mi ama; sono stato temerario a sperarlo; me ne andrò da qui col pugnale del rimpianto infitto nel cuore. Non ho neppure osato farle una proposta precisa. Sento che per lei sono come un verme della terra, ed è giusto che sia cosí; debbo trovare una vermessa che si accontenti di me." E i suoi diciannove anni lo facevano ridere della propria sventura.

Tancredi, dall'alto della propria felicità assicurata, si provava a consolarlo: "Sai, conosco Concetta dalla nascita; è la piú cara creatura che esista: uno specchio di tutte le virtú; ma è un po' chiusa, ha troppo ritegno, temo che stimi troppo sé stessa; e poi è siciliana sino al midollo delle ossa; non è mai uscita da qui; chi sa se si sarebbe mai trovata bene a Milano, un paesaccio dove per mangiare un piatto di maccheroni bisogna pensarci una settimana prima!"

L'uscita di Tancredi, una delle prime manifestazioni dell'unità nazionale, riuscí a far di nuovo sorridere Cavriaghi; su di lui pene e dolori non riuscivano a fermarsi. "Ma gliene avrei procurato delle casse dei vostri maccheroni, io! Ad ogni modo quel che è fatto è fatto: spero solo che i tuoi zii, che sono stati tanto carini con me, non mi odieranno poi per essermi venuto a cacciare fra voi senza costrutto." Fu rassicurato e sinceramente, perché Cavriaghi era piaciuto a tutti, tranne che a Concetta (e del resto forse anche a Concetta) per il rumoroso buon umore che in lui si univa al sentimentalismo piú flebile; e si parlò d'altro, cioè si parlò di Angelica.

"Vedi, tu, Falconeri, tu sí che sei fortunato! Andare a scovare un gioiello come la signorina Angelica in questo porcile (scusa, sai, caro). Che bella, Dio Signore, che bella! Bricconaccio tu, che te la porti a spasso per delle ore negli angoli piú remoti di questa casa che è grande quanto il nostro duomo! E poi non solo bella, ma intelligente anche e colta: e poi buona: si vede dagli occhi la sua bontà, la sua cara ingenuità innocente."

Cavriaghi continuava ad estasiarsi per la bontà di Angelica, sotto lo sguardo divertito di Tancredi. "In tutto questo il veramente buono sei tu, Cavriaghi." La frase scivolò inavvertita sull'ottimismo ambrosiano. Poi: "Senti," disse il contino, "fra pochi giorni partiremo: non ti sembra che sarebbe ora che fossi presentato alla madre della baronessina?"

Era la prima volta che, cosí, da una voce lombarda, Tancredi udiva chiamare con un titolo la sua bella. Per un attimo non capí di chi si parlava. Poi il principe in lui si ribellò: "Ma che baronessina, Cavriaghi! È una bella e cara figliola cui voglio bene e basta."

Che fosse proprio "basta" non era vero; però Tancredi parlava sincero: con l'abitudine atavica ai larghi possessi gli sembrava che Gibildolce, Settesoli ed i sacchetti di tela fossero stati suoi dal tempo di Carlo d'Angiò, da sempre.

"Mi dispiace, ma credo che la madre di Angelica non potrai vederla: parte domani per Sciacca a far la cura delle stufe; è molto ammalata, poverina."

Schiacciò nel buttacenere quel che avanzava del Virginia. "Andiamo in salotto, abbiamo fatto gli orsi abbastanza."

Uno di quei giorni don Fabrizio aveva ricevuto una lettera del prefetto di Girgenti, redatta in stile di estrema cortesia, che gli annunziava l'arrivo a Donnafugata del cavaliere Aimone Chevalley di Monterzuolo, segretario della prefettura, che avrebbe dovuto intrattenerlo di un argomento che stava molto a cuore al Governo. Don Fabrizio, sorpreso, spedí l'indomani il figlio Francesco Paolo alla stazione di posta per ricevere il *missus dominicus* e invitarlo a venire ad alloggiare a palazzo, atto di ospitalità quanto di vera misericordia, consistente nel non abbandonare il corpo del nobiluomo piemontese alle mille belvette che lo avrebbero torturato nella locanda-spelonca di *zzu* Menico.

La corriera giunse sul far della notte con la sua guardia armata a cassetta e con lo scarso carico di volti chiusi. Da essa discese anche Chevalley di Monterzuolo, riconoscibile subito all'aspetto esterrefatto ed al sorrisetto guardingo. Egli si trovava da un mese in Sicilia, nella parte piú strenuamente indigena dell'isola per di piú, e vi era stato sbalzato dritto dritto dalla propria terricciuola del Monferrato. Di natura timida e congenitamente burocratica, vi si trovava molto a disagio. Aveva avuto la testa imbottita da quei racconti briganteschi, mediante i quali i siciliani amano saggiare la resistenza nervosa dei nuovi arrivati, e da un mese individuava un sicario in ciascun usciere del suo ufficio ed un pugnale in ogni tagliacarte di legno sul proprio scrittoio; inoltre la cucina all'olio aveva da un mese posto in disordine le sue viscere. Adesso se ne stava lí, nel crepuscolo, con la sua valigetta di tela bigia e guatava l'aspetto privo di qualsiasi civetteria della strada in mezzo alla quale era stato scaricato. L'iscrizione "Corso Vittorio Emanuele," che con i suoi caratteri azzurri su fondo bianco ornava la casa in sfacelo che gli stava di fronte, non bastava a convincerlo che si trovasse in un posto che dopo tutto era la sua stessa nazione; e non osava rivolgersi ad alcuno dei contadini addossati alle case come cariatidi, sicuro com'era di non esser compreso e timoroso di ricevere una gratuita coltellata nelle budella sue, che gli erano care benché sconvolte.

Quando Francesco Paolo gli si avvicinò presentandosi, strabuzzò gli occhi perché si credette spacciato; ma l'aspetto composto e onesto del giovanottone biondo lo rassicurò alquanto, e quando poi comprese che era invitato ad alloggiare a casa Salina fu sorpreso e sollevato. Il percorso al buio sino al palazzo fu allietato da continue schermaglie fra la cortesia piemontese e quella siciliana (le due piú puntigliose d'Italia), a proposito della valigia che finí con l'essere portata, benché leggerissima, da ambedue i cavallereschi contendenti.

Quando giunse a palazzo, i volti barbuti dei campieri che stazionavano armati nel primo cortile turbarono di nuovo l'anima di Chevalley di Monterzuolo: mentre la bonarietà distante dell'accoglienza del Principe, insieme all'evidente fasto degli ambienti intravisti, lo precipitarono in opposte cogitazioni. Rampollo di una di quelle famiglie della piccola nobiltà piemontese che viveva in dignitosa ristrettezza sulla propria terra, era la prima volta che egli si trovava ospite di una grande casa e questo raddoppiava la sua timidezza; mentre gli aneddoti sanguinosi uditi raccontare a Girgenti, l'aspetto oltremodo protervo del paese nel quale era giunto, e gli "sgherri" (come pensava lui) accampati in cortile, gli incutevano spavento; in modo che scese a pranzo martoriato dai contrastanti timori di chi è capitato in un ambiente al di sopra delle proprie abitudini ed anche da quelli dell'innocente caduto in un agguato banditesco.

A cena mangiò bene per la prima volta da quando aveva toccato le sponde sicule, e l'avvenenza delle ragazze, l'austerità di padre Pirrone e le grandi maniere di don Fabrizio lo convinsero che il palazzo di Donnafugata non era l'antro del bandito Capraro e che da esso sarebbe probabilmente uscito vivo. Ciò che piú lo consolò fu la presenza di Cavriaghi, che, come apprese, abitava lí da dieci giorni ed aveva l'aria di star benissimo, ed anche di essere grande amico di quel giovanottino Falconeri, amicizia questa fra un siciliano ed un lombardo che gli apparve miracolosa. Alla fine della cena si avvicinò a don Fabrizio e lo pregò di voler concedergli un colloquio privato perché intendeva ripartire l'indomani mattina; ma il Principe gli spiaccicò una spalla con una manata, e col piú gattopardesco sorriso: "Niente affatto, caro cavaliere," gli disse: "adesso lei è a casa mia e la terrò in ostaggio sinché mi piacerà; domani non partirà, e per esserne sicuro mi priverò del piacere di parlare con lei a quattr'occhi sino al pomeriggio." Questa frase, che avrebbe terrorizzato l'ottimo segretario tre ore prima, lo rallegrò invece, adesso. Angelica quella sera non c'era e quindi si giocò a *whist*: in un tavolo insieme a don Fabrizio, Tancredi, e padre Pirrone, vinse due *rubbers* e guadagnò tre lire e trentacinque centesimi; dopo di che si ritirò in camera sua, apprezzò la freschezza delle lenzuola e si addormentò del sonno fiducioso del giusto.

La mattina dopo, Tancredi e Cavriaghi lo condussero in giro per il giardino, gli fecero ammirare la "quadreria" e la collezione di arazzi. Gli fecero fare anche un giretto in paese: sotto il sole color di miele di quel novembre esso appariva meno sinistro della sera prima; si vide financo in giro qualche sorriso, e Chevalley di Monterzuolo cominciava a rassicurarsi anche nei riguardi della Sicilia rustica. Questo fu notato da Tancredi che venne subito assalito dal singolare prurito isolano di raccontare ai forestieri storie raccapricciianti, purtroppo sempre autentiche. Si passava davanti a un divertente palazzotto con la facciata ornata di maldestri bugnati. "Questa, caro Chevalley, è la casa del barone Mútolo; adesso è vuoto e chiusa perché la famiglia vive a Girgenti da quando il figlio del barone, dieci anni fa, è stato sequestrato dai briganti." Il piemontese cominciava a fremere. "Poverini, chissà quanto hanno dovuto pagare per liberarlo." "No, non hanno pagato nulla; si trovavano già in difficoltà finanziarie, privi di denaro contante come tutti qui. Ma il ragazzo è stato restituito lo stesso; a rate, però." "Come, Principe, cosa vuol dire?" "A rate, dico bene, a rate: pezzo per pezzo. Prima è arrivato l'indice della mano destra. Dopo una settimana il piede sinistro; ed infine in un bel paniere sotto uno strato di fichi (si era in agosto) la testa; aveva gli occhi sbarrati e del sangue rappreso agli angoli delle labbra. Io non l'ho visto, ero un bambino allora: ma mi hanno detto che lo spettacolo non era bello. Il paniere era stato lasciato su quel gradino lí, il secondo davanti la porta, da una vecchia con uno scialle nero sulla testa: non la ha riconosciuta nessuno." Gli occhi di Chevalley si irrigidirono nel disgusto: aveva già udito narrare il fatto, ma adesso, vedere sotto quel bel sole lo scalino sul quale era stato deposto il dono bizzarro, era un'altra cosa. La sua anima di funzionario lo soccorse: "Che polizia inetta avevano quei Borboni. Fra poco, quando verranno qui i nostri carabinieri, tutto questo cesserà." "Senza dubbio, Chevalley, senza dubbio."

Si passò poi davanti al Circolo dei Civili, che all'ombra dei platani della piazza faceva la sua mostra quotidiana di sedie in ferro e di uomini in lutto. Ossequi, sorrisi. "Li guardi bene, Chevalley, s'imprima la scena nella memoria: un paio di volte all'anno, uno di questi signori vien lasciato stecchito sulla propria poltroncina: una fucilata tirata nella luce incerta del tramonto, e nessuno capisce mai chi sia stato a sparare." Chevalley provò il bisogno di appoggiarsi al braccio di Cavriaghi per sentire vicino a sé un po' di sangue settentrionale.

Poco dopo, in cima a una stradetta ripida, attraverso festoni multicolori di mutande sciorinate, s'intravide una chiesuola ingenuamente barocca. "Quella è Santa Ninfa. Il parroco cinque anni fa è stato ucciso lí dentro mentre celebrava la messa." "Che orrore! Una fucilata in chiesa!" "Ma che fucilata, Chevalley! Siamo troppo buoni cattolici per fare delle malcreanze simili. Hanno messo semplicemente del veleno nel vino della Comunione; è piú discreto, piú liturgico vorrei dire. Non si è mai saputo chi lo abbia fatto: il parroco era un'ottima persona e non aveva nemici."

Come un uomo che, svegliatosi la notte, vede uno spettro seduto ai piedi del letto, sui propri calzini, e si salva dal terrore sforzandosi di credere ad una burla degli amici buontemponi, cosí Chevalley si rifugiò nella credenza di esser preso in giro: "Molto divertente, Principe, davvero spassoso! Lei dovrebbe scrivere dei romanzi: racconta cosí bene queste frottole!" Ma la voce gli tremava; Tancredi ne ebbe compassione, e benché prima di rincasare passassero davanti a tre o quattro luoghi per lo meno altrettanto evocatori, si astenne da fare il cronista, e parlò di Bellini e di Verdi, le sempiterne pomate curative delle piaghe nazionali.

Alle quattro del pomeriggio il Principe fece dire a Chevalley che lo aspettava nello studio. Era questa una piccola stanza con ai muri, sotto vetro, alcune pernici grigie a zampette rosse, stimate rare, trofei impagliati di caccie passate. Una parete era nobilitata da una libreria alta e stretta, colma di numeri arretrati di riviste matematiche. Al di sopra della grande poltrona destinata ai visitatori, una costellazione di miniature della famiglia: il padre di don

Fabrizio, il principe Paolo, fosco di carnagione e sensuale di labbra quanto un saraceno, con la nera uniforme di Corte tagliata a sghembo dal cordone di San Gennaro; la principessa Carolina, già vedova, i capelli biondissimi accumulati in una pettinatura a torre ed i severi occhi azzurri; la sorella del Principe, Giulia, la principessa di Falconeri, seduta su una panca in un giardino, con alla destra la macchia amaranto di un piccolo parasole poggiato aperto per terra, ed alla sinistra quella gialla di un Tancredi di tre anni che le recava dei fiori di campo (questa miniatura don Fabrizio se la era cacciata in tasca di nascosto mentre gli uscieri inventariavano il mobilio di villa Falconeri). Poi, piú sotto, Paolo, il primogenito, in attillati calzoni bianchi di pelle, in atto di salire su un cavallo arrogante dal collo arcuato e dagli occhi sfavillanti: zii e zie varie non meglio identificati ostentavano gioielloni o indicavano, dolenti, il busto di un caro estinto. Al centro della costellazione, però, in funzione di stella polare, spiccava una miniatura piú grande: era don Fabrizio stesso poco piú che ventenne, con la giovanissima sposa che poggiava la testa sulla spalla di lui in atto di completo abbandono amoroso; lei bruna; lui roseo nell'uniforme azzurra e argentea delle Guardie del Corpo del Re, sorrideva compiaciuto, col volto incorniciato dalle basette biondissime di primo pelo.

Appena seduto Chevalley espose la missione della quale era stato incaricato. "Dopo la felice annessione, volevo dire dopo la fausta unione della Sicilia al Regno di Sardegna, è intenzione del Governo di

Torino di procedere alla nomina a Senatori del Regno di alcuni illustri Siciliani. Le autorità provinciali sono state incaricate di redigere una lista di personalità da proporre all'esame del Governo centrale ed eventualmente alla nomina regia, e, come è ovvio, a Girgenti si è subito pensato al suo nome, Principe: un nome illustre per antichità, per il prestigio personale di chi lo porta, per i meriti scientifici; per l'attitudine dignitosa e liberale, anche, assunta durante i recenti avvenimenti." Il discorsetto era stato preparato da tempo; anzi era stato oggetto di succinte note a matita sul calepino che adesso riposava nella tasca posteriore dei pantaloni di Chevalley. Don Fabrizio però non dava segno di vita: le palpebre pesanti lasciavano appena intravedere lo sguardo. Immobile, la zampaccia dai peli biondastri ricopriva interamente una cupola di San Pietro in alabastro che stava sul tavolo.

Ormai avvezzo alla sornioneria dei loquaci siciliani quando si propone loro qualcosa, Chevalley non si lasciò smontare. "Prima di far pervenire la lista a Torino i miei superiori hanno creduto doveroso informarne lei stesso, e domandare se questa proposta sarebbe di suo gradimento. Richiedere il suo assenso, nel quale il Governo spera molto, è stato l'oggetto della mia missione qui; missione che peraltro mi ha valso l'onore e il piacere di conoscere lei e i suoi, questo magnifico palazzo, e questa Donnafugata tanto pittoresca."

Le lusinghe scivolavano via dalla personalità del Principe come l'acqua dalle foglie delle ninfee: questo è uno dei vantaggi dei quali godono gli uomini che sono nello stesso tempo orgogliosi ed abituati ad esserlo. "Adesso questo qui s'immagina di venire a farmi un grande onore," pensava, "a me, che sono quel che sono, fra l'altro anche Pari del Regno di Sicilia, il che dev'essere press'a poco come essere Senatore. È vero che i doni bisogna valutarli in relazione a chi li offre: un contadino che mi dà il suo pezzo di pecorino mi fa un regalo piú grande del principe di Làscari quando m'invita a pranzo. È chiaro. Il guaio è che il pecorino mi dà la nausea. E cosí non resta che la gratitudine del cuore che non si vede ed il naso arricciato del disgusto che si vede anche troppo." Le idee di don Fabrizio in fatto di Senato erano vaghissime: malgrado ogni suo sforzo esse lo riconducevano sempre al Senato romano: al senatore Papirio che spezzava una bacchetta sulla testa di un Gallo maleducato, a un cavallo Incitatus che Caligola aveva fatto senatore, onore questo che anche a suo figlio Paolo sarebbe apparso eccessivo. Lo infastidiva il riaffacciarsi insistente di una frase detta talvolta da padre Pirrone: "*Senatores boni viri, senatus autem mala bestia.*" Adesso vi era anche il senato dell'Impero di Parigi, ma non era che una assemblea di profittatori muniti di grosse prebende. Vi era o vi era stato un senato anche a Palermo, ma si era trattato soltanto di un comitato di amministratori, civici, e di quali amministratori! Robetta, per un Salina. Volle sincerarsi: "Ma insomma, cavaliere, mi spieghi un po' che cosa è veramente essere senatori: la stampa della passata monarchia non lasciava passare notizie sul sistema costituzionale degli altri Stati italiani, e un soggiorno di una settimana a Torino, due anni fa, non è stato sufficiente ad illuminarmi. Cosa è? Un semplice appellativo onorifico? Una specie di decorazione, o bisogna svolgere funzioni legislative, deliberative?"

Il Piemontese, il rappresentante del solo Stato liberale in Italia, si inalberò: "Ma principe, il Senato è la camera alta del Regno! In essa il fiore degli uomini politici italiani, prescelti dalla saggezza del Sovrano, esaminano, discutono, approvano o respingono quelle leggi che il governo propone per il progresso del paese; esso funziona nello stesso tempo da sprone e da redina: incita al ben fare, impedisce di strafare. Quando avrà accettato di prendervi posto, lei rappresenterà la Sicilia alla pari dei deputati eletti, farà udire la voce di questa sua bellissima terra che si affaccia adesso al panorama del mondo moderno, con tante piaghe da sanare, con tanti giusti desideri da esaudire."

Chevalley avrebbe continuato forse a lungo su questo tono, se Bendicò non avesse, da dietro la porta, chiesto alla "saggezza del Sovrano" di essere ammesso. Don Fabrizio fece l'atto di alzarsi per aprire, ma lo fece con tanta mollezza da dar tempo al Piemontese di lasciarlo entrare lui; Bendicò, meticoloso, fiutò a lungo i calzoni di Chevalley; dopo, persuaso di aver da fare con un buon uomo, si accovacciò sotto la finestra e dormí.

"Stia a sentirmi, Chevalley; se si fosse trattato di un segno di onore, di un semplice titolo da scrivere sulla carta da visita e basta, sarei stato lieto di accettare: trovo che in questo momento decisivo per il futuro dello Stato italiano è dovere di chiunque dare la propria adesione, evitare l'impressione di screzi dinanzi a quegli Stati esteri che ci guardano con un timore o con una speranza che si riveleranno ingiustificati, ma che per ora esistono."

"Ma allora, Principe, perché non accettare?"

"Abbia pazienza, Chevalley, adesso mi spiegherò; noi siciliani siamo stati avvezzi da una lunga, lunghissima egemonia di governanti che non erano della nostra religione, che non parlavano la nostra lingua, a spaccare i capelli in quattro. Se non si faceva cosí non si scampava dagli esattori bizantini, dagli emiri berberi, dai viceré spagnoli. Adesso la piega è presa, siamo fatti cosí. Avevo detto 'adesione,' non avevo detto 'partecipazione.' In questi sei ultimi mesi, da quando il vostro Garibaldi ha posto piede a Marsala, troppe cose sono state fatte senza consultarci perché adesso si possa chiedere ad un membro della vecchia classe dirigente di svilupparle e portarle a compimento. Adesso non voglio discutere se ciò che si è fatto è stato male o bene; per conto mio credo che molto sia stato male; ma voglio dirle subito ciò che lei capirà da solo quando sarà stato un anno fra noi. In Sicilia non importa far male o far bene: il peccato che noi siciliani non perdoniamo mai è semplicemente quello di 'fare.' Siamo vecchi, Chevalley, vecchissimi. Sono venticinque secoli almeno che portiamo sulle spalle il peso di magnifiche civiltà eterogenee, tutte venute da fuòri, nessuna germogliata da noi stessi, nessuna a cui noi abbiamo dato il *la*; noi siamo dei bianchi quanto lo è lei, Chevalley, e quando la regina d'Inghilterra; eppure da duemilacinquecento anni siamo colonia. Non lo dico per lagnarmi: è colpa nostra. Ma siamo stanchi e svuotati lo stesso."

Adesso Chevalley era turbato. "Ma ad ogni modo questo adesso è finito; adesso la Sicilia non è piú terra di conquista, ma libera parte di un libero Stato."

"L'intenzione è buona, Chevalley, ma tardiva; del resto le ho già detto che in massima parte è colpa nostra. Lei mi parlava poco fa di una giovane Sicilia che si affaccia alle meraviglie del mondo moderno; per conto mio vedo piuttosto una centenaria trascinata in carrozzino all'Esposizione Universale di Londra, che non comprende nulla, che s'impipa di tutto, delle acciaierie di Sheffield come delle filande di Manchester, e che agogna soltanto a ritrovare il proprio dormiveglia fra i cuscini sbavati e l'orinale sotto il letto."

Parlava ancora piano, ma la mano attorno a San Pietro si stringeva; piú tardi la crocetta minuscola che sormontava la cupola venne trovata spezzata. "Il sonno, caro Chevalley, il sonno è ciò che i Siciliani vogliono, ed essi odieranno sempre chi li vorrà svegliare, sia pure per portar loro i piú bei regali; e, sia detto fra noi, ho i miei forti dubbi che il nuovo regno abbia molti regali per noi nel bagaglio. Tutte le manifestazioni siciliane sono manifestazioni oniriche, anche le piú violente: la nostra sensualità è desiderio di oblio, le schioppettate e le coltellate nostre, desiderio di morte; desiderio di immobilità voluttuosa, cioè ancora di morte, la nostra pigrizia, i nostri sorbetti di scorsonera o di cannella; il nostro aspetto meditativo è quello del nulla che volesse scrutare gli enigmi del nirvana. Da ciò proviene il prepotere da noi di certe persone, di coloro che sono semidesti; da questo il famoso ritardo di un secolo delle manifestazioni artistiche ed intellettuali siciliane: le novità ci attraggono soltanto quando sono defunte, incapaci di dar luogo a correnti vitali; da ciò l'incredibile fenomeno della formazione attuale di miti che sarebbero venerabili se fossero antichi sul serio, ma che non sono altro che sinistri tentativi di rituffarsi in un passato che ci attrae soltanto perché è morto."

Non ogni cosa era compresa dal buon Chevalley: sopratutto gli riusciva oscura l'ultima frase: aveva visto i carretti variopinti trainati dai cavalli impennacchiati, aveva sentito parlare del teatro di burattini eroici, ma anche lui credeva che fossero autentiche vecchie tradizioni. Disse: "Ma non le sembra di esagerare un po', Principe? Io stesso ho conosciuto a Torino dei Siciliani emigrati, Crispi per nominarne uno, che mi son sembrati tutt'altro che dei dormiglioni."

Il Principe si seccò: "Siamo troppi perché non vi siano delle eccezioni; ai nostri semidesti, del resto, avevo di già accennato. In quanto a questo giovane Crispi, non io certamente, ma lei forse potrà vedere se da vecchio non ricadrà nel nostro voluttuoso torpore: lo fanno tutti. D'altronde vedo che mi sono spiegato male: ho detto i Siciliani, avrei dovuto aggiungere la Sicilia, l'ambiente, il clima, il paesaggio siciliano. Queste sono le forze che insieme e forse piú che le denominazioni estranee e gl'incongrui stupri hanno formato l'animo: questo paesaggio che ignora le vie di mezzo fra la mollezza lasciva e l'arsura dannata; che non è mai meschino, terra terra, distensivo, come dovrebbe essere un paese fatto per la dimora di esseri razionali; questo paese che a poche miglia di distanza ha l'inferno attorno a Randazzo e la bellezza della baia di Taormina; questo clima che c'infligge sei mesi di febbre a quaranta gradi; li conti, Chevalley, li conti: maggio, giugno, luglio, agosto, settembre, ottobre; sei volte trenta giorni di sole a strapiombo sulle teste; questa nostra estate lunga e tetra quanto l'inverno russo e contro la quale si lotta con minor successo; lei non lo sa ancora, ma da noi si può dire che nevica fuoco come sulle città maledette della Bibbia; in ognuno di quei mesi se un siciliano lavorasse sul serio spenderebbe l'energia che dovrebbe essere sufficiente per tre; e poi l'acqua che non c'è o che bisogna trasportare da tanto lontano che ogni sua goccia è pagata da una goccia di sudore; e dopo ancora le pioggie, sempre tempestose, che fanno impazzire i torrenti asciutti, che annegano bestie e uomini proprio lí dove due settimane prima le une e gli altri crepavano di sete. Questa violenza del paesaggio, questa crudeltà del clima, questa tensione continua di ogni aspetto, questi monumenti, anche, del passato, magnifici ma incomprensibili perché non edificati da noi e che ci stanno intorno come bellissimi fantasmi muti; tutti questi governi, sbarcati in armi da chissà dove, subito serviti, presto detestati, e sempre incompresi, che si sono espressi soltanto con opere d'arte per noi enigmatiche e con concretissimi esattori d'imposte spese poi altrove: tutte queste cose hanno formato il carattere nostro, che cosí rimane condizionato da fatalità esteriori oltre che da una terrificante insularità d'animo."

L'inferno ideologico evocato in quello studiolo sgomentò Chevalley piú della rassegna sanguinosa della mattina. Volle dire qualche cosa, ma don Fabrizio era troppo eccitato adesso per ascoltarlo.

"Non nego che alcuni Siciliani trasportati fuori dall'isola possano riuscire a smagarsi: bisogna però farli partire molto, molto giovani; a vent'anni è già tardi: la crosta è fatta: rimarranno convinti che il loro è un paese come tutti gli altri, scelleratamente calunniato; che la normalità civilizzata è qui, la stramberia fuori. Ma mi scusi, Chevalley, mi son lasciato trascinare e la ho probabilmente infastidito. Lei non è venuto sin qui per udire Ezechiele deprecare le sventure di Israele. Ritorniamo al nostro vero argomento: sono molto riconoscente al governo di aver pensato a me per il Senato e la prego di esprimere questa mia sincera gratitudine; ma non posso accettare. Sono un rappresentante della vecchia classe, inevitabilmente compromesso col regime borbonico, ed a questo legato dai vincoli della decenza in mancanza di quelli dell'affetto. Appartengo ad una generazione disgraziata, a cavallo fra i vecchi tempi ed i nuovi, e che si trova a disagio in tutti e due. Per di piú, come lei non ha potuto fare a meno di accorgersi, sono privo di illusioni; e che cosa se ne farebbe il Senato di me, di un legislatore inesperto cui manca la facoltà di ingannare sé stesso, questo requisito essenziale per chi voglia guidare gli altri? Noi della nostra generazione dobbiamo ritirarci in un cantuccio e stare a guardare i capitomboli e le capriole dei giovani attorno a quest'ornatissimo catafalco. Voi adesso avete appunto bisogno di giovani, di giovani svelti, con la mente aperta al *come* piú che al *perché,* e che siano abili a mascherare, a contemperare volevo dire, il loro preciso interesse particolare con le vaghe idealità pubbliche." Tacque, lasciò in pace San Pietro. Continuò: "Posso permettermi di dare a lei un consiglio da trasmettere ai suoi superiori?"

"Va da sé, Principe; esso sarà certo ascoltato con ogni considerazione; ma voglio ancora sperare che invece di un consiglio voglia darmi un assenso."

"C'è un nome che io vorrei suggerire per il Senato: quello di Calogero Sedàra. Egli ha piú meriti di me per sedervi: il casato, mi è stato detto, è antico o finirà con esserlo; piú che quel che lei chiama il prestigio egli ha il potere; in mancanza di meriti scientifici ne ha di pratici, eccezionali; la sua attitudine durante la crisi di maggio piú che ineccepibile è stata utilissima: illusioni non credo che abbia piú di me, ma è abbastanza svelto per sapere crearsele quando occorra. È l'individuo che fa per voi. Ma dovete far presto, perché ho inteso dire che vuol porre la propria candidatura alla Camera dei deputati." Di Sedàra si era molto parlato in prefettura: le attività di lui quale sindaco e quale privato erano note; Chevalley sussultò: era un onest'uomo e la propria stima delle camere legislative era pari alla purità delle proprie intenzioni; per questo credette opportuno non fiatare, e fece bene a non compromettersi perché, infatti, dieci anni piú tardi, l'ottimo don Calogero doveva ottenere il laticlavio. Benché onesto, però, Chevalley non era stupido: mancava sí di quella prontezza di spirito che in Sicilia usurpa il nome di intelligenza, ma si rendeva conto delle cose con lenta solidità e poi non aveva la impenetrabilità meridionale agli affanni altrui. Comprese l'amarezza e lo sconforto di don Fabrizio, rivide in un attimo lo spettacolo di miseria, di abiezione, di nera indifferenza del quale da un mese era stato testimonio. Nelle ore passate aveva invidiato la opulenza, la signorilità dei Salina, adesso ricordava con tenerezza la propria vignicciuola, il suo Monterzuolo vicino a Casale, brutto, mediocre, ma sereno e vivente. Ed ebbe pietà tanto del Principe senza speranze come dei bimbi scalzi, delle donne malariche, delle non innocenti vittime i cui elenchi giungevano ogni mattina al suo ufficio: tutti eguali, in fondo, compagni di sventura segregati nel medesimo pozzo.

Volle fare un ultimo sforzo. Si alzò e l'emozione conferiva pathos alla sua voce: "Principe, ma è proprio sul serio che lei si rifiuta di fare il possibile per alleviare, per tentare di rimediare allo stato di povertà materiale, di cieca miseria morale nelle quali giace questo che è il suo stesso popolo? Il clima si vince, il ricordo dei cattivi governi si cancella, i Siciliani vorranno migliorare; se gli uomini onesti si ritirano la strada rimarrà libera alla gente senza scrupolo e senza prospettive, ai Sedàra; e tutto sarà di nuovo come prima per altri secoli. Ascolti la sua coscienza, Principe, e non le orgogliose verità che ha detto. Collabori."

Don Fabrizio gli sorrideva, lo prese per la mano, lo fece sedere vicino a lui sul divano: "Lei è un gentiluomo, Chevalley, e stimo una fortuna averlo conosciuto; lei ha ragione in tutto; si è sbagliato soltanto quando ha detto: 'i siciliani vorranno migliorare.' Voglio raccontarle un aneddoto personale. Due o tre giorni prima che Garibaldi entrasse a Palermo mi furono presentati alcuni ufficiali di marina inglesi, in servizio su quelle navi che stavano in rada per rendersi conto degli avvenimenti. Essi avevano appreso, non so come, che io posseggo una casa alla marina, di fronte al mare, con sul tetto una terrazza dalla quale si scorge tutta la cerchia dei monti intorno alla città; mi chiesero di visitare la casa, di venire a guardare quel panorama nel quale si diceva che i garibaldini si aggiravano e del quale, dalle loro navi, non si erano fatti un'idea chiara. Di fatto, Garibaldi era già a Gibilrossa. Vennero a casa, li accompagnai lassú in cima; erano dei giovanotti ingenui, malgrado i loro scopettoni rossastri. Rimasero estasiati dal panorama, dalla irruenza della luce; confessarono però che erano stati pietrificati osservando lo squallore, la vetustà, il sudiciume delle strade di accesso. Non spiegai loro che una cosa era derivata dall'altra, come ho tentato di fare con lei. Uno di loro, poi, mi chiese che cosa veramente venissero a fare qui in Sicilia quei volontari italiani. '*Thei are coming to teach us good manners,*' risposi. '*But they wont succeed, because we are gods.*' Vengono per insegnarci le buone creanze ma non lo potranno fare, perché noi siamo dèi. Credo che non comprendessero, ma risero e se ne andarono. Cosí rispondo anche a lei, caro Chevalley: i Siciliani non vorranno mai migliorare per la semplice ragione che credono di essere perfetti; la loro vanità è piú forte della loro miseria; ogni intromissione di estranei sia per origine sia anche, se Siciliani, per indipendenza di spirito, sconvolge il loro vaneggiare di raggiunta compiutezza, rischia di turbare la loro compiaciuta attesa del nulla; calpestati da una diecina di popoli differenti, essi credono di avere un passato imperiale che dà loro diritto a funerali sontuosi. Crede davvero lei, Chevalley, di essere il primo a sperare di incanalare la Sicilia nel flusso della storia universale? Chissà quanti imani musulmani, quanti cavalieri di re Ruggero, quanti scribi degli Svevi, quanti baroni angioini, quanti legisti del Cattolico hanno concepito la stessa bella follia; e quanti viceré spagnoli, quanti funzionari riformatori di Carlo III. E chi sa piú chi siano stati? La Sicilia ha voluto dormire, a dispetto delle loro invocazioni; perché avrebbe dovuto ascoltarli se è ricca, se è saggia, se è civile, se è onesta, se è da tutti ammirata e invidiata, se è perfetta in una parola?

"Adesso anche da noi si va dicendo in ossequio a quanto hanno scritto Proudhon e un ebreuccio tedesco del quale non ricordo il nome, che la colpa del cattivo stato di cose, qui ed altrove, è del feudalismo; mia cioè, per cosí dire. Sarà. Ma il feudalismo c'è stato dappertutto, le invasioni straniere pure. Non credo che i suoi antenati, Chevalley, o gli *squires* inglesi o i signori francesi governassero meglio dei Salina. I risultati intanto sono diversi. La ragione della diversità dev'essere in quel senso di superiorità che barbaglia in ogni occhio siciliano, che noi stessi chiamiamo fierezza, che in realtà è cecità. Per ora, per molto tempo, non c'è niente da fare. Compiango; ma in via politica, non posso porgere un dito. Me lo morderebbero. Questi sono discorsi che non si possono fare ai Siciliani: ed io stesso, del resto, se queste cose le avesse dette lei, me ne sarei avuto a male.

"È tardi, Chevalley: dobbiamo andare a vestirci per il pranzo. Debbo recitare per qualche ora la parte di un uomo civile."

L'indomani mattina presto Chevalley ripartí e a don Fabrizio, che aveva stabilito di andare a caccia, riuscí facile accompagnarlo alla stazione di posta. Don Ciccio Tumeo era con loro e portava sulle spalle il doppio peso dei due fucili, il suo e quello di don Fabrizio; e dentro di sé la bile delle proprie virtú conculcate.

Intravista nel livido chiarore delle cinque e mezzo del mattino, Donnafugata era deserta ed appariva disperata. Dinanzi a ogni abitazione i rifiuti delle mense miserabili si accumulavano lungo i muri lebbrosi; cani tremebondi li rimestavano con avidità sempre delusa. Qualche porta era già aperta ed il lezzo dei dormienti accumulati dilagava nella strada; al barlume dei lucignoli le madri scrutavano le palpebre tracomatose dei bambini: esse erano quasi tutte in lutto e parecchie erano state le mogli di quei fantocci sui quali s'incespica agli svolti delle trazzere. Gli uomini, abbrancato lo zappone, uscivano per cercare chi, a Dio piacendo, desse loro lavoro;

silenzio atono o stridori esasperati di voci isteriche; dalla parte di Santo Spirito l'alba di stagno cominciava a sbavare sulle nuvole plumbee.

Chevalley pensava: "Questo stato di cose non durerà; la nostra amministrazione nuova, agile, moderna, cambierà tutto." Il Principe era depresso: "Tutto questo non dovrebbe poter durare; però durerà, sempre; il sempre umano, beninteso, un secolo, due secoli...; e dopo sarà diverso, ma peggiore. Noi fummo i Gattopardi, i Leoni: chi ci sostituirà saranno gli sciacalletti, le iene; e tutti quanti, gattopardi, sciacalli e pecore, continueremo a crederci il sale della terra." Si ringraziarono scambievolmente, si salutarono. Crevalley s'inerpicò sulla vettura di posta, issata su quattro ruote color di vomito. Il cavallo, tutto fame e piaghe, iniziò il lungo viaggio.

Era appena giorno; quel tanto di luce che riusciva a trapassare il coltrone di nuvole era di nuovo impedito dal sudiciume immemoriale dei finestrini. Chevalley era solo: fra urti e scossoni si bagnò di saliva la punta dell'indice, ripulí un vetro per la ampiezza di un occhio. Guardò: dinanzi a lui, sotto la luce di cenere, il paesaggio sobbalzava, irredimibile.

Capitolo quinto

Arrivo di padre Pirrone a S. Cono - Conversazione con gli amici e l'erbuario - I guai familiari di un Gesuita - Risoluzione dei guai - Conversazione con l'"uom di onore" - Ritorno a Palermo.

Febbraio 1861

I natali di padre Pirrone erano rustici: era nato infatti a S. Cono, un paese piccino piccino che adesso, in grazia degli autobus, è quasi una delle stie-satelliti di Palermo, ma che un secolo fa apparteneva, per cosí dire, a un sistema planetario a sé stante, lontano com'era quattro o cinque ore-carretto dal sole palermitano.

Il padre del nostro Gesuita era stato "soprastante" di due feudi che l'Abbazia di S. Eleuterio si lusingava di possedere nel territorio di S. Cono. Mestiere questo di "soprastante" assai pericoloso, allora, per la salute dell'anima e per quella del corpo, perché costringeva a frequentazioni strane ed alla cognizione di varî aneddoti il cui accumularsi cagionava una infermità che "di botto" (è la parola esatta) faceva cadere l'infermo stecchito ai piedi di qualche muricciuolo, con tutte le sue storielle sigillate nella pancia, irrecuperabili ormai alla curiosità degli sfaccendati. Però, don Gaetano, il genitore di padre Pirrone, era riuscito a sfuggire a questa malattia professionale mercé una rigorosa igiene basata sulla discrezione e su un avveduto impiego di rimedi preventivi; ed era morto pacificamente di polmonite, una soleggiata domenica di febbraio sonora di venti che sfogliavano i fiori dei mandorli. Egli lasciava la vedova e i tre figli (due ragazze e il sacerdote) in condizioni economiche relativamente buone; da quel sagace uomo che era stato, aveva saputo fare delle economie sullo stipendio incredibilmente esiguo piegatogli dall'Abbazia, e, al momento del proprio transito, possedeva alcune piante di mandorlo in fondo valle, qualche cespo di vite sui pendii, e un po' di pietroso pascolo piú in alto; roba da poveretti, si sa; sufficiente però a conferire un certo peso nella depressa economia sanconetana. Era anche proprietario di una casetta rigorosamente cubica, azzurra fuori e bianca dentro, quattro stanze sotto e quattro sopra, proprio all'ingresso del paese dalla parte di Palermo.

Padre Pirrone si era allontanato da quella casa a sedici anni, quando i suoi successi alla scuola parrocchiale e la benevolenza dell'Abbate Mitrato di S. Eleuterio lo avevano incamminato verso il seminario arcivescovile, ma, a distanza di anni, vi era tornato piú volte o per benedire le nozze delle sorelle o per dare una (mondanamente, s'intende) superflua assoluzione a don Gaetano morente, e vi ritornava adesso, sul finire del febbraio 1861, per il quindicesimo anniversario della morte del padre; ed era una giornata ventosa e limpida, proprio come era stata quella.

Erano state cinque ore di scossoni, con i piedi penzoloni dietro la coda del cavallo; ma, una volta sormontata la nausea causata dalle pitture patriottiche dipinte di fresco sui pannelli del carretto e che culminavano nella retorica raffigurazione di un Garibaldi color di fiamma a braccetto di una Santa

Rosalia color di mare, erano state cinque ore piacevoli. La vallata che sale da Palermo a S. Cono riunisce in sé il paesaggio fastoso della zona costiera e quello inesorabile dell'interno, ed è percorsa da folate di vento improvvise che ne rendono salubre l'aria e che erano famose per esser capaci di sviare la traiettoria delle pallottole meglio premeditate, sicché i tiratori posti di fronte a problemi balistici ardui preferivano esercitarsi altrove. Il carrettiere, poi, che aveva conosciuto molto bene il defunto, si era dilungato in ampie ricordanze dei meriti di lui, ricordanze che, benché non sempre adatte ad orecchie filiali ed ecclesiastiche, avevano lusingato l'ascoltatore assuefatto.

All'arrivo fu accolto con lacrimosa allegria. Abbracciò e benedisse la madre che ostentava i capelli candidi e la cera rosea delle vedove di fra le lane di un lutto imprescrittibile, salutò le sorelle e i nipoti ma, fra quest'ultimi, guardò di traverso Carmelo che aveva avuto il pessimo gusto d'inalberare sulla berretta, in segno di festa, una coccarda tricolore. Appena entrato in casa fu assalito, come sempre, dalla dolcissima furia dei ricordi giovanili: tutto era immutato, il pavimento di coccio rosso come il parco mobilio; l'identica luce entrava dai finestrozzi esigui; il cane Romeo, che latrava breve in un cantone, era il trisnipote rassomigliantissimo di un altro cerviero compagno suo nei violenti giochi; e dalla cucina esalava il secolare aroma del ragú che sobbolliva, estratto di pomodoro, cipolle e carne di castrato, per gli "anelletti" dei giorni segnalati. Ogni cosa esprimeva la serenità raggiunta mediante i travagli della Buon'Anima.

Presto si diressero alla chiesa per ascoltare la messa commemorativa. S. Cono, quel giorno, mostrava il proprio aspetto migliore e scialava in una quasi orgogliosa esibizione di feci diverse. Caprette argute dai neri uberi penzolanti, e molti di quei maialetti siciliani scuri e slanciati come puledri minuscoli, si rincorrevano fra la gente, su per le strade ripide; e poiché padre Pirrone era divenuto una specie di gloria locale molte erano le donne, i bambini ed anche i giovanotti che gli si affollavano intorno per chiedergli una benedizione o per ricordare i tempi passati.

In sacrestia si fece una rimpatriata col parroco e, ascoltata la messa, ci si recò sulla lapide sepolcrale, in una cappella di fianco: le donne baciarono il marmo lagrimando, il figlio pregò ad alta voce nel suo arcano latino; e quando si ritornò a casa gli anelletti erano pronti e piacquero molto a padre Pirrone cui le raffinatezze culinarie di villa Salina non avevano guastato la bocca.

Verso sera poi gli amici vennero a salutarlo e si riunirono in camera sua. Una lucerna di rame a tre braccia pendeva dal soffitto e spandeva la luce dimessa dei suoi moccoli a olio; in un angolo il letto ostentava le materassa variopinte e la soffocante trapunta rossa e gialla; un altro angolo della stanza era recinto da un'alta e rigida stuoia, lo "zimmile" che custodiva il frumento color di miele che ogni settimana si recava al mulino per i bisogni della famiglia; alle pareti, da incisioni butterate, Sant'Antonio mostrava il Divino Infante, Santa Lucia i propri occhi divelti e S. Francesco Saverio arringava turbe di Indiani piumati e discinti; fuori, nel crepuscolo stellato, il vento zufolava e, a modo suo, era il solo a commemorare. Al centro della stanza, sotto la lucerna, si appiattiva al suolo il grande braciere racchiuso in una fascia di legno lucido sulla quale si posavano i piedi; tutt'intorno sedie di corda con gli ospiti. Vi era il parroco, i due fratelli Schirò, proprietari del luogo e don Pietrino, il vecchissimo erbuario: cupi erano venuti, cupi rimanevano perché, mentre le donne sfaccendavano abbasso, essi parlavano di politica e speravano di aver notizie consolanti da padre Pirrone che arrivava da Palermo e che doveva sapere molto dato che viveva tra i "signori." Il desiderio di notizie era stato appagato, quello di conforto però fu deluso perché il loro amico Gesuita un po' per sincerità, un po' anche per tattica, mostrava loro nerissimo l'avvenire. Su Gaeta sventolava ancora il tricolore borbonico ma il blocco era ferreo e le polveriere della piazzaforte saltavano in aria una per una, e lí ormai non si salvava piú nulla all'infuori dell'onore, cioè non molto; la Russia era amica ma lontana, Napoleone III infido e vicino, e degli insorti di Basilicata e Terra di Lavoro il Gesuita parlava poco perché sotto sotto se ne vergognava. Era necessario, diceva, subire la realtà di questo Stato italiano che si formava, ateo e rapace, di queste leggi di esproprio e di coscrizione che dal Piemonte sarebbero dilagate sin qui come il colèra. "Vedrete," fu la sua non originale conclusione, "vedrete che non ci lasceranno neanche gli occhi per piangere."

A queste parole venne mescolato il coro tradizionale delle lagnanze rustiche. I fratelli Schirò e l'erbuario già sentivano il morso della fiscalità; per i primi vi erano stati contributi straordinari e centesimi addizionali; per l'altro una sconvolgente sorpresa: era stato chiamato in Municipio dove gli avevano detto che, se non avesse pagato venti lire ogni anno, non gli sarebbe piú stato consentito di vendere i suoi semplici. "Ma io questa senna, questo stramonio, queste erbe sante fatte dal Signore me le vado a raccogliere con le mie mani sulle montagne, pioggia o sereno, nei giorni e nelle notti prescritte! Me le essicco al sole che è di tutti, e le metto in polvere da me, col mortaio che era di mio nonno! Che c'entrate voi del Municipio? Perché dovrei pagarvi venti lire? Cosí, per la vostra bella faccia?"

Le parole gli uscirono smozzicate dalla bocca senza denti, ma gli occhi gli s'incupirono di autentico furore. "Ho torto o ragione, Padre? Dimmelo tu!"

Il Gesuita gli voleva bene: se lo ricordava uomo già fatto, anzi già curvo per il continuo girovagare e raccattare quando lui stesso era un ragazzo che tirava sassate ai passeri; e gli era anche grato perché sapeva che quando vendeva un suo decotto alle donnette diceva sempre che senza tante o tanti "Ave Maria" o "Gloriapatri" esso sarebbe rimasto inoperoso. Il suo prudente cervello, poi, voleva ignorare che cosa ci fosse veramente negli intrugli e per quali speranze venissero richiesti.

"Avete ragione, don Pietrino, cento volte ragione

E come no? Ma se non prendono i soldi a voi e agli altri poveretti come voi, dove li trovano per fare la guerra al Papa e rubargli ciò che gli appartiene?"

La conversazione si dilungava sotto la mite luce vacillante per il vento che riusciva a sorpassare le imposte massiccie. Padre Pirrone spaziava nelle future inevitabili confische dei beni ecclesiastici: addio allora il mite dominio dell'Abbazia qui intorno; addio le zuppe distribuite durante gli inverni duri; e quando il piú giovane degli Schirò ebbe l'imprudenza di dire che forse cosí alcuni contadini poveri avrebbero avuto un loro fondicello, la sua voce s'inaridí nel piú deciso disprezzo. "Lo vedrete, don Antonino, lo vedrete. Il Sindaco comprerà tutto, pagherà le prime rate, e chi si è visto si è visto. Cosí di già è avvenuto in Piemonte."

Finirono con l'andarsene, assai piú accigliati di quando erano venuti e provvisti di mormorazioni per due mesi. Rimase soltanto l'erbuario, che quella notte non sarebbe andato a letto perché era luna nuova e doveva andare a raccogliere il rosa-marino sulle roccie dei Pietrazzi; aveva portato con sé il lanternino e si sarebbe incamminato appena uscito.

"Ma, Padre, tu che vivi in mezzo alla *nobbiltà*, che cosa ne dicono i signori di tutto questo fuoco grande? Che cosa ne dice il principe di Salina, grande, rabbioso e orgoglioso come è?"

Già piú d'una volta padre Pirrone aveva posto a sé stesso questa domanda, e rispondervi non era stato facile, sopratutto perché aveva trascurato e interpretato come esagerazioni quanto don Fabrizio gli aveva detto una mattina in osservatorio, quasi un anno fa.

Adesso lo sapeva, ma non trovava il modo di tradurlo in forma comprensibile a don Pietrino, che era lungi dall'essere uno sciocco, ma che s'intendeva meglio delle proprietà anticatarrali, carminative e magari afrodisiache delle sue erbe che di simili astrazioni.

"Vedete, don Pietrino, i 'signori' come dite voi, non sono facili a capirsi. Essi vivono in un universo particolare che è stato creato non direttamente da Dio ma da loro stessi durante secoli di esperienze specialissime, di affanni e di gioie loro; essi posseggono una memoria collettiva quanto mai robusta, e quindi si turbano o si allietano per cose delle quali a voi ed a me non importa un bel nulla, ma che per loro sono vitali perché poste in rapporto con questo loro patrimonio di ricordi, di speranze, di timori di classe. La Divina Provvidenza ha voluto che io divenissi umile particella dell'Ordine piú glorioso di una Chiesa sempiterna alla quale è stata assicurata la vittoria definitiva; voi siete all'altro limite della scala, e non dico il piú basso ma solo il piú differente. Voi quando scoprite un cespo vigoroso di origano o un nido ben fornito di cantaridi (anche quelle cercate, don Pietrino, lo so) siete in comunicazione diretta con la natura che il Signore ha creato con possibilità indifferenziate di male e di bene affinché l'uomo possa esercitarvi la sua libera scelta; e quando siete consultato dalle vecchiette maligne o dalle ragazzine vogliose, voi scendete nell'abisso dei secoli sino alle epoche oscure che hanno preceduto la luce del Golgota."

Il vecchio guardava stupito: lui voleva sapere se il principe di Salina era soddisfatto o no del nuovo stato di cose, e l'altro gli parlava di cantaridi e di luci del Golgota. "A forza di leggere è diventato pazzo, meschinello."

"I 'signori' no, non sono cosí; essi vivono di cose già manipolate. Noi ecclesiastici serviamo loro per rassicurarli sulla vita eterna, come voi erbuari per procurar loro emollienti o eccitanti. E con questo non voglio dire che sono cattivi: tutt'altro. Sono differenti; forse ci appaiono tanto strani perché hanno raggiunto una tappa verso la quale tutti coloro che non sono santi camminano, quella della noncuranza dei beni terreni mediante l'assuefazione. Forse per questo non badano a certe cose che a noialtri importano molto; chi sta in montagna non si cura delle zanzare delle pianure, e chi vive in Egitto trascura i parapioggia. Il primo però teme le valanghe, il secondo i coccodrilli, cose che invece ci preoccupano poco. Per loro sono subentrati nuovi timori che noi ignoriamo: ho visto don Fabrizio rabbuiarsi, lui uomo serio e saggio, per un colletto di camicia mal stirato; e so di certo che il principe di Làscari dal furore non ha dormito tutta una notte perché ad un pranzo alla Luogotenenza gli avevano dato un posto sbagliato. Ora, non vi sembra che il tipo di umanità che si turba soltanto per la biancheria o per il protocollo sia un tipo felice, quindi superiore?"

Don Pietrino non capiva piú niente: le stramberie si moltiplicavano, adesso saltavano fuori i colletti delle camicie e i coccodrilli. Ma un fondo di buon senso rustico lo sosteneva ancora. "Ma se è cosí, Padre, andranno tutti all'inferno!" "E perché? Alcuni saranno perduti, altri salvi, a secondo di come avranno vissuto dentro questo loro mondo condizionato. Ad occhio e croce Salina, per esempio, dovrebbe cavarsela; il giuoco suo lo gioca bene, segue le regole, non bara. Il Signore Iddio punisce chi contravviene volontariamente alle leggi divine che conosce, chi imbocca volontariamente la cattiva strada; ma chi segue la propria via, purché su di essa non commetta sconcezze, è sempre a posto. Se voi, don Pietrino, vendeste cicuta invece di mentuccia, sapendolo, sareste fritto; ma se avrete creduto di essere nel vero, la *gnà* Zana farà la morte nobilissima di Socrate e voi andrete dritto dritto in cielo con tonaca e alucce, tutto bianco."

La morte di Socrate era stata troppo, per l'erbuario: si era arreso e dormiva. Padre Pirrone lo notò e ne fu contento, perché adesso avrebbe potuto parlare libero, senza timore di essere frainteso; e parlare voleva, fissare nelle volute concrete delle frasi le idee che oscuramente gli si agitavano dentro.

"E fanno molto bene, anche. Se sapeste, per dirne una, a quante famiglie che sarebbero sul lastrico dànno ricetto quei loro palazzi! E non richiedono nulla per questo, neppure un'astensione dai furtarelli. Ciò non viene fatto per ostentazione ma per una sorta di oscuro istinto atavico che li spinge a non poter fare altrimenti. Benché possa non sembrare, sono meno egoisti di tanti altri: lo splendore delle loro case, la pompa delle loro feste contengono in sé un che d'impersonale, un po' come la magnificenza delle chiese e della liturgia, un che di fatto *ad maiorem gentis gloriam,* che li redime non poco; per ogni bicchiere di sciampagna che bevono ne offrono cinquanta agli altri; e quando trattano male qualcheduno, come avviene, non è tanto la loro personalità che pecca quanto il loro ceto che si afferma. *Fata crescunt.* Don Fabrizio ha protetto e educato il nipote Tancredi, per esempio, ha insomma salvato un povero orfano che altrimenti si sarebbe perduto. Ma voi direte che lo ha fatto perché il giovane era anche lui un signore, che non avrebbe messo un dito all'acqua fredda per un altro. È vero, ma perché avrebbe dovuto farlo se sinceramente, in tutte le radici del suo cuore, gli 'altri' gli sembrano tutti esemplari mal riusciti, maiolichette venute fuori sformate dalle mani del figurinaio e che non val la pena di esporre alla prova del fuoco?

"Voi, don Pietrino, se in questo momento non dormiste, saltereste su a dirmi che i signori fanno male ad avere questo disprezzo per gli altri, e che tutti noi, egualmente soggetti alla doppia servitú dell'amore e della morte, siamo eguali dinanzi al Creatore; ed io non potrei che darvi ragione. Però aggiungerei che non è giusto incolpare di disprezzo soltanto i 'signori,' dato che questo è vizio universale. Chi insegna all'Università disprezza il maestrucolo delle scuole parrocchiali, anche se non lo dimostra, e poiché dormite posso dirvi senza reticenze che noi ecclesiastici ci stimiamo superiori ai laici, noi Gesuiti superiori al resto del clero, come voi erbuari spregiate i cavadenti che a loro volta v'irridono. I medici per conto loro prendono in giro cavadenti ed erbuari, e vengono loro stessi trattati da asini dagli ammalati che pretendono di continuare a vivere con il cuore o il fegato in poltiglia. Per i magistrati gli avvocati non sono che dei seccatori che cercano di dilazionare il funzionamento delle leggi, e d'altra parte la letteratura ribocca di satire contro la pomposità, l'ignavia e talvolta peggio di quegli stessi giudici. Non ci sono che gli zappatori a esser disprezzati anche da loro stessi; quando avranno appreso a irridere gli altri il ciclo sarà chiuso e bisognerà incominciare da capo.

"Avete mai pensato, don Pietrino, a quanti nomi di mestiere sono diventati delle ingiurie? Da quelli di facchino, ciabattino e pasticciere a quelli di *reître* e di *pompier* in francese? La gente non pensa ai meriti dei facchini e dei pompieri; guarda solo i loro difetti marginali e li chiama tutti villani e vanagloriosi; e poiché non potete sentirmi, posso dirvi che conosco benissimo il significato corrente della parola 'gesuita.'

"Questi nobili poi hanno il pudore dei propri guai: ne ho visto uno, sciagurato, che aveva deciso di uccidersi l'indomani, e che sembrava sorridente e brioso come un ragazzo alla vigilia della Prima Comunione; mentre voi, don Pietrino, lo so, se siete costretto a bere uno dei vostri decotti di senna fate echeggiare il paese dei vostri lamenti. L'ira e la beffa sono signorili; l'elegia, la querimonia, no. Anzi voglio darvi una ricetta: se incontrate un 'signore' lamentoso e querulo, guardate il suo albero genealogico: vi troverete presto un ramo secco.

"Un ceto difficile da sopprimere perché in fondo si rinnova continuamente e perché quando occorre sa morire bene, cioè sa gettare un seme al momento della fine. Guardate la Francia: si son fatti massacrare con eleganza e adesso sono lí come prima, dico come prima, perché non sono i latifondi e i diritti feudali a fare il nobile, ma le differenze. Adesso mi dicono che a Parigi vi sono dei conti polacchi che le insurrezioni e il despotismo hanno costretto all'esilio e alla miseria; fanno i fiaccherai ma guardano i loro clienti borghesi con tale cipiglio che i poveretti salgono in vettura, senza saper perché, con l'aria umile di cani in chiesa.

"E vi dirò pure, don Pietrino, se, come tante volte è avvenuto, questa classe dovesse scomparire, se ne costituirebbe subito un'altra equivalente, con gli stessi pregi e gli stessi difetti: non sarebbe piú basata sul sangue forse, ma che so io... sull'anzianità di presenza in un luogo, o su pretesa miglior conoscenza di qualche testo presunto sacro."

A questo punto si sentirono i passi della madre sulla scaletta di legno; essa entrò ridendo. "*Ecucchì* stavi parlando, figlietto mio? Non lo vedi che il tuo amico dorme?"

Padre Pirrone si vergognò un poco; non rispose ma disse: "Adesso lo accompagno fuori. Poveretto, dovrà stare al freddo tutta la notte." Estrasse il lucignolo della lanterna, lo accese a una fiammella del lampadario rizzandosi sulla punta dei piedi e imbrattando di olio la propria tunica; lo rimise a posto, chiuse lo sportellino. Don Pietrino veleggiava nei sogni; un filo di bava gli scorreva giú da un labbro e andava a spandersi sul bavero. Ci volle del tempo per svegliarlo. "Scusami, Padre, ma dicevi cose tanto strane e imbrogliate." Sorrisero, scesero, uscirono. La notte sommergeva la casetta, il paese, la vallata; si scorgevano appena i monti che erano vicini e, come sempre, imbronciati. Il vento si era calmato ma faceva un gran freddo; le stelle brillavano con furia, producevano migliaia di gradi di calore ma non riuscivano a scaldare un povero vecchio. "Povero don Pietrino! Volete che vada a prendervi un altro mantello?" "Grazie, ci sono abituato. Ci vedremo domani e allora mi dirai come il principe di Salina ha sopportato la rivoluzione." "Ve lo dico subito in quattro parole: dice che non c'è stata nessuna rivoluzione e che tutto continuerà come prima."

"Evviva il fesso! E a te non pare una rivoluzione che il Sindaco mi vuol far pagare per le erbe create da Dio e che io stesso raccolgo? O ti sei guastato la testa anche tu?"

La luce della lanterna si allontanava a scatti, finí con lo scomparire nelle tenebre fitte come un feltro.

Padre Pirrone pensava che il mondo doveva sembrare un gran rompicapo a chi non conoscesse matematiche né teologia. "Signore mio, soltanto la Tua Omniscienza poteva escogitare tante complicazioni."

Un altro campione di queste complicazioni gli capitò fra le mani l'indomani mattina. Quando scese giú, pronto per andare a dir messa in Parrocchia, trovò Sarina sua sorella che tagliava cipolle in cucina. Le lagrime che essa aveva negli occhi gli sembrarono maggiori di quanto quell'attività comportasse.

"Cosa c'è, Sarina? Qualche guaio? Non ti avvilire: il Signore affligge e consola."

La voce affettuosa dissipò quel tanto di riserbo che la povera donna possedeva ancora; si mise a piangere clamorosamente, con la faccia appoggiata all'untume della tavola. Fra i singhiozzi si sentivano sempre le stesse parole: "Angelina, Angelina... Se Vicenzino lo sa li ammazza a tutti e due... Angelina... Quello li ammazza!"

Le mani cacciate nella larga cintura nera, con i soli pollici fuori, padre Pirrone all'impiedi la guardava. Non era difficile capire: Angelina era la figlia nubile di Sarina, il Vicenzino del quale si temevano le furie, il padre, suo cognato. L'unica incognita dell'equazione era il nome dell'altro, dell'eventuale amante di Angelina.

Questa il Gesuita la aveva rivista ieri, ragazza, dopo averla lasciata piagnucolosa bambina sette anni fa. Doveva avere diciotto anni ed era bruttina assai, con la bocca sporgente di tante contadine del luogo, con gli occhi spauriti di cane senza padrone. La aveva notata arrivando, ed anzi in cuor suo aveva fatto poco caritatevoli paragoni fra essa, meschina come il plebeo diminutivo del proprio nome, e quell'Angelica, sontuosa come il suo nome ariostesco, che di recente aveva turbato la pace di casa Salina.

Il guaio dunque era grosso e lui vi era incappato in pieno; si ricordò di ciò che diceva don Fabrizio: ogni volta che s'incontra un parente s'incontra una spina; e poi si pentí di essersene ricordato. Estrasse la sola destra dalla cintura, si tolse il cappello e batté sulla spalla sussultante della sorella. "Andiamo, Sarina, non fare cosí! Ci sono qua io, per fortuna, e piangere non serve a niente. Vicenzino dov'è?" Vicenzino era già uscito per andare a Rimato a trovare il campiere degli Schirò. Meno male, si poteva parlare senza timore di sorprese. Fra singhiozzi, risucchi di lagrime e soffiate di naso, tutta la squallida storia venne fuori: Angelina (anzi 'Ncilina) si era lasciata sedurre; il grosso patatrac era successo durante l'estate di S. Martino; andava a trovare l'innamorato nel pagliaio di donna Nunziata; adesso era incinta di tre mesi; pazza di terrore si era confessata alla madre; fra qualche tempo si sarebbe cominciata a vedere la pancia, e Vicenzino avrebbe fatto un macello. "Anche a me ammazza, quello, perché non ho parlato; lui è 'uomo di onore.'"

Infatti con la sua fronte bassa, con i suoi "cacciolani," le ciocche di capelli lasciate crescere sulle tempie, col dondolio del suo passo, col perpetuo rigonfiamento della tasca destra dei calzoni, si capiva subito che Vicenzino era "uomo di onore," uno di quegli imbecilli violenti capaci di ogni strage.

Su Sarina sopravvenne una nuova crisi di pianto, piú forte della prima perché in essa affiorava pure un demente rimorso di aver demeritato dal marito, quello specchio di cavalleria.

"Sarina, Sarina, di nuovo! Non fare cosí! Il giovanotto la deve sposare, la sposerà. Andrò a casa sua, parlerò con lui e con i suoi, tutto s'aggiusterà. Vicenzino saprà solo del fidanzamento e il suo prezioso onore resterà intatto. Però debbo sapere chi è stato. Se lo sai, dimmelo."

La sorella rialzò la testa: negli occhi le si leggeva adesso un altro terrore, non piú quello animalesco delle coltellate, ma uno piú ristretto, piú acerbo, che il fratello non poté per il momento decifrare.

"Santino Pirrone, è stato! Il figlio di Turi! E lo

ha fatto per sfregio, per sfregio a me, a nostra madre, alla Santa Memoria di nostro padre. Io non gli ho mai parlato, tutti dicevano che era un buon figliuolo, invece è un infamone, un degno figlio di quella canaglia di suo padre, uno 'sdisonorato.' Me lo sono ricordato dopo: in quei giorni di novembre lo vedevo sempre passare qui davanti con due amici e con un geranio rosso dietro l'orecchio. Fuoco d'inferno, fuoco d'inferno!"

Il Gesuita prese una sedia, sedette vicino alla donna. Era chiaro, avrebbe dovuto ritardare la messa. L'affare era grave. Turi, il padre di Santino, del seduttore, era un suo zio; il fratello, anzi il fratello maggiore della Buon'Anima. Venti anni fa era stato associato al defunto nella guardianía, proprio al momento della maggiore e piú meritevole attività. Dopo, una lite aveva diviso i fratelli, una di quelle liti familiari dalle radici inestricabili, che è impossibile sanare perché nessuna delle due parti parla chiaramente, avendo ciascuna molto da nascondere. Il fatto era che quando la Santa Memoria venne in possesso del piccolo mandorleto, il fratello Turi aveva detto che in realtà la metà apparteneva a lui perché la metà dei denari, o la metà della fatica, l'aveva fornita lui; però l'atto di acquisto era al solo nome di Gaetano, buon'anima. Turi tempestò e percorse le strade di S. Cono con la schiuma alla bocca: il prestigio della Santa Memoria si mise in gioco, amici s'intromisero e il peggio fu evitato; il mandorleto rimase a Gaetano, ma l'abisso fra i due rami della famiglia Pirrone divenne incolmabile; Turi non assistette, poi, nemmeno ai funerali del fratello e nella casa della sorella era nominato come "la canaglia" e basta. Il Gesuita era stato informato di tutto mediante intricate lettere dettate al Parroco, e circa la canaglieria si era formato idee personalissime che non esprimeva per reverenza filiale. Il mandorleto, adesso, apparteneva a Sarina.

Tutto era evidente: l'amore, la passione non c'entravano. Era soltanto una porcata che vendicava un'altra porcata. Rimediabile però: il Gesuita ringraziò la Provvidenza che lo aveva condotto a San Cono proprio in quei giorni. "Senti, Sarina, il guaio te lo aggiusto io in due ore; tu però mi devi aiutare: la metà di Chibbaro (era il mandorleto) lo devi dare in dote a 'Ncilina. Non c'è rimedio: quella stupida vi ha rovinato." E pensava come il Signore si serva talvolta anche delle cagnette in calore per attuare la giustizia Sua.

Sarina inviperí: "Metà di Chibbaro! A quel seme di farabutti! Mai! Meglio morta!"

"Va bene. Allora dopo la Messa andrò a parlare con Vicenzino. Non aver paura, cercherò di calmarlo." Si rimise il cappello in testa e le mani nella cintura. Aspettava paziente, sicuro di sé.

Una edizione delle furie di Vicenzino, sia pure riveduta ed espurgata da un padre Gesuita, si presentava sempre come illeggibile per la infelice Sarina che per la terza volta ricominciò a piangere; a poco a poco i singhiozzi però decrebbero, cessarono. La donna si alzò: "Sia fatta la volontà di Dio: aggiusta tu la cosa, qua non è piú vita. Ma quel bel Chibbaro! Tutto sudore di nostro padre!"

Le lagrime erano sul punto di ricominciare, ma padre Pirrone era di già andato via.

Celebrato che fu il Divino Sacrifizio, accettata la tazza di caffè offerta dal Parroco, il Gesuita si diresse di filato alla casa dello zio Turi. Non vi era mai stato ma sapeva che era una poverissima bicocca, proprio in cima al paese, vicino alla forgia di mastro Ciccu. La trovò subito, e dato che non vi erano finestre e che la porta era aperta per lasciar entrare un po' di sole, si fermò sulla soglia: nell'oscurità, dentro, si vedevano accumulati basti per muli, bisaccie e sacchi: don Turi tirava avanti facendo il mulattiere, aiutato, adesso, dal figlio.

"Doràzio!" gridò padre Pirrone. Era un'abbreviazione della formula *Deo gratias (agamus)* che serviva agli ecclesiastici per chiedere il permesso di entrare. La voce di un vecchio gridò: "Chi è?" e un uomo si alzò dal fondo della stanza e si avvicinò alla porta. "Sono vostro nipote, il padre Saverio Pirrone. Vorrei parlarvi, se permettete."

La sorpresa non fu grande: da due mesi almeno la visita sua o di un suo sostituto doveva essere attesa. Lo zio Turi era un vecchio vigoroso e diritto, cotto e ricotto dal sole e dalla grandine, con sul volto i solchi sinistri che i guai tracciano sulle persone non buone.

"Entra" disse, senza sorridere. Gli fece largo ed anche, di malavoglia, l'atto di baciargli la mano. Padre Pirrone sedette su una delle grandi selle di legno. L'ambiente era quanto mai povero: due galline razzolavano in un cantone e tutto odorava di sterco, di panni bagnati e di miseria cattiva.

"Zio, sono moltissimi anni che non ci vediamo, ma non è stata tutta colpa mia; io non sto in paese, come sapete, e voi del resto non vi fate mai vedere a casa di mia madre, vostra cognata; e questo ci dispiace." "Io in quella casa i piedi non ce li metterò mai. Mi si rivolta lo stomaco, quando vi passo davanti. Turi Pirrone i torti ricevuti non li dimentica, neppure dopo vent'anni."

"Sicuro, si capisce, sicuro. Ma io oggi vengo come la colombella dell'Arca di Noè, per assicurarvi che il diluvio è finito. Sono molto contento di trovarmi qui e sono stato felice, ieri, quando a casa mi hanno detto che Santino, vostro figlio, si è fidanzato con mia nipote Angelina; sono due buoni ragazzi, cosí mi dicono, e la loro unione chiuderà il dissidio che esisteva fra le nostre famiglie, e che a me, permettetemi di dirlo, è sempre dispiaciuto."

Il volto di Turi espresse una sorpresa troppo manifesta per non essere finta.

"Non fosse il sacro abito che portate, Padre, vi direi che dite una bugia. Chissà che storielle vi hanno raccontato le femminette di casa vostra. Santino, in vita sua, non ha mai parlato con Angelina; è un figlio troppo rispettoso per andare contro i desideri di suo padre."

Il Gesuita ammirava l'asciuttezza del vecchio, l'imperturbabilità delle sue menzogne.

"Si vede, zio, che mi avevano informato male; figuratevi che mi avevano anche detto che vi eravate messi d'accordo sulla dote e che oggi voi due sareste venuti a casa per il 'riconoscimento.' Che frottole raccontano queste donne sfaccendate! Però, anche se non sono veri, questi discorsi dimostrano il desiderio del loro buon cuore. Adesso, zio, è inutile che resti qui: vo subito a casa a rimproverare mia sorella. E scusatemi; sono stato molto contento di avervi trovato in buona salute."

Il volto del vecchio cominciava a mostrare un qualche avido interessamento. "Aspettate, Padre. Continuate a farmi ridere con le chiacchiere di casa vostra; e di che dote parlavano quelle pettegole?"

"Che so io, zio! Mi sembra aver sentito nominare la metà di Chibbaro! 'Ncilina, dicevano, è la pupilla dei loro occhi e nessun sacrificio sembra esagerato per assicurare la pace nella famiglia."

Don Turi non rideva piú. Si alzò. "Santino!" si mise a berciare con la stessa forza con la quale richiamava i muli incaponiti. E poiché nessuno veniva, gridò piú forte ancora: "Santino! Sangue della Madonna, che fai?" Quando vide padre Pirrone trasalire si tappò la bocca con un gesto inaspettatamente servile.

Santino stava governando le bestie nel cortiletto attiguo. Entrò intimorito, con la striglia in mano; era un bel ragazzone di ventidue anni, alto ed asciutto come il padre, con gli occhi non ancora inaspriti. Il giorno prima aveva, come tutti, visto passare il Gesuita per le vie del paese, e lo riconobbe subito.

"Questo è Santino. E questo è tuo cugino il padre Saverio Pirrone. Ringrazia Dio che c'è qui il Reverendissimo, se no ti avrei tagliato le orecchie. Che roba è questo amoreggiare senza che io, che sono tuo padre, lo sappia? I figli nascono per i padri e non per correre dietro alle sottane."

Il giovanotto si vergognava, forse non della disubbidienza ma anzi del consenso passato, e non sapeva cosa dire; per trarsi d'impaccio posò la striglia per terra e andò a baciare la mano del prete. Questi mostrò i denti in un sorriso e abbozzò una benedizione. "Dio ti benedica, figlio mio, benché credo che non lo meriti."

Il vecchio proseguiva: "Tuo cugino qui, mi ha tanto pregato e ripregato che ho finito col dare il mio consenso. Ma perché non me lo avevi detto prima? Adesso ripulisciti e andremo subito in casa di 'Ncilina."

"Un momento, zio, un momento." Padre Pirrone pensava che doveva ancora parlare con l'"uomo di onore" che non sapeva niente. "A casa vorranno certo fare i preparativi; del resto mi avevano detto che vi aspettavano a un'ora di notte. Venite allora e sarà una festa vedervi." E se ne andò, abbracciato dal padre e dal figlio.

Di ritorno alla casetta cubica, padre Pirrone trovò che il cognato Vicenzino era di già rincasato e cosí, per rassicurare la sorella, non poté far altro che ammiccare verso di lei da dietro le spalle del fiero marito, il che del resto, trattandosi di due siciliani, era del tutto sufficiente. Dopo disse al cognato che aveva da parlargli, e i due si avviarono verso lo scheletrito pergolatino dietro la casa. Il bordo inferiore ondeggiante della tonaca tracciava intorno al Gesuita una sorta di mobile frontiera, invalicabile; le chiappe grasse dell'"uomo di onore" si dondolavano, simbolo perenne di altezzosa minaccia. La conversazione fu del resto completamente differente dal previsto. Una volta assicurato dell'imminenza delle nozze di 'Ncilina, l'indifferenza dell'"uomo di onore" nei riguardi della condotta della figlia fu marmorea. Invece, fin dal primo accenno alla dote da consegnare i suoi occhi rotearono, le vene delle tempie si gonfiarono e l'ondeggiare dell'andatura divenne frenetico: un rigurgito di considerazioni oscene gli uscí dalla bocca, turpe, ed esaltato ancora delle piú micidiali risoluzioni; la sua mano, che non aveva avuto un solo gesto in difesa dell'onore della figlia, corse a palpare nervosa la tasca destra dei pantaloni per significare che nella difesa del mandorleto egli era risoluto a versare sin l'ultima goccia del sangue altrui.

Padre Pirrone lasciò esaurirsi le turpitudini, accontentandosi di rapidi segni della croce quando esse, spesso, sconfinavano nella bestemmia; al gesto annunziatore di stragi non badò affatto. Durante una pausa: "Si capisce, Vicenzino," disse, "che anch'io voglio contribuire al riassestamento di tutto. Quella carta privata che mi assicura la proprietà di quanto mi spetta nell'eredità della Buon'Anima, te la rimanderò da Palermo, stracciata."

L'effetto di questo balsamo fu immediato. Vicenzino intento a supputare il valore dell'eredità anticipata, tacque; e nell'aria soleggiata e fredda passarono le note stonatissime di una canzone che 'Ncilina aveva avuto voglia di cantare spazzando la camera dello zio.

Nel pomeriggio lo zio Turi e Santino vennero a far la loro visita, alquanto ripuliti e con camicie bianchissime. I due fidanzati, seduti su due sedie contigue, prorompevano ogni tanto in fragorose risate senza parole, l'uno sulla faccia dell'altro. Erano contenti davvero, lei di "sistemarsi" e di avere quel bel maschiaccio a disposizione, lui di aver seguito i consigli paterni e di avere adesso una serva e mezzo mandorleto. Il geranio rosso che aveva di nuovo all'orecchio non appariva piú a nessuno un riflesso infernale.

Due giorni dopo padre Pirrone ripartí per Palermo. Strada facendo rimetteva in ordine le impressioni sue che non erano tutte gradevoli: quel brutale amorazzo venuto a frutto durante l'estate di S. Martino, quel gramo mezzo mandorleto riacchiappato per mezzo di un premeditato corteggiamento, gli mostravano l'aspetto rustico, miserabile, di altre vicende alle quali aveva di recente assistito. I gran signori erano riservati e incomprensibili, i contadini espliciti e chiari; ma il Demonio se li rigirava attorno al mignolo, egualmente.

A villa Salina trovò il Principe di ottimo umore. Don Fabrizio gli chiese se avesse passato bene quei quattro giorni e se si fosse ricordato di portare i suoi saluti alla madre. La conosceva, infatti; sei anni prima essa era stata ospite alla villa e la sua vedovile serenità era piaciuta ai padroni di casa. Dei saluti il

Gesuita si era completamente dimenticato, e tacque; ma disse poi che la madre e la sorella lo avevano incaricato di ossequiare Sua Eccellenza, il che era soltanto una favola, meno grossa quindi di una menzogna. "Eccellenza," aggiunse poi, "desideravo pregarla se domani potesse dare ordini che mi diano una carrozza: dovrei andare all'Arcivescovado a chiedere una dispensa matrimoniale: una mia nipote si è fidanzata con un cugino."

"Certo padre Pirrone, certo, se lo volete; ma dopodomani io debbo andare a Palermo; potreste venire con me; proprio cosí di furia dev'essere?"

Capitolo sesto

Andando al ballo - Il ballo: ingresso di Pallavicino e dei Sedàra - Malcontento di don Fabrizio - La sala da ballo - In biblioteca - Don Fabrizio balla con Angelica - La cena; conversazione con Pallavicino - Il ballo appassisce, si ritorna a casa.

Novembre 1862

La principessa Maria Stella salí in carrozza, sedette sul raso azzurro dei cuscini, raccolse il piú possibile attorno a sé le fruscianti pieghe della veste. Intanto Concetta e Carolina salivano anch'esse: sedevano di fronte, e dai loro identici vestiti rosa si sprigionava un tenue profumo di violetta. Dopo, il peso spropositato di un piede che si poggiò sul montatoio fece vacillare la *calèche* sulle alte molle: don Fabrizio saliva anche lui. La carrozza fu piena come un uovo: le onde delle sete, delle armature di tre crinoline, montavano, si urtavano, si confondevano sin quasi all'altezza delle teste; sotto era un fitto miscuglio di calzature, scarpine di seta delle ragazze, scarpini *mordoré* della Principessa, pantofoloni di coppale del Principe; ciascuno pativa della presenza dei piedi altrui e non sapeva piú dove fossero i propri.

I due scalini del montatoio furono richiusi, il servitore ricevette gli ordini. "A palazzo Ponteleone." Risalí a cassetta, il palafreniere che teneva la briglia dei cavalli si scostò, il cocchiere fece impercettibilmente schioccare la lingua, la *calèche* scivolò via. Si andava al ballo.

Palermo in quel momento attraversava uno dei

suoi intermittenti periodi di mondanità, i balli infuriavano. Dopo la venuta dei Piemontesi, dopo il fattaccio di Aspromonte, fugati gli spettri di esproprio e di violenze, le duecento persone che componevano "il mondo" non si stancavano d'incontrarsi, sempre gli stessi, per congratularsi di esistere ancora

Tanto frequenti erano le diverse e pur identiche feste, che i principi di Salina erano venuti a stare per tre settimane nel loro palazzo in città per non dover fare quasi ogni sera il lungo tragitto da S. Lorenzo. I vestiti delle signore arrivavano da Napoli nelle lunghe casette nere simili a feretri, ed era stato un viavai isterico di crestaie, pettinatrici e calzolai; servi esasperati avevano recato alle sarte biglietti affannosi. Il ballo dai Ponteleone sarebbe stato il piú importante di quella breve stagione: importante, per tutti, per lo splendore del casato e del palazzo, per il numero degli invitati; piú importante ancora per i Salina, che vi avrebbero presentato alla "società" Angelica, la bella fidanzata del nipote. Erano soltanto le dieci e mezza, un po' presto per presentarsi a un ballo quando si è il principe di Salina, che è giusto giunga sempre quando la festa abbia sprigionato tutto il proprio calore. Questa volta però non si poteva fare altrimenti, se si voleva esser lí quando sarebbero entrati i Sedàra, che ("non lo sanno ancora, poveretti") era gente da prendere alla lettera l'indicazione di ora scritta sul cartoncino lucido dell'invito. Era costato un po' di fatica il far rimettere a loro uno di quei biglietti: nessuno li conosceva, e la principessa Maria Stella, dieci giorni prima, aveva dovuto sobbarcarsi a fare una visita a Margherita

Ponteleone; tutto era andato liscio, si capisce, ma era stata nondimeno una delle spinucce che il fidanzamento di Tancredi aveva inserito nelle delicate zampe del Gattopardo.

Il breve percorso sino a palazzo Ponteleone si svolgeva per un intrico di viuzze buie, e si procedeva al passo: via Salina, via Valverde, la discesa dei Bambinai, cosí festosa il giorno con le sue botteguccie di figurine in cera, cosí tetra la notte. La ferratura dei cavalli risuonava prudente fra le nere case che dormivano o facevano finta di dormire.

Le ragazze, questi esseri incomprensibili per i quali un ballo è una festa e non un tedioso dovere mondano, parlottavano liete a mezzavoce; la principessa Maria Stella tastava la borsa per assicurarsi della presenza del flaconcino di "sal volatile," don Fabrizio pregustava l'effetto che la bellezza di Angelica avrebbe fatto su tutta quella gente che non la conosceva e quello che la fortuna di Tancredi avrebbe fatto su quelle stesse persone che lo conoscevano troppo. Un'ombra però oscurava la sua soddisfazione: come sarebbe stato il *frac* di don Calogero? Certo non come quello che aveva avuto addosso a Donnafugata: egli era stato affidato a Tancredi, che lo aveva trascinato dal miglior sarto ed aveva perfino assistito alle prove. Ufficialmente era sembrato sodisfatto dei risultati, l'altro giorno; ma in confidenza aveva detto: "Il *frac* è come può essere; il padre di Angelica manca di *chic.*" Era innegabile; ma Tancredi si era reso garante di una perfetta rasatura e della decenza degli scarpini. Era già qualche cosa.

Là dove la discesa dei Bambinai sbocca sull'abside

di S. Domenico, la carrozza si fermò: si sentiva un gracile scampanellío e da uno svolto comparve un prete recante un calice col Santissimo; dietro, un chierichetto gli reggeva sul capo un ombrello bianco ricamato in oro; davanti, un altro teneva nella sinistra un grosso cero acceso, e con la destra agitava, divertendosi molto, un campanellino d'argento. Segno che una di quelle case sbarrate racchiudeva un'agonia: era il Santo Viatico. Don Fabrizio scese, s'inginocchiò sul marciapiede, le signore fecero il segno della croce, lo scampanellare dileguò nei vicoli che precipitano verso S. Giacomo, la *calèche* con i suoi occupanti gravati di un ammonimento salutare s'incamminò di nuovo verso la mèta ormai vicina.

Si giunse, si discese nell'androne; la vettura andò a scomparire nell'immensità del cortile, dal quale giungevano scalpiccii e baluginii degli equipaggi venuti prima.

Lo scalone era di modesto materiale ma di proporzioni nobilissime; sui lati d'ogni scalino primitivi fiori spandevano il loro rozzo profumo; nel pianerottolo che divideva le due fughe, le livree amaranto di due servi, immobili sotto la cipria, ponevano una nota di colore vivace nel grigio perlaceo dell'ambiente. Da due finestrotti alti e con grate sgorgavano risa e mormorii infantili: i figli piccoli, i nipoti dei Ponteleone, esclusi dalla festa, si rifacevano, beffeggiando gli ospiti. Le signore appianavano le pieghe delle sete, don Fabrizio, col *gibus* sottobraccio, le sorpassava di tutta la testa, benché fosse uno scalino indietro. Alla porta del primo salone s'incontrarono i padroni di casa; lui, don Diego, canuto e panciuto, che gli occhi arcigni soltanto salvavano dall'apparenza plebea; lei, donna Margherita, che di fra il corruscare del diadema e della triplice collana di smeraldi mostrava il volto suo adunco di vecchio canonico.

"Siete venuti presto! Tanto meglio! Ma state tranquilli, i *vostri* invitati non sono ancora comparsi." Una nuova pagliuzza infastidí le sensibili unghiette del Gattopardo. "Anche Tancredi è già qui." Infatti nell'angolo opposto del salone, il nipote, nero e sottile come una biscia, teneva circolo a tre o quattro giovanotti e li faceva sbellicare dalle risa per certe sue storielle certamente arrischiate; ma teneva gli occhi, inquieti come sempre, fissi alla porta d'ingresso. Le danze erano già cominciate e attraverso tre, quattro, cinque saloni, giungevano dalla sala da ballo le note dell'orchestrina.

"Ed aspettiamo anche il colonnello Pallavicino, quello che si è condotto tanto bene ad Aspromonte."

Questa frase del principe di Ponteleone sembrava semplice, ma non lo era. In superficie era una constatazione priva di senso politico, tendente solo ad elogiare il tatto, la delicatezza, la commozione, la tenerezza quasi, con la quale una pallottola era stata cacciata nel piede del Generale; ed anche le scappellate, inginocchiamenti e baciamani che la avevano accompagnata, rivolti al ferito Eroe giacente sotto un castagno del monte calabrese, e che sorrideva anche lui, di commozione e non già per ironia come gli sarebbe stato lecito (perché Garibaldi, ahimé!, era sprovvisto di umorismo).

In uno stato intermedio della psiche principesca la frase aveva un significato tecnico e intendeva elogiare il Colonnello per aver preso bene le proprie disposizioni, schierato opportunamente i propri battaglioni ed aver potuto compiere, contro lo stesso avversario, ciò che a Calatafimi era tanto incomprensibilmente fallito a Landi. In fondo al cuore del Principe, poi, il Colonnello si "era condotto bene" perché era riuscito a fermare, sconfiggere, ferire e catturare Garibaldi, ed aveva, ciò facendo, salvato il compromesso faticosamente raggiunto fra vecchio e nuovo stato di cose.

Evocato, creato quasi dalle parole lusinghiere e dalle ancor piú lusinghiere cogitazioni, il Colonnello comparve in cima alla scala. Procedeva fra un tintinnío di pendagli, catenelle e speroni, nella ben imbottita divisa a doppio petto, cappello piumato sotto il braccio, sciabola ricurva poggiata sul polso sinistro. Era uomo di mondo e di maniere rotondissime, specializzato, come ormai tutta l'Europa sapeva, in baciamani densi di significato; ogni signora sulle cui dita si posarono quella sera i mustacchi suoi odorosi, fu posta in grado di rievocare con conoscenza di causa l'attimo storico che le stampe popolari avevano di già esaltato.

Dopo aver sostenuto la doccia di lodi riversata su di lui dai Ponteleone, dopo aver stretto le due dita tesegli da don Fabrizio, Pallavicino fu sommerso nello spumeggiare profumato di un gruppo di signore. I suoi tratti coscientemente virili emergevano al disopra delle spalle candide, e giungevano sue frasi staccate. "Piangevo, contessa, piangevo come un bimbo;" oppure: "Lui era bello e sereno come un arcangelo." La sua sentimentalità maschia rapiva quelle dame che le schioppettate dei suoi bersaglieri avevano di già rassicurato.

Angelica e don Calogero tardavano, e di già i Salina pensavano a inoltrarsi negli altri saloni, quando si vide Tancredi piantare in asso il proprio gruppo e dirigersi come un razzo verso l'ingresso: gli attesi erano giunti. Al disopra dell'ordinato turbinío della crinolina rosea, le bianche spalle di Angelica ricadevano verso le braccia forti e dolci; la testa si ergeva piccola e sdegnosa sul collo liscio di gioventú e adorno di perle intenzionalmente modeste. Quando dall'apertura del lungo guanto *glacé* essa fece uscire la mano, non piccola ma di taglio perfetto, si vide brillare lo zaffiro napoletano.

Don Calogero era nella di lei scia, sorcetto custode di una fiammeggiante rosa; nei suoi abiti non vi era eleganza, ma decenza sí, questa volta. Solo suo errore fu di portare all'occhiello la croce della Corona d'Italia conferitagli di recente; per altro essa scomparve presto in una delle tasche clandestine del *frac* di Tancredi.

Il fidanzato aveva di già insegnato ad Angelica l'impassibilità, questo fondamento della distinzione ("Tu puoi essere espansiva e chiassosa soltanto con me, cara; per tutti gli altri devi essere la futura principessa di Falconeri, superiore a molti, pari a chiunque"), e quindi il saluto di lei alla padrona di casa fu una non spontanea ma riuscitissima mescolanza di modestia verginale, alterigia neo-aristocratica e grazia giovanile.

I palermitani sono dopo tutto degli italiani, sensibili quindi quanti altri mai al fascino della bellezza ed al prestigio del denaro; inoltre Tancredi, per quanto attraente, essendo notoriamente squattrinato era giudicato un partito non desiderabile (a torto del resto, come si vide poi, quando fu troppo tardi): era quindi piú apprezzato dalle signore sposate che dalle ragazze da marito. Questi meriti e demeriti congiunti fecero sí che l'accoglienza ricevuta da Angelica fosse di un calore imprevisto. A qualche giovanotto, a dir vero, avrebbe potuto rincrescere di non aver dissepolto per sé una cosí bella anfora colma di monete; ma Donnafugata era feudo di don Fabrizio, e se egli aveva rinvenuto lí quel tesoro, e lo aveva passato all'amato Tancredi, non si poteva rammaricarsene piú di quanto ci si sarebbe amareggiati se avesse scoperto una miniera di zolfo in una sua terra: era roba sua, non c'era da dire.

Anche queste labili opposizioni, d'altronde, dileguavano dinanzi al raggiare di quegli occhi. A un certo momento vi fu una vera calca di giovanotti che volevano farsi presentare e richiedere un ballo: a ciascuno Angelica dispensava un sorriso della sua bocca di fragola, a ciascuno mostrava il suo *carnet*, nel quale a ogni polka, mazurka e valzer seguiva la firma possessiva: Falconeri. Da parte delle signorine le proposte di "darsi del tu" fioccavano, e dopo un'ora Angelica si trovava a suo agio fra persone che del selvaggiume della madre e della taccagneria del padre non avevano minima idea.

Il contegno di lei non si smentí neppure un minuto: mai la si vide errare sola con la testa fra le nuvole, mai le braccia le si scostarono dal corpo, mai la sua voce si elevò al disopra del diapason (del resto abbastanza alto) delle altre signore. Poiché Tancredi le aveva detto il giorno prima: "Vedi, cara, noi (e quindi anche tu, adesso) teniamo alle nostre case ed al nostro mobilio piú che a qualsiasi altra cosa; nulla ci offende piú di una noncuranza rispetto a questo; quindi guarda tutto e loda tutto; del resto palazzo Ponteleone lo merita; ma poiché non sei piú una provincialotta che si sorprende di ogni cosa, mescolerai sempre una qualche riserva alla lode; ammira sí, ma paragona sempre con qualche archetipo visto prima, e che sia illustre." Le lunghe visite al palazzo di Donnafugata avevano insegnato molto ad Angelica, e cosí quella sera ammirò ogni arazzo, ma disse che quelli di palazzo Pitti avevano le bordure piú belle; lodò una Madonna del Dolci, ma fece ricordare che quella del Granduca aveva una malinconia meglio espressa; e financo della fetta di torta che un premuroso giovin signore le portò, disse che era eccellente, buona quasi come quella di "Monsú Gaston," il cuoco dei Salina. E poiché Monsú Gaston era il Raffaello fra i cuochi, e gli arazzi di Pitti i Monsú Gaston fra le tappezzerie, nessuno poté trovarvi da ridire, anzi tutti furono lusingati del paragone; ed essa cominciò già da quella sera ad acquistare la fama di cortese ma inflessibile intenditrice di arte, che doveva, abusivamente, accompagnarla in tutta la sua lunga vita.

Mentre Angelica mieteva allori, Maria Stella spettegolava su di un divano con due vecchie amiche e Concetta e Carolina raggelavano con la loro timidità i giovanotti piú cortesi, don Fabrizio, lui, errava per i saloni: baciava la mano delle signore che incontrava, indolenziva le spalle degli uomini che voleva festeggiare, ma sentiva che il cattivo umore lo invadeva lentamente. Anzitutto la casa non gli piaceva: i Ponteleone non avevano rinnovato l'arredamento da settanta anni ed esso era ancora quello del tempo della regina Maria Carolina, e lui, che credeva di avere dei gusti moderni, s'indignava. "Ma, Santo Dio, con i redditi di Diego ci vorrebbe poco a metter fuori tutti questi 'tremò,' questi specchi appannati! Si faccia fare un bel mobilio di palissandro e *peluche*, stia a vivere comodamente lui, e non costringa i suoi invitati ad aggirarsi per queste catacombe. Finirò col dirglielo." Ma non lo disse mai a Diego, perché queste sue opinioni nascevano solo dal malumore e dalla sua tendenza alla contraddizione; erano presto dimenticate e lui stesso non mutava nulla né a S. Lorenzo né a Donnafugata. Intanto, però, bastarono ad aumentargli il disagio.

Le donne che erano al ballo non gli piacevano neppure. Due o tre fra quelle anziane erano state sue amanti, e vedendole adesso appesantite dagli anni e dalle nuore, faticava a ricreare per sé l'immagine di loro quali erano venti anni fa, e si irritava pensando che aveva sciupato i propri anni migliori a inseguire (ed a raggiungere) simili sciattone. Anche le giovani però non gli dicevano gran che, meno un paio: la giovanissima duchessa di Palma, della quale ammirava gli occhi grigi e la severa soavità del portamento, Tutú Làscari anche, dalla quale se fosse stato piú giovane avrebbe saputo trarre accordi singolarissimi. Ma le altre... Era bene che dalle tenebre di Donnafugata fosse emersa Angelica per mostrare alle palermitane cosa fosse una bella donna.

Non gli si poteva dar torto, in quegli anni la frequenza di matrimoni fra cugini, dettati da pigrizia sessuale e da calcoli terrieri, la scarsezza di proteine nell'alimentazione aggravata dall'abbondanza di amidacei, la mancanza totale di aria fresca e di movimento, avevano riempito i salotti di una turba di ragazzine incredibilmente basse, inverosimilmente olivastre, insopportabilmente ciangottanti. Esse passavano il tempo raggrumate tra loro, lanciando solo corali richiami ai giovanotti impauriti, destinate, sembrava, soltanto a far da sfondo alle tre o quattro belle creature che, come la bionda Maria Palma, la bellissima Eleonora Giardinelli, passavano scivolando come cigni su uno stagno fitto di ranocchie.

Piú le vedeva e piú s'irritava: la sua mente, condizionata dalle lunghe solitudini e dai pensieri astratti, finí a un dato momento, mentre passava per una lunga galleria sul *pouf* centrale nella quale si era riunita una numerosa colonia di quelle creature, col procurargli una specie di allucinazione: gli sembrava quasi di essere un guardiano di giardino zoologico posto a sorvegliare un centinaio di scimmiette: si aspettava di vederle a un tratto arrampicarsi sui lampadari e da lí, sospese per le code, dondolarsi esibendo i deretani e lanciando gusci di nocciole, stridori e digrignamenti sui pacifici visitatori.

Strano a dirsi, fu una sensazione religiosa a estraniarlo da quella visione zoologica: infatti dal gruppo di bertuccie crinolate si alzava una monotona, continua invocazione sacra: "Maria! Maria!" esclamavano perpetuamente quelle povere figliole. "Maria! che bella casa!" "Maria! che bell'uomo è il colonnello Pallavicino!" "Maria! mi fanno male i piedi!" "Maria! che fame che ho! quando si apre il *buffet*?" Il nome della Vergine, invocato da quel coro virgineo, riempiva la galleria e di nuovo cambiava le scimmiette in donne, poiché non risultava ancora che i *ouistiti* delle foreste brasiliane si fossero convertiti al Cattolicesimo.

Leggermente nauseato, il Principe passò nel salotto accanto: lí invece stava accampata la tribú diversa e ostile degli uomini: i giovani ballavano e i presenti erano soltanto degli anziani, tutti amici suoi. Sedette un poco fra loro: lí la Regina dei Cieli non era piú nominata invano, ma, in compenso, i luoghi comuni, i discorsi piatti intorbidivano l'aria. Fra questi signori don Fabrizio passava per essere uno "stravagante"; il suo interessamento alla matematica era considerato quasi come una peccaminosa perversione, e se lui non fosse stato proprio il principe di Salina e se non lo si fosse saputo ottimo cavallerizzo, infaticabile cacciatore e medianamente donnaiolo, le sue parallassi e i suoi telescopi avrebbero rischiato di farlo mettere al bando. Però già gli si parlava poco perché l'azzurro freddo dei suoi occhi, intravisto fra le palpebre pesanti, faceva perdere le staffe agli interlocutori, ed egli si trovava spesso isolato non già per rispetto, come credeva lui, ma per timore.

Si alzò; la malinconia si era mutata in umor nero autentico. Aveva fatto male a venire al ballo: Stella, Angelica, le figliole, se la sarebbero cavata benissimo da sole, e lui in questo momento sarebbe beato nello studiolo attiguo alla terrazza, in via Salina, ad ascoltare il chioccolío della fontana ed a cercar di acchiappare le comete per la coda. "Tant'è, adesso ci sono; andarsene sarebbe scortese. Andiamo a guardare i ballerini."

La sala da ballo era tutta oro: liscio sui cornicioni, cincischiato nelle inquadrature delle porte, damaschinato chiaro, quasi argenteo su meno chiaro, nelle porte stesse e nelle imposte che chiudevano le finestre e le annullavano, conferendo cosí all'ambiente un significato orgoglioso di scrigno escludente qualsiasi riferimento all'esterno non degno. Non era la doratura sfacciata che adesso decoratori sfoggiano, ma un oro consunto, pallido come i capelli di certe bambine del Nord, impegnato a nascondere il proprio valore sotto una pudicizia, ormai perduta, di materia preziosa che voleva mostrare la propria bellezza e far dimenticare il proprio costo. Qua e là sui pannelli, nodi di fiori rococò, di un colore tanto svanito da non sembrare altro che un effimero rossore dovuto a riflessi dei lampadari.

Quella tonalità solare, quel variegare di brillii e di ombre fecero tuttavia dolere il cuore di don Fabrizio, che se ne stava nero e rigido nel vano di una porta: in quella sala eminentemente patrizia gli venivano in mente immagini campagnole: il timbro cromatico era quello degli sterminati seminai attorno a Donnafugata, estatici, imploranti clemenza sotto la tirannia del sole: anche in questa sala, come nei feudi a metà agosto, il raccolto era stato compiuto da tempo, immagazzinato altrove e, come là, ne rimaneva soltanto il ricordo nel colore delle stoppie, arse d'altronde e inutili. Il valzer le cui note traversavano l'aria calda gli sembrava solo una stilizzazione di quell'incessante passaggio dei venti che arpeggiano il proprio lutto sulle superfici assetate, ieri, oggi, domani, sempre, sempre, sempre. La folla dei danzatori, fra i quali pur contava tante persone vicine alla sua carne se non al suo cuore, finí col sembrargli irreale, composta di quella materia della quale son tessuti i ricordi perenti, che è piú labile ancora di quella che ci turba nei sogni. Nel soffitto gli Dei, reclini su scanni dorati, guardavano in giú sorridenti e inesorabili come il cielo d'estate. Si credevano eterni: una bomba fabbricata a Pittsburg, Penn., doveva nel 1943 provar loro il contrario.

"Bello, Principe, bello! Cose cosí non se ne fanno piú adesso, al prezzo attuale dell'oro zecchino!" Sedàra si era posto vicino a lui: i suoi occhietti svegli percorrevano l'ambiente, insensibili alla grazia, attenti al valore monetario.

Don Fabrizio, ad un tratto, sentí che lo odiava; era all'affermarsi di lui, di cento altri suoi simili, ai loro oscuri intrighi, alla loro tenace avarizia e avidità che era dovuto il senso di morte che adesso, chiaramente, incupiva questi palazzi; si doveva a lui, ai suoi compari, ai loro rancori, al loro senso d'inferiorità, al loro non esser riusciti a fiorire, se adesso anche a lui, don Fabrizio, gli abiti neri dei ballerini ricordavano le cornacchie che planano, alla ricerca di prede putride, al di sopra dei valloncelli sperduti. Ebbe voglia di rispondergli malamente, d'invitarlo ad andarsene fuori dai piedi. Ma non si poteva: era un ospite, era il padre della cara Angelica. Era forse un infelice come gli altri.

"Bello, don Calogero, bello. Ma quello che supera tutto sono i nostri due ragazzi." Tancredi e Angelica passavano in quel momento davanti a loro, la destra inguantata di lui posata a taglio sulla vita di lei, le braccia tese e compenetrate, gli occhi di ciascuno fissi in quelli dell'altro. Il nero del *frac* di lui, il roseo della veste di lei, frammisti, formavano uno strano gioiello. Essi offrivano lo spettacolo patetico piú di ogni altro, quello di due giovanissimi innamorati che ballano insieme, ciechi ai difetti reciproci, sordi agli ammonimenti del destino, illusi che tutto il cammino della vita sarà liscio come il pavimento del salone, attori ignari cui un regista fa recitare la parte di Giulietta e quella di Romeo nascondendo la cripta e il veleno, di già previsti nel copione. Né l'uno né l'altro erano buoni, ciascuno pieno di calcoli, gonfio di mire segrete; ma entrambi erano cari e commoventi, mentre le loro non limpide ma ingenue ambizioni erano obliterate dalle parole di giocosa tenerezza che lui le mormorava all'orecchio, dal profumo dei capelli di lei, dalla reciproca stretta di quei loro corpi destinati a morire.

I due giovani si allontanavano, altre coppie passavano, meno belle, altrettanto commoventi, sommersa ciascuna nella sua passeggera cecità. Don Fabrizio sentí spetrarsi il cuore: il suo disgusto cedeva il posto alla compassione per tutti questi effimeri esseri che cercavano di godere dell'esiguo raggio di luce accordato loro fra le due tenebre, prima della culla, dopo gli ultimi strattoni. Come era possibile infierire contro chi, se ne è sicuri, dovrà morire? Voleva dire esser vili come le pescivendole che sessanta anni fa oltraggiavano i condannati nella piazza del Mercato. Anche le scimmiette sui *poufs*, anche i vecchi babbei suoi amici erano miserevoli, insalvabili e cari come il bestiame che la notte mugola per le vie della città, condotto al macello; all'orecchio di ciascuno di essi sarebbe giunto un giorno lo scampanellío che aveva udito tre ore fa dietro San Domenico. Non era lecito odiare altro che l'eternità.

E poi tutta la gente che riempiva i saloni, tutte queste donne bruttine, tutti questi uomini sciocchi, questi due sessi vanagloriosi erano il sangue del suo sangue, erano lui stesso; con essi soltanto si comprendeva, soltanto con essi era a suo agio. "Sono forse piú intelligente, sono certamente piú colto di loro, ma sono della medesima risma, con essi debbo solidarizzare."

Si accorse che don Calogero parlava con Giovanni Finale del possibile rialzo del prezzo dei caciocavalli e che, speranzosi di questa beatifica evenienza, i suoi occhi si erano fatti liquidi e mansueti. Poteva svignarsela senza rimorsi.

Fino a quel momento l'irritazione accumulata gli aveva dato energia; adesso con la distensione sopravvenne la stanchezza: erano di già le due. Cercò un posto dove poter sedere tranquillo, lontano dagli uomini, amati e fratelli, va bene, ma sempre noiosi. Lo trovò presto: la biblioteca, piccola, silenziosa, illuminata e vuota. Sedette, poi si rialzò per bere dell'acqua che si trovava su un tavolinetto. "Non c'è che l'acqua a esser davvero buona," pensò, da vero siciliano; e non si asciugò le goccioline rimaste sul labbro. Sedette di nuovo; la biblioteca gli piaceva, ci si sentí presto a suo agio; essa non si opponeva alla di lui presa di possesso perché era impersonale come sono le stanze poco abitate: Ponteleone non era tipo da perdere il suo tempo lí dentro. Si mise a guardare un quadro che gli stava di fronte, era una buona copia della *Morte del Giusto* di Greuze: il vegliardo stava spirando nel suo letto, fra sbuffi di biancheria pulitissima, circondato dai nipoti afflitti e da nipotine che levavano le braccia verso il soffitto. Le ragazze erano graziose, procaci, il disordine delle loro vesti suggeriva piú il libertinaggio che il dolore: si capiva subito che erano esse il vero soggetto del quadro. Nondimeno, un momento don Fabrizio si sorprese che Diego tenesse ad avere sempre dinanzi agli occhi questa scena malinconica; poi si rassicurò pensando che doveva entrare in quella stanza sí e no una volta all'anno.

Subito dopo chiese a sé stesso se la propria morte sarebbe stata simile a quella: probabilmente sí, a parte che la biancheria sarebbe stata meno impeccabile (lui lo sapeva, le lenzuola degli agonizzanti sono sempre sudicie, ci son le bave, le deiezioni, le macchie di medicine...), e che era da sperare che

Concetta, Carolina e le altre sarebbero state piú decentemente vestite. Ma, in complesso, lo stesso. Come sempre, la considerazione della propria morte lo rasserenava tanto quanto lo turbava quella della morte degli altri; forse perché, stringi stringi, la sua morte era in primo luogo quella di tutto il mondo?

Da questo passò a pensare che occorreva fare delle riparazioni alla tomba gentilizia, ai Cappuccini. Peccato che non fosse piú permesso appendere là i cadaveri per il collo nella cripta, e vederli poi mummificarsi lentamente: lui ci avrebbe fatto una magnifica figura su quel muro, grande e lungo com'era, a spaventare le ragazze con l'immoto sorriso del volto incartapecorito, con i lunghissimi calzoni di *piqué* bianco. Ma no, lo avrebbero vestito di gala, forse in questo stesso *frac* che aveva addosso...

La porta si aprí. "Zione, sei una bellezza stasera. L'abito nero ti sta alla perfezione. Ma cosa stai guardando? Corteggi la morte?"

Tancredi era a braccio di Angelica: tutti e due erano ancora sotto l'influsso sensuale del ballo, stanchi. Angelica sedette, chiese a Tancredi un fazzoletto per asciugarsi le tempie; fu don Fabrizio a darle il suo. I due giovani guardavano il quadro con noncuranza assoluta. Per entrambi la conoscenza della morte era puramente intellettuale, era per cosí dire un dato di coltura e basta, non una esperienza che avesse loro forato il midollo delle ossa. La morte, sí, esisteva, senza dubbio, ma era roba ad uso degli altri. Don Fabrizio pensava che è per l'ignoranza intima di questa suprema consolazione che i giovani sentono i dolori piú acerbamente dei vecchi: per questi l'uscita di sicurezza è piú vicina.

"Principe," diceva Angelica, "abbiamo saputo che lei era qui; siamo venuti per riposarci, ma anche per chiederle qualche cosa; spero che non me la rifiuterà." I suoi occhi ridevano di malizia, la sua mano si posava sulla manica di don Fabrizio. "Volevo chiederle di ballare con me la prossima mazurka. Dica di sí, non faccia il cattivo: si sa che lei era un gran ballerino." Il Principe fu contentissimo, si sentiva tutto ringalluzzito. Altro che cripta dei Cappuccini! Le sue guancie pelose si agitarono per il piacere. L'idea della mazurka però lo spaventava un poco: questo ballo militare, tutto battute di piedi e giravolte, non era piú roba per le sue giunture. Inginocchiarsi davanti ad Angelica sarebbe stato un piacere, ma se dopo avesse fatto fatica a rialzarsi?

"Grazie, figlia mia; mi ringiovanisci. Sarò felice di ubbidirti, ma la mazurka no; concedimi il primo valzer."

"Lo vedi, Tancredi, com'è buono lo zio? Non fa i capricci come te. Sa, Principe, lui non voleva che glielo chiedessi: è geloso."

Tancredi rideva: "Quando si ha uno zio bello ed elegante come lui è giusto esser gelosi. Ma, insomma per questa volta non mi oppongo." Sorridevano tutti e tre, e don Fabrizio non capiva se avessero complottato questa proposta per fargli piacere o per prenderlo in giro. Non aveva importanza: erano cari lo stesso.

Al momento di uscire Angelica sfiorò con le dita la tappezzeria di una poltrona. "Sono carine queste;

un bel colore; ma quelle di casa sua, Principe..." La nave procedeva nell'abbrivo ricevuto. Tancredi intervenne: "Basta, Angelica. Noi due ti vogliamo bene anche al di fuori delle tue conoscenze in fatto di mobilio. Lascia stare le sedie e vieni a ballare."

Mentre andava al salone da ballo, don Fabrizio vide che Sedàra parlava ancora con Giovanni Finale. Si udivano le parole "russella," "primintio," "marzołino": paragonavano i pregi dei grani da semina. Il Principe previde imminente un invito a Margarossa, il podere per il quale Finale si stava rovinando a forza di innovazioni agricole.

La coppia Angelica - don Fabrizio fece una magnifica figura. Gli enormi piedi del Principe si muovevano con delicatezza sorprendente e mai le scarpette di raso della sua dama furono in pericolo di esser sfiorate. La zampaccia di lui le stringeva la vita con vigorosa fermezza, il mento poggiava sull'onda letèa dei capelli di lei; dalla scollatura di Angelica saliva un profumo di *bouquet à la Maréchale,* sopratutto un aroma di pelle giovane e liscia. Alla memoria di lui risalí una frase di Tumèo: "Le sue lenzuola debbono avere l'odore del paradiso." Frase sconveniente, frase villana; esatta però. Quel Tancredi...

Lei parlava. La sua naturale vanità era sodisfatta quanto la sua tenace ambizione. "Sono cosí felice, zione. Tutti sono stati tanto gentili, tanto buoni. Tancredi, poi, è un amore; e anche lei è un amore. Tutto questo lo devo a lei, zione: anche Tancredi. Perché se lei non avesse voluto, si sa come sarebbe andato a finire." "Io non c'entro, figlia mia; tutto questo lo devi a te sola." Era vero: nessun Tancredi avrebbe mai resistito alla sua bellezza unita al suo patrimonio. La avrebbe sposata calpestando tutto. Una fitta gli traversò il cuore: pensava agli occhi alteri e sconfitti di Concetta. Ma fu un dolore breve: ad ogni giro un anno gli cadeva giú dalle spalle: presto si ritrovò come a venti anni, quando in quella stessa sala ballava con Stella, quando ignorava ancora cosa fossero le delusioni, il tedio, il resto. Per un attimo, quella notte, la morte fu di nuovo ai suoi occhi "roba per gli altri."

Tanto assorto era nei suoi ricordi che combaciavano cosí bene con la sensazione presente, che non si accorse che ad un certo punto Angelica e lui ballavano soli. Forse istigate da Tancredi, le altre coppie avevano smesso e stavano a guardare; anche i due Ponteleone erano lí: sembravano inteneriti, erano anziani e forse comprendevano. Stella pure era anziana, però, ma da sotto una porta i suoi occhi erano foschi. Quando l'orchestrina tacque, un applauso non scoppiò soltanto perché don Fabrizio aveva l'aspetto troppo leonino perché si arrischiassero simili sconvenienze.

Finito il valzer, Angelica propose a don Fabrizio di voler cenare alla tavola sua e di Tancredi. Lui ne sarebbe stato molto contento, ma proprio in quel momenti i ricordi della sua gioventú erano troppo vivaci perché non si rendesse conto di quanto una cena con un vecchio zio gli sarebbe riuscita ostica, allora, mentre Stella era lí a due passi. Soli vogliono

stare gli innamorati, o magari con estranei; con anziani e, peggio che peggio, con parenti, mai.
"Grazie, Angelica, non ho appetito. Prenderò qualcosa all'impiedi. Vai con Tancredi, non pensate a me."

Aspettò un momento che i ragazzi si allontanassero, poi entrò anche lui nella sala del *buffet*. Una lunghissima stretta tavola stava nel fondo, illuminata dai famosi dodici candelabri di *vermeil* che il nonne di Diego aveva ricevuto in dono dalla Corte di Spagna, al termine della sua ambasciata a Madrid: ritte sugli alti piedestalli di metallo rilucente, sei figure di atleti e sei di donne, alternate, reggevano al disopra delle loro teste il fusto d'argento dorato, coronato in cima dalle fiammelle di dodici candele. La perizia dell'orefice aveva maliziosamente espresso la facilità serena degli uomini, la fatica aggraziata delle giovinette nel reggere lo spropositato peso. Dodici pezzi di prim'ordine. "Chissà a quante salme di terreno equivarranno," avrebbe detto l'infelice Sedàra. Don Fabrizio ricordò come Diego gli avesse un giorno mostrato gli astucci di ognuno di quei candelabri, montagnole di marocchino verde recanti impresso sui fianchi l'oro dello scudo tripartito dei Ponteleone e quello delle cifre intrecciate dei donatori.
Al disotto dei candelabri, al disotto delle alzate a cinque ripiani che elevavano verso il soffitto lontano le piramidi dei "dolci di riposto" mai consumati, si stendeva la monotona opulenza delle *tables à thé* dei grandi balli: coralline le aragoste lessate vive, cerei e gommosi gli *chaud-froids* di vitello, di tinta

acciaio le spigole immerse nelle soffici salse, i tacchini che il calore dei forni aveva dorato, i pasticci di fegato grasso rosei sotto le corazze di gelatina, le beccaccie disossate recline su tumuli di crostini ambrati, decorati delle loro stesse viscere triturate, le galantine color d'aurora, dieci altre crudeli, colorate delizie. Alle estremità della tavola due monumentali zuppiere d'argento contenevano il *consommé* ambra bruciata e limpido. I cuochi delle vaste cucine avevano dovuto sudare fin dalla notte precedente per preparare questa cena.

"Caspita quanta roba! Donna Margherita sa far bene le cose. Ma ci vogliono altri stomaci del mio, per tutto questo."

Disprezzò la tavola delle bibite che stava sulla destra, luccicante di cristalli e di argenti, si diresse a sinistra verso quella dei dolci. Lí immani *babà* sauri come il manto dei cavalli, Monte Bianchi nevosi di panna, *beignets Dauphin* che le mandorle screziavano di bianco e i pistacchi di verdino, collinette di *profiteroles* alla cioccolata, marroni e grasse come l'humus della piana di Catania dal quale, di fatto, attraverso lunghi rigiri essi provenivano, *parfaits* rosei, *parfaits* sciampagna, *parfaits* bigi che si sfaldavano scricchiolando quando la spatola li divideva, sviolinature in maggiore delle amarene candite, timbri aciduli degli ananas gialli, e "trionfi della gola" col verde opaco dei loro pistacchi macinati, impudiche "paste delle Vergini." Di queste don Fabrizio si fece dare e, tenendole nel piatto, sembrava una profana caricatura di Sant'Agata esigente i propri seni recisi. "Come mai il Santo Uffizio, quando lo poteva, non pensò a proibire questi dolci? I 'trionfi della gola' (la gola, peccato mortale!), le mammelle di S. Agata vendute dai monasteri, divorate dai festaioli! Mah!"

Nella sala odorosa di vaniglia, di vino, di cipria, don Fabrizio errava alla ricerca di un posto. Da un tavolo Tancredi lo vide, batté la mano su una sedia per mostrargli che vi era da sedersi; accanto a lui Angelica cercava di vedere nel rovescio di un piatto d'argento se la pettintura era a posto. Don Fabrizio scosse la testa sorridendo per rifiutare. Continuò a cercare: da un tavolo si udiva la voce soddisfatta di Pallavicino: "La piú alta emozione della mia vita..." Vicino a lui vi era un posto vuoto. Ma che gran seccatore! Non era meglio, dopo tutto, ascoltare la cordialità forse voluta ma rinfrescante di Angelica, la lepidezza asciutta di Tancredi? No; meglio annoiarsi che annoiare gli altri.

Chiese scusa, sedette vicino al Colonnello che si alzò al suo giungere, il che gli riconciliò un poco delle simpatie gattopardesche. Mentre degustava la raffinata mescolanza di biancomangiare, pistacchio e cannella racchiusa nei dolci che aveva scelti, don Fabrizio conversava con Pallavicino e si accorgeva che questi, al di là delle frasi zuccherose riservate forse alle signore, era tutt'altro che un imbecille. Era un "signore" anche lui, e il fondamentale scetticismo della sua classe, soffocato abitualmente dalle impetuose fiamme bersaglieresche del bavero, faceva di nuovo capolino adesso che si trovava in un ambiente eguale a quello suo natío, fuori dell'inevitabile retorica delle caserme e delle ammiratrici.

"Adesso la Sinistra vuol mettermi in croce perché

ho ordinato ai miei ragazzi, in Agosto, di far fuoco addosso al Generale. Ma mi dica lei, Principe, cosa potevo fare d'altro con gli ordini scritti che avevo addosso? Debbo però confessarlo: quando lí ad Aspromonte mi son visto dinanzi quelle centinaia di scamiciati, con faccie di fanatici incurabili alcuni, altri con le grinte dei rivoltosi di mestiere, sono stato felice che questi ordini fossero tanto aderenti a ciò che io stesso pensavo. Se non avessi fatto sparare, quella gente avrebbe fatto polpette dei miei soldati e di me: e il guaio non sarebbe stato grande. Ma avrebbe finito anche col provocare l'intervento francese e quello austriaco, un putiferio senza precedenti, nel quale sarebbe crollato questo Regno d'Italia che si è formato miracolosamente, vale a dire non si capisce come. E glielo dico in confidenza: la mia brevissima sparatoria ha giovato sopratutto... a Garibaldi, lo ha liberato da quella congrega che gli si era attaccata addosso, da tutti quegli individui tipo Zambianchi, che si servivano di lui per chissà quali fini, forse generosi benché inetti, forse però voluti dalle Tuileries e da palazzo Farnese: tutti individui ben diversi da quelli che erano sbarcati con lui a Marsala, gente che credeva, i migliori fra essi, che si può far l'Italia con una serie di 'quarantottate.' Lui, il Generale, questo lo sa, perché al momento del mio famoso inginocchiamento mi ha stretto la mano, e con un calore che non credo abituale verso chi, cinque minuti prima, vi ha fatto scaricare una pallottola nel piede. E sa cosa mi ha detto a bassa voce, lui che era la sola persona per bene che si trovasse da quella parte sull'infausta montagna? 'Grazie, colonnello.'

Grazie di che, le chiedo? Di averlo reso zoppo per tutta la vita? No, evidentemente; ma di avergli fatto toccar con mano le smargiassate, le vigliaccherie, peggio forse, di questi suoi dubbi seguaci."

"Ma voglia scusarci, non crede lei, colonnello, di avere un po' esagerato in baciamani, scappellate e complimenti?"

"Sinceramente, no. Perché questi atti di tenerezza erano genuini. Bisogna vederlo, quel povero grand'uomo steso per terra sotto un castagno, dolorante nel corpo e ancor piú indolenzito nello spirito. Una pena! Si rivelava chiaramente per ciò che è sempre stato, un bambino, con barba e rughe, ma un ragazzino lo stesso, avventato e ingenuo. Era difficile resistere alla commozione per essere stati costretti a fargli 'bu-bu.' Perché, d'altronde, avrei dovuto resistere? Io la mano la bacio soltanto alle donne; anche allora, Principe, ho baciato la mano alla salvezza del Regno, che è anche essa una signora cui noi militari dobbiamo rendere omaggio."

Un cameriere passava: don Fabrizio disse che gli portasse una fetta di Monte Bianco e un bicchiere di *champagne*. "E lei, colonnello, non prende niente?' "Niente da mangiare, grazie. Forse anch'io una coppa di *champagne*."

Poi proseguí, si vedeva che non poteva staccarsi da quel ricordo che, fatto com'era di poche schioppettate e di molta destrezza, era proprio del tipo che attirava i suoi simili. "Gli uomini del Generale, mentre i miei bersaglieri li disarmavano, inveivano e bestemmiavano, e sa contro chi? Contro di lui, che era stato il solo a pagare di persona. Una schifezza, ma naturale; vedevano sfuggirsi dalle mani quella personalità infantile ma grande, che era la sola a poter coprire le oscure mene di tanti fra essi. E quand'anche le mie cortesie fossero state superflue, sarei lieto lo stesso di averle fatte: qui da noi, in Italia, non si esagera mai in fatto di sentimentalismi e sbaciucchiamenti: sono gli argomenti politici piú efficaci che abbiamo."

Bevve il vino che gli avevano portato, ma ciò sembrò aumentare ancora la sua amarezza. "Lei non è stato nel continente dopo la fondazione del Regno, Principe? Fortunato lei. Non è un bello spettacolo. Mai siamo stati tanto disuniti come da quando siamo riuniti. Torino non vuol cessare di esser capitale, Milano trova la nostra amministrazione inferiore a quella austriaca, Firenze ha paura che le si portino via le opere d'arte, Napoli piange per le industrie che perde, e qui, qui in Sicilia, sta covando qualche grosso, irrazionale guaio... Per il momento, per merito anche del vostro umile servo, delle camicie rosse non si parla piú; ma se ne riparlerà. Quando saranno scomparse quelle, ne verranno altre di diverso colore; e poi di nuovo rosse. E come andrà a finire? C'è lo Stellone, si dice. Sarà. Ma lei sa meglio di me, Principe, che anche le stelle fisse, veramente fisse non sono." Forse un po' brillo, profetava. Don Fabrizio dinanzi alle prospettive inquietanti sentí stringersi il cuore.

Il ballo continuò ancora a lungo, si fecero le sei del mattino: tutti erano sfiniti e avrebbero voluto essere a letto da almeno tre ore; ma andar via presto era come proclamare che la festa non era riuscita, e offendere i padroni di casa che, poveretti, si erano dati tanta pena.

I volti delle signore erano lividi, gli abiti sgualciti, gli aliti pesanti. "Maria! che stanchezza! Maria! che sonno!" Al disopra delle loro cravatte in disordine, le faccie degli uomini erano gialle e rugose, le bocche intrise di saliva amara. Le loro visite a una cameretta trascurata, a livello della loggia dell'orchestra, si facevano piú frequenti: in essa era disposta in bell'ordine una ventina di vasti pitali, a quell'ora quasi tutti colmi, alcuni sciabordanti per terra. Sentendo che il ballo stava per finire, i servitori assonnati non cambiavano piú le candele dei lampadari: i mozziconi corti spandevano nei saloni una luce diversa, fumosa, di mal augurio. Nella sala del *buffet*, vuota, vi erano soltanto piatti smantellati, bicchieri con un dito di vino che i camerieri bevevano in fretta, guardandosi attorno. La luce dell'alba s'insinuava dai giunti delle imposte, plebea.

La riunione andava sgretolandosi e attorno a donna Margherita vi era già un gruppo di gente che si congedava. "Bellissimo! Un sogno! All'antica!" Tancredi dovette faticare per svegliare don Calogero che, con la testa all'indietro, si era addormentato su una poltrona appartata; i calzoni gli erano risaliti sino al ginocchio e, al disopra delle calze di seta, si vedevano le estremità delle sue mutande, davvero molto paesane. Il colonnello Pallavicino aveva le occhiaie anche lui; dichiarava, però, a chi volesse sentirlo, che non sarebbe andato a casa e che sarebbe passato direttamente da palazzo Ponteleone alla piazza d'armi; cosí infatti voleva la ferrea tradizione seguita dai militari invitati ad un ballo.

Quando la famiglia si fu messa in carrozza (la guazza aveva reso umidi i cuscini), don Fabrizio disse che sarebbe tornato a casa a piedi; un po' di fresco gli avrebbe fatto bene, aveva un'ombra di mal di capo. La verità era che voleva attingere un po' di conforto guardando le stelle. Ve n'era ancora qualcuna proprio su, allo zenith. Come sempre, il vederle lo rianimò, erano lontane, onnipotenti e nello stesso tempo tanto docili ai suoi calcoli; proprio il contrario degli uomini, troppo vicini sempre, deboli e pur tanto riottosi.

Nelle strade vi era di già un po' di movimento: qualche carro con cumuli d'immondizie alti quattro volte l'asinello grigio che li trascinava. Un lungo barroccio scoperto portava accatastati i buoi uccisi poco prima al macello, già fatti a quarti e che esibivano i loro meccanismi piú intimi con l'impudicizia della morte. A intervalli una qualche goccia rossa e densa cadeva sul selciato.

Da una viuzza traversa intravide la parte orientale del cielo, al disopra del mare. Venere stava lí, avvolta nel suo turbante di vapori autunnali. Essa era sempre fedele, aspettava sempre don Fabrizio alle sue uscite mattutine, a Donnafugata prima della caccia, adesso dopo il ballo.

Don Fabrizio sospirò. Quando si sarebbe decisa a dargli un appuntamento meno effimero, lontano dai torsoli e dal sangue, nella propria regione di perenne certezza?

Capitolo settimo

La morte del Principe.

Luglio 1883

Don Fabrizio quella sensazione la conosceva da sempre. Erano decenni che sentiva come il fluido vitale, la facoltà di esistere, la vita insomma, e forse anche la volontà di continuare a vivere, andassero uscendo da lui lentamente ma continuamente, come i granellini si affollano e sfilano ad uno ad uno senza fretta e senza soste dinanzi allo stretto orifizio di un orologio a sabbia. In alcuni momenti d'intensa attività, di grande attenzione, questo sentimento di continuo abbandono scompariva per ripresentarsi impassibile alla piú breve occasione di silenzio o di introspezione: come un ronzio continuo all'orecchio, come il battito di una pendola s'impongono quando tutto il resto tace; ed allora ci rendono sicuri che essi sono sempre stati lí, vigili, anche quando non li udivamo.

In tutti gli altri momenti gli era sempre bastato un minimo di attenzione per avvertire il fruscio dei granelli di sabbia che sgusciavano via lievi, degli attimi di tempo che evadevano dalla sua mente e lo lasciavano per sempre. La sensazione del resto non era, prima, legata ad alcun malessere. Anzi, questa impercettibile perdita di vitalità era la prova, la condizione, per cosí dire, della sensazione di vita; e per lui, avvezzo a scrutare spazi esteriori illimitati, a indagare vastissimi abissi interni, essa non era per nulla sgradevole: era quella di un continuo, minutissimo sgretolamento della personalità congiunto al presagio vago del riedificarsi altrove di una personalità (grazie a Dio) meno cosciente ma piú larga. Quei granellini di sabbia non andavano perduti, scomparivano ma si accumulavano chissà dove, per cementare una mole piú duratura. Mole, però, aveva riflettuto, non era la parola esatta, pesante come era; e granelli di sabbia, d'altronde, neppure. Erano piú come delle particelle di vapor acqueo che esalassero da uno stagno costretto, per andar su nel cielo a formare le grandi nubi leggere e libere. Talvolta era sorpreso che il serbatoio vitale potesse ancora contenere qualcosa dopo tanti anni di perdite. "Neppure se fosse grande come una piramide." Tal altra volta, piú spesso, si era inorgoglito di esser quasi solo ad avvertire questa fuga continua, mentre attorno a lui nessuno sembrava sentire lo stesso; e ne aveva tratto motivo di disprezzo per gli altri, come il soldato anziano disprezza il coscritto che si illude che le pallottole ronzanti intorno siano dei mosconi innocui. Queste son cose che, non si sa poi perché, non si confessano; si lascia che gli altri le intuiscano e nessuno intorno a lui le aveva intuite mai, nessuna delle figlie che sognavano un oltretomba identico a questa vita, completo di tutto, di magistratura, cuochi e conventi; non Stella che, divorata dalla cancrena del diabete, si era tuttavia aggrappata meschinamente a questa esistenza di pene. Forse solo Tancredi aveva per un attimo compreso, quando gli aveva detto con la sua ritrosa ironia: "Tu, zione, corteggi la morte." Adesso il corteggiamento era finito: la bella aveva detto il suo "sí," la fuga decisa, lo scompartimento nel treno riservato.

Perché adesso la faccenda era differente, del tutto diversa. Seduto su una poltrona, le gambe lunghissime avviluppate in una coperta, sul balcone dell'albergo Trinacria, sentiva che la vita usciva da lui a larghe ondate incalzanti, con un fragore spirituale paragonabile a quello della cascata del Reno. Era il mezzogiorno di un lunedí di fine luglio, ed il mare di Palermo, compatto, oleoso, inerte, si stendeva di fronte a lui, inverosimilmente immobile ed appiattito come un cane che si sforzasse di rendersi invisibile alle minacce del padrone; ma il sole immoto e perpendicolare stava lí sopra piantato a gambe larghe, e lo frustava senza pietà. Il silenzio era assoluto. Sotto l'altissima luce don Fabrizio non udiva altro suono che quello interiore della vita che erompeva via da lui.

Era arrivato la mattina da Napoli, poche ore fa; vi si era recato per consultare il professore Sémmola. Accompagnato dalla quarantenne figlia Concetta, dal nipote Fabrizietto, aveva compiuto un viaggio lugubre, lento come una cerimonia funebre. Il tramestío del porto alla partenza e quello dell'arrivo a Napoli, l'odore acre della cabina, il vocio incessante di quella città paranoica, lo avevano esasperato di quella esasperazione querula dei debolissimi, che li stanca e li prostra, che suscita l'esasperazione opposta dei buoni cristiani che hanno molti anni di vita nelle bisaccie. Aveva preteso di ritornare per via di terra: decisione improvvisa che il medico aveva cercato di combattere; ma lui aveva insistito, e cosí imponente era ancora l'ombra del suo prestigio che la aveva spuntata. Col risultato di dover poi rimanere trentasei ore rintanato in una scatola rovente, soffocato dal fumo nelle gallerie che si ripetevano come sogni febbrili, accecato dal sole nei tratti scoperti, espliciti come tristi realtà, umiliato dai cento bassi servizi che aveva dovuto richiedere al nipote spaurito. Si attraversavano paesaggi malefici, giogaie maledette, pianure malariche e torpide; quei panorami calabresi e basilischi che a lui sembravano barbarici, mentre di fatto erano tali e quali quelli siciliani. La linea ferroviaria non era ancora compiuta: nel suo ultimo tratto vicino a Reggio faceva una larga svolta per Metaponto attraverso plaghe lunari che per scherno portavano i nomi atletici e voluttuosi di Crotone e di Sibari. A Messina poi, dopo il mendace sorriso dello Stretto subito sbugiardato dalle riarse colline peloritane, di nuovo una svolta, lunga come una crudele mora procedurale. Si era discesi a Catania, ci si era arrampicati verso Castrogiovanni: la locomotiva annaspante su per i pendii favolosi sembrava dovesse crepare come un cavallo sforzato; e, dopo una discesa fragorosa, si era giunti a Palermo. All'arrivo le solite maschere di familiari con il dipinto sorriso di compiacimento per il buon esito del viaggio. Fu anzi dal sorriso consolatorio delle persone che lo aspettavano alla stazione, dal loro finto, e mal finto, aspetto rallegrato, che gli si rivelò il vero senso della diagnosi di Sémmola che a lui stesso aveva detto soltanto frasi rassicuranti; e fu allora, dopo esser sceso dal treno, mentre abbracciava la nuora sepolta nelle gramaglie di vedova, i figli che mostravano i loro denti nei sorrisi, Tancredi con i suoi occhi timorosi, Angelica con la seta del corpetto ben tesa dai seni maturi, fu allora che si fece udire il fragore della cascata.

Probabilmente svenne, perché non ricordava come fosse arrivato alla vettura; vi si trovò disteso con le gambe rattrappite, col solo Tancredi vicino. La carrozza non si era ancora mossa, e da fuori gli giungeva all'orecchio il parlottare dei familiari. "Non è niente." "Il viaggio è stato troppo lungo." "Con questo caldo sveniremmo tutti." "Arrivare sino alla villa lo stancherebbe troppo." Era di nuovo perfettamente lucido: notava la conversazione seria che si svolgeva fra Concetta e Francesco Paolo, l'eleganza di Tancredi, il suo vestito a quadretti marrone e bigio, la bombetta bruna; e notò anche come il sorriso del nipote non fosse una volta tanto beffardo, anzi tinto di malinconico affetto; e da questo ricevette la sensazione agrodolce che il nipote gli volesse bene ed anche che sapesse che lui era spacciato, dato che la perpetua ironia si era adattata ad esser spazzata via dalla tenerezza. La carrozza si mosse e svoltò sulla destra. "Ma dove andiamo, Tancredi?" La propria voce lo sorprese. Vi avvertiva il riflesso del rombo interiore. "Zione, andiamo all'albergo Trinacria; sei stanco e la villa è lontana; ti riposerai una notte e domani tornerai a casa. Non ti sembra giusto?" "Ma allora andiamo alla nostra casa di mare; è ancora piú vicina." Questo però non era possibile:

la casa non era montata, come ben sapeva; serviva solo per occasionali colazioni in faccia al mare; non vi era neppure un letto. "All'albergo starai meglio, zio; avrai tutte le comodità." Lo trattavano come un neonato; di un neonato del resto aveva appunto il vigore.

Un medico fu la prima comodità che trovò all'albergo; era stato fatto chiamare in fretta, forse durante la sua sincope. Ma non era il dottor Cataliotti, quello che sempre lo curava, incravattato di bianco sotto il volto sorridente e i ricchi occhiali d'oro; era un povero diavolo, il medico di quel quartiere angustiato, il testimonio impotente di mille agonie miserabili. Al di sopra della *redingote* sdrucita si allungava il povero volto emaciato irto di peli bianchi, un volto disilluso di intellettuale famelico; quando estrasse dal taschino l'orologio senza catena si videro le macchie di verderame che avevano trapassato la doratura posticcia. Anche lui era un povero otre che lo sdrucío della mulattiera aveva liso, e che spandeva senza saperlo le ultime goccie di olio. Misurò i battiti del polso, prescrisse delle goccie di canfora, mostrò i denti cariati in un sorriso che voleva essere rassicurante e che invece chiedeva pietà; se ne andò a passi felpati.

Presto dalla farmacia vicina giunsero le goccie; gli fecero bene; si sentí un po' meno debole, ma l'impeto del tempo che gli sfuggiva non diminuí la propria foga.

Don Fabrizio si guardò nello specchio dell'armadio: riconobbe piú il proprio vestito che sé stesso: altissimo, allampanato, con le guancie infossate, la barba lunga di tre giorni: sembrava uno di quegli inglesi maniaci che deambulano nelle vignette dei libri di Verne, che per Natale regalava a Fabrizietto. Un Gattopardo in pessima forma. Perché mai Dio voleva che nessuno morisse con la propria faccia? Perché a tutti succede cosí: si muore con una maschera sul volto; anche i giovani; anche quel soldato col viso imbrattato; anche Paolo, quando lo avevano rialzato dal marciapiede con la faccia contratta e spiegazzata mentre la gente rincorreva nella polvere il cavallo che lo aveva sbattuto giú. E se in lui, vecchio, il fragore della vita in fuga era tanto potente, quale mai doveva essere stato il tumulto di quei serbatoi ancora colmi che si svuotavano in un attimo da quei poveri corpi giovani? Avrebbe voluto contravvenire per quanto potesse a questa assurda regola del camuffamento forzato; sentiva però che non poteva, che sollevare il rasoio sarebbe stato come, un tempo, sollevare il proprio scrittoio. "Bisogna far chiamare un barbiere," disse a Francesco Paolo. Ma subito pensò: "No. È una regola del gioco; esosa ma formale. Mi raderanno dopo." E disse forte: "Lascia stare; ci penseremo poi." L'idea di questo estremo abbandono del cadavere, con il barbiere accovacciato sopra, non lo turbò.

Il cameriere entrò con la bacinella di acqua tiepida ed una spugna, gli tolse la giacca e la camicia, gli lavò la faccia e le mani, come si lava un bimbo, come si lava un morto. La fuliggine di un giorno e mezzo di treno rese funerea anche l'acqua. Nella stanza bassa si soffocava: il caldo faceva lievitare gli odori, esaltava il tanfo delle *peluches* mal spolverate;

le ombre delle diecine di scarafaggi che vi erano stati calpestati apparivano nel loro odore medicamentoso; fuori dal tavolino di notte i ricordi tenaci delle orine vecchie e diverse incupivano la camera. Fece aprire le persiane: l'albergo era in ombra, ma la luce riflessa dal mare metallico era accecante; meglio questo però che quel fetore di prigione; disse di portare una poltrona sul balcone; appoggiato al braccio di qualcheduno si trascinò fuori, e dopo quel paio di metri sedette con la sensazione di ristoro che provava un tempo riposandosi dopo quattr'ore di caccia in montagna. "Di' a tutti di lasciarmi in pace; mi sento meglio; voglio dormire." Aveva sonno davvero; ma trovò che cedere adesso al sopore era altrettanto assurdo quanto mangiare una fetta di torta subito prima di un desiderato banchetto. Sorrise. "Sono sempre stato un goloso saggio." E se ne stava lí, immerso nel grande silenzio esterno, nello spaventevole rombo interiore.

Poté volgere la testa a sinistra: a fianco di monte Pellegrino si vedeva la spaccatura nella cerchia dei monti, e piú lontano i due colli ai piedi dei quali era la sua casa. Irraggiungibile come era, questa gli sembrava lontanissima; ripensò al proprio osservatorio, ai cannocchiali destinati ormai a decenni di polvere; al povero padre Pirrone, che era polvere anche lui; ai quadri dei feudi, alle bertuccie del parato, al grande letto di rame nel quale era morta la sua Stelluccia; a tutte queste cose che adesso gli sembravano umili anche se preziose, a questi intrecci di metallo, a queste trame di fili, a queste tele ricoperte di terre e di succhi d'erbe che erano tenute in vita da lui, che fra poco sarebbero piombate, incolpevoli, in un limbo fatto di abbandono e di oblio. Il cuore gli si strinse, dimenticò la propria agonia pensando all'imminente fine di queste povere cose care. La fila inerte delle case dietro di lui, la diga dei monti, le distese flagellate dal sole, gli impedivano financo di pensare chiaramente a Donnafugata: gli sembrava una casa apparsa in sogno; non piú sua, gli sembrava: di suo non aveva adesso che questo corpo sfinito, queste lastre di lavagna sotto i piedi, questo precipizio di acque tenebrose verso l'abisso. Era solo, un naufrago alla deriva su una zattera, in preda a correnti indomabili.

C'erano i figli, certo. I figli. Il solo che gli rassomigliasse, Giovanni, non era piú qui. Ogni paio di anni inviava saluti da Londra; non aveva piú nulla da fare con il carbone e commerciava in brillanti; dopo che Stella era morta, era giunta all'indirizzo di lei una letterina e poco dopo un pacchettino con un braccialetto. Quello, sí. Anche lui aveva "corteggiato la morte," anzi con l'abbandono di tutto aveva organizzato per sé quel tanto di morte che è possibile mettere su continuando a vivere. Ma gli altri... C'erano anche i nipoti: Fabrizietto, il piú giovane dei Salina, cosí bello, cosí vivace, tanto caro...

Tanto odioso. Con la sua doppia dose di sangue Màlvica, con gl'istinti godereccі, con le sue tendenze verso un'eleganza borghese. Era inutile sforzarsi a credere il contrario, l'ultimo Salina era lui, il gigante sparuto che adesso agonizzava sul balcone di un albergo. Perché il significato di un casato nobile è tutto nelle tradizioni, cioè nei ricordi vitali; e lui era l'ultimo a possedere dei ricordi inconsueti, distinti da quelli delle altre famiglie. Fabrizietto avrebbe avuto dei ricordi banali, eguali a quelli dei suoi compagni di ginnasio, ricordi di merende economiche, di scherzucci malvagetti agli insegnanti, di cavalli acquistati avendo l'occhio al loro prezzo piú che ai loro pregi; ed il senso del nome si sarebbe mutato in vuota pompa sempre amareggiata dall'assillo che altri potessero pompeggiare piú di lui. Si sarebbe svolta la caccia al matrimonio ricco quando questa sarebbe divenuta una *routine* consueta, e non piú una avventura audace e predatoria come era stato quello di Tancredi. Gli arazzi di Donnafugata, i mandorleti di Ragattisi, magari, chissà, la fontana di Anfitrite, avrebbero avuto la sorte grottesca di esser metamorfizzati in terrine di *foie gras* presto digerite, in donnine da *ba-ta-clan* piú labili del loro belletto, da quelle annose e sfumate cose che erano. E di lui sarebbe rimasto soltanto il ricordo di un vecchio e collerico nonno che era schiattato in un pomeriggio di luglio, proprio a tempo per impedire al ragazzo di andare a fare i bagni a Livorno. Lui stesso aveva detto che i Salina sarebbero sempre rimasti i Salina. Aveva avuto torto. L'ultimo era lui. Quel Garibaldi, quel barbuto Vulcano aveva dopo tutto vinto.

Dalla camera vicina, aperta sullo stesso balcone, gli giungeva la voce di Concetta: "Non se ne poteva fare a meno; bisognava farlo venire; non mi sarei mai consolata se non lo si fosse chiamato." Comprese subito: si trattava del prete. Un momento ebbe l'idea di rifiutare, di mentire, di mettersi a gridare che stava benissimo, che non aveva bisogno di nulla. Presto però si accorse del ridicolo delle proprie intenzioni: era il Principe di Salina e come un Principe di Salina doveva morire, con tanto di prete accanto. Concetta aveva ragione. Perché poi avrebbe dovuto sottrarsi a ciò che era desiderato da migliaia di altri morenti? E tacque, aspettando di udire il campanellino del viatico. Lo sentí presto: la parrocchia della Pietà era quasi di fronte. Il suono argentino e festoso si arrampicava sulle scale, irrompeva nel corridoio, si fece acuto quando la porta si aprí: preceduto dal direttore dell'albergo, svizzerotto irritatissimo di avere un moribondo nel proprio esercizio, padre Balsàmo, il parroco, entrò recando sotto la píside il Santissimo custodito dall'astuccio di pelle. Tancredi e Fabrizietto sollevarono la poltrona, la riportarono nella stanza; gli altri erano inginocchiati. Piú col gesto che con la voce, disse: "Via, via." Voleva confessarsi. Le cose si fanno o non si fanno. Tutti uscirono, ma quando dovette parlare si accorse che non aveva molto da dire: ricordava alcuni peccati precisi, ma gli sembravano tanto meschini che davvero non valeva la pena di aver importunato un degno sacerdote in quella giornata di afa. Non che si sentisse innocente: ma era tutta la vita ad esser colpevole, non questo o quel singolo fatto; e ciò non aveva piú il tempo di dirlo. I suoi occhi dovettero esprimere un turbamento che il sacerdote prese per espressione di contrizione; come di fatto in un certo senso era. Fu assolto; il mento, a quanto sembrava, gli poggiava sul petto perché il prete dovette inginocchiarsi lui per insinuargli la particola fra le labbra. Poi furono mormorate le immemoriali sillabe che spianano la via, e il sacerdote si ritirò.

La poltrona non fu piú trascinata sul balcone. Fabrizietto e Tancredi gli sedettero vicino e gli tenevano ciascuno una mano; il ragazzo lo guardava fisso, con la curiosità naturale in chi assista alla sua prima agonia, e niente di piú: chi moriva non era un uomo, era un nonno, il che è assai diverso. Tancredi gli stringeva forte la mano e parlava, parlava molto, parlava allegro: esponeva progetti cui lo associava, commentava i fatti politici; era deputato, gli era stata promessa la legazione di Lisbona, conosceva molti fatterelli segreti e sapidi. La voce nasale, il vocabolario arguto delineavano un futile fregio sul sempre piú fragoroso erompere delle acque della vita. Il Principe era grato delle chiacchiere: e gli stringeva la mano con grande sforzo ma con trascurabile risultato. Era grato, ma non lo stava a sentire. Faceva il bilancio consuntivo della sua vita, voleva raggranellare fuori dall'immenso mucchio di cenere delle passività le pagliuzze d'oro dei momenti felici. Eccoli: due settimane prima del suo matrimonio, sei settimane dopo; mezz'ora in occasione della nascita di Paolo, quando sentí l'orgoglio di aver prolungato di un rametto l'albero di casa Salina (l'orgoglio era abusivo, lo sapeva adesso, ma la fierezza vi era stata davvero); alcune conversazioni con Giovanni prima che questi scomparisse (alcuni monologhi, per esser veritieri, durante i quali aveva creduto scoprire nel ragazzo un animo simile al suo); molte ore in osservatorio, assorte nell'astrazione dei calcoli e nell'inseguimento dell'irraggiungibile. Ma queste ore potevano davvero esser collocate nell'attivo della vita? Non erano forse un'elargizione anticipata delle beatitudini mortuarie? Non importava, c'erano state.

Nella strada di sotto, fra l'albergo e il mare, un organetto si fermò, e suonava nell'avida speranza di commuovere i forestieri che in quella stagione non c'erano. Macinava *Tu che a Dio spiegasti l'ali*. Quel che rimaneva di don Fabrizio pensò a quanto fiele venisse in quel momento mescolato a tante agonie, in Italia, da queste musiche meccaniche. Tancredi col suo intuito corse al balcone, buttò giú una moneta, fece segno di tacere. Il silenzio fuori si richiuse, il fragore dentro ingigantí.

Tancredi. Certo, molto dell'attivo proveniva da Tancredi: la sua comprensione tanto piú preziosa in quanto ironica, il godimento estetico nel vederlo destreggiarsi fra le difficoltà della vita, l'affettuosità beffarda come si conviene che sia. Dopo, i cani: Fufi, la grossa Mops della sua infanzia, Tom l'irruento barbone confidente ed amico, gli occhi mansueti di Svelto, la balordaggine deliziosa di Bendicò, le zampe carezzevoli di Pop, il *pointer* che in questo momento lo cercava sotto i cespugli e le poltrone della villa e che non lo avrebbe piú ritrovato; qualche cavallo, questi già piú distanti ed estranei. Vi erano le prime ore dei suoi ritorni a Donnafugata, il senso di tradizione e di perennità espresso in pietra ed in acqua, il tempo congelato; lo schioppettare allegro di alcune caccie, il massacro affettuoso delle lepri e delle pernici, alcune buone risate con Tumeo, alcuni minuti di compunizione al convento fra l'odore di muffa e di confetture. Vi era altro? Sí, vi era altro: ma erano di già pepite miste a terra: i momenti soddisfatti nei quali aveva dato risposte taglienti agli sciocchi, la contentezza provata quando si era accorto che nella bellezza e nel carattere di Concetta si perpetuava una vera Salina; qualche momento di foga amorosa; la sorpresa nel ricevere la lettera di Arago che spontaneamente si congratulava per l'esattezza dei difficili calcoli relativi alla cometa di Huxley. E perché no? L'esaltazione pubblica quando ricevette la medaglia in Sorbona, la sensazione delicata di alcune finissime sete da cravatta, l'odore di alcuni cuoi macerati, l'aspetto ridente, l'aspetto voluttuoso di alcune donne incontrate nella strada, quella intravista ancora ieri alla stazione di Catania, mescolata alla folla col suo vestito marrone da viaggio e i guanti di camoscio, che era sembrata cercare il suo volto disfatto dal di fuori dello scompartimento insudiciato. Che gridio di folla. "Panini gravidi!" "*Il Corriere dell'isola!*" E poi quell'anfanare del treno stanco senza fiato... E quell'atroce sole all'arrivo, quelle faccie mendaci, l'eromper via delle cateratte...

Nell'ombra che saliva si provò a contare per quanto tempo avesse in realtà vissuto. Il suo cervello non dipanava piú il semplice calcolo: tre mesi, venti giorni, un totale di sei mesi, sei per otto ottantaquattro... quarantottomila... $\sqrt{840.000}$. Si riprese. "Ho settantatré anni, all'ingrosso ne avrò vissuto, veramente vissuto, un totale di due... tre al massimo." E i dolori, la noia, quanti erano stati? Inutile sforzarsi a contare: tutto il resto: settant'anni.

Sentí che la mano non stringeva piú quella dei nipoti. Tancredi si alzò in fretta ed uscí... Non era piú un fiume che erompeva da lui, ma un oceano, tempestoso, irto di spume e di cavalloni sfrenati...

Doveva aver avuto un'altra sincope perché si accorse a un tratto di esser disteso sul letto. Qualcuno gli teneva il polso: dalla finestra il riflesso spietato del mare lo accecava; nella camera si udiva un sibilo: era il suo rantolo, ma non lo sapeva. Attorno vi era una piccola folla, un gruppo di persone estranee che lo guardavano fisso con un'espressione impaurita. Via via li riconobbe: Concetta, Francesco Paolo, Carolina, Tancredi, Fabrizietto. Chi gli teneva il polso era il dottor Cataliotti; credette di sorridere a questo per dargli il benvenuto, ma nessuno poté accorgersene: tutti, tranne Concetta, piangevano; anche Tancredi che diceva: " Zio, zione caro! "

Fra il gruppetto ad un tratto si fece largo una giovane signora; snella, con un vestito marrone da viaggio ad ampia *tournure,* con un cappello di paglia ornato da un velo a pallottoline che non riusciva a nascondere una maliziosa avvenenza del volto. Insinuava una manina guantata di camoscio fra un gomito e l'altro dei piangenti, si scusava, si avvicinava. Era lei, la creatura bramata da sempre che veniva a prenderlo: strano che cosí giovane com'era si fosse arresa a lui; l'orario di partenza del treno doveva essere vicino. Giunta faccia a faccia con lui sollevò il velo, e cosí, pudica, ma pronta ad esser posseduta, gli apparve piú bella di come mai l'avesse intravista negli spazi stellari.

Il fragore del mare si placò del tutto.

[illegible] che Le [illegible] quello dei [illegible]

[illegible]

[illegible] *Zanzarone* [illegible]

[illegible] ed un [illegible] con un [illegible]

[illegible]

[illegible] del [illegible] più del [illegible]

Capitolo ottavo

La visita di Monsignor Vicario - Il quadro e le reliquie - La camera di Concetta - Visita di Angelica e del senatore Tassoni - Il Cardinale: fine delle reliquie - Fine di tutto.

Maggio 1910

Chi andava a far visita alle vecchie signorine Salina trovava quasi sempre almeno un cappello di prete sulle sedie dell'anticamera. Le signorine erano tre, segrete lotte per l'egemonia casalinga le avevano dilaniate, e ciascuna di esse, carattere forte a proprio modo, desiderava avere un confessore particolare. Come in quell'anno 1910 si usava ancora, le confessioni avvenivano in casa e gli scrupoli delle penitenti esigevano che esse fossero ripetute spesso. A quel plotoncino di confessori bisogna aggiungere il cappellano che ogni mattina veniva a celebrare la messa nella cappella privata, il Gesuita che aveva assunto la direzione spirituale generale della casa, i monaci e i preti che venivano a riscuotere elargizioni per questa o per quella parrocchia od opera pia; e si comprenderà subito come il viavai di sacerdoti fosse incessante, e perché l'anticamera di villa Salina ricordasse spesso uno di quei negozi romani intorno a Piazza della Minerva che espongono in vetrina tutti i copricapo ecclesiastici immaginabili, da quelli fiammeggianti per Cardinali a quelli color tizzone per curati di campagna.

In quel tale pomeriggio di maggio 1910, l'adunata dei cappelli era addirittura senza precedenti. La presenza del Vicario generale dell'Archidiocesi di Palermo era annunziata dal suo vasto cappello di fine castoro di un delizioso color fuchsia, adagiato su di una sedia appartata, con accanto un guanto solo, il destro, in seta intrecciata del medesimo delicato colore; quella del suo segretario da una lucente *peluche* nera a peli lunghi, la calotta del quale era circondata da un sottile cordoncino violetto; quella di due padri gesuiti dai loro cappelli dimessi in feltro tenebroso, simboli di riserbo e modestia. Il copricapo del cappellano giaceva su una sedia isolata come si conviene a quello di persona sottoposta ad inchiesta.

La riunione di quel giorno non era infatti roba da poco. In armonia con le disposizioni pontificie, il cardinale arcivescovo aveva iniziato una ispezione agli oratori privati dell'archidiocesi, allo scopo di assicurarsi dei meriti delle persone che avevano il permesso di farvi officiare, della conformità dell'arredamento e del culto ai canoni della Chiesa, dell'autenticità delle reliquie in esse venerate. La cappella delle signorine Salina era la piú nota della città ed una delle prime che Sua Eminenza si proponeva di visitare. E proprio per predisporre questo avvenimento fissato per l'indomani mattina, Monsignor Vicario si era recato a villa Salina. Alla Curia Arcivescovile erano pervenute, sgocciolate attraverso chissà quali filtri, voci incresciose in relazione a quella cappella; non certo riguardo ai meriti delle proprietarie ed al loro diritto di adempiere in casa propria ai loro doveri religiosi: questi erano argomenti fuori discussione. E neppure si poneva in dubbio la regolarità e la continuità del culto, cose che erano quasi perfette, se si volesse trascurare una soverchia riluttanza, del resto comprensibile, delle signorine Salina a far partecipare ai riti sacri persone estranee alla loro piú intima cerchia familiare. L'attenzione del Cardinale era stata attratta su di una immagine venerata nella villa, e sulle reliquie, sulle diecine di reliquie esposte nella cappella. Circa l'autenticità di esse erano corse le dicerie piú inquietanti e si desiderava che la loro genuinità venisse comprovata. Il cappellano, che pur era un ecclesiastico di buona coltura e di migliori speranze, era stato rimproverato con energia per non aver sufficientemente aperto gli occhi alle vecchie signorine: egli aveva avuto, se è lecito esprimersi cosí, una "lavata di tonsura."

La riunione si svolgeva nel salone centrale della villa, in quello delle bertuccie e dei pappagalli. Su di un divano ricoperto di panno bleu con filettature rosse, acquisto di trent'anni prima che stonava malamente con le tinte evanescenti del prezioso parato, sedeva la signorina Concetta con Monsignor Vicario alla destra; ai lati del divano due poltrone simili ad esso avevano accolto la signorina Carolina ed uno dei gesuiti, padre Corti, mentre la signorina Caterina, che aveva le gambe paralizzate, se ne stava su una seggiolina a rotelle, e gli altri ecclesiastici si accontentavano delle sedie ricoperte della medesima seta del parato, che allora sembravano a tutti minor pregio delle invidiate poltrone.

Le tre sorelle erano poco al di qua o poco al di là della settantina; e Concetta non era la maggiore; ma la lotta egemonica della quale si è fatto cenno all'inizio essendosi chiusa da tempo con la *debellatio* delle avversarie, nessuno avrebbe mai pensato a contestarle le funzioni di padrona di casa.

Nella persona di lei emergevano ancora i relitti di una passata bellezza: grassa e imponente nei suoi rigidi abiti di *moire* nero, portava i capelli bianchissimi rialzati sulla testa in modo da scoprire la fronte quasi indenne; questo, insieme agli occhi sdegnosi e ad una contrazione astiosetta al di sopra del naso, le conferiva un aspetto autoritario e quasi imperiale; a tal punto che un suo nipote, avendo intravisto il ritratto di una Zarina illustre in non sapeva piú quale libro, la chiamava in privato "La Grande Catherine"; appellativo sconveniente che, del resto, la totale purezza di vita di Concetta e l'assoluta ignoranza del nipote in materia di storia russa rendevano a conti fatti innocente.

La conversazione durava da un'ora, il caffè era stato preso e si faceva tardi. Monsignor Vicario riassunse i propri argomenti. "Sua Eminenza paternamente desidera che il culto celebrato in privato sia conforme ai piú puri riti di Santa Madre Chiesa, ed è proprio per questo che la sua cura pastorale si rivolge fra le prime alla vostra cappella perché egli sa come la vostra casa splenda, faro di luce, sul laicato palermitano, e desidera che dalla ineccepibilità degli oggetti venerati scaturisca maggiore edificazione per voi stesse e per tutte le anime religiose." Concetta taceva, ma Carolina, la sorella maggiore, esplose: "Adesso ci dovremo presentare alle nostre conoscenze come delle accusate; questa di una verifica alla nostra cappella è una cosa, scusatemi Monsignore, che non avrebbe dovuto nemmeno passare per la testa di Sua Eminenza."

Monsignore sorrideva, divertito: "Signorina, Lei non immagina quanto la sua emozione appaia grata ai miei occhi: essa è l'espressione delle fede ingenua, assoluta, graditissima alla Chiesa e, certamente, a Gesú Cristo Nostro Signore; ed è soltanto per piú far fiorire questa fede e per purificarla che il Santo Padre ha raccomandato queste revisioni, le quali d'altronde si vanno compiendo da qualche mese in tutto l'orbe cattolico."

Il riferirsi al Santo Padre non era, a dir vero, opportuno. Carolina infatti faceva parte di quelle schiere di cattolici che sono convinti di possedere le verità religiose piú a fondo del Papa; ed alcune moderate innovazioni di Pio Decimo, l'abolizione di alcune secondarie feste di precetto in ispecie, la avevano già prima esasperata. "Questo Papa dovrebbe badare ai fatti propri, farebbe meglio." Poiché le sorse il dubbio di essere andata troppo oltre, si segnò, mormorò un *Gloria Patri*.

Concetta intervenne: "Non lasciarti trascinare a dire cose che non pensi, Carolina. Che impressione riporterà di noi Monsignore qui presente?"

Questi a dir vero sorrideva piú che mai: pensava soltanto che si trovava di fronte ad una bambina invecchiata nella ristrettezza di idee e nelle pratiche senza luce. E, benigno, indulgeva.

"Monsignore pensa che si trovi dinanzi a tre sante donne," disse. Padre Corti, il Gesuita, volle rallentare la tensione. "Io, Monsignore, sono fra quelli che meglio possono confermare le vostre parole: padre

Pirrone, la cui memoria è venerata da quanti lo hanno conosciuto, mi narrava spesso, quando ero novizio, del santo ambiente nel quale le signorine sono state allevate; del resto il nome di Salina basterebbe a render conto di tutto."

Monsignore voleva venire a fatti concreti: "Piuttosto, signorina Concetta, adesso che tutto è stato chiarito, vorrei visitare, se loro lo permettono, la cappella per poter preparare Sua Eminenza alle meraviglie di fede che vedrà domattina."

Ai tempi del principe Fabrizio, nella villa non vi era cappella: tutta la famiglia si recava in chiesa nei giorni di festa, ed anche padre Pirrone, per celebrare la propria messa, doveva ogni mattina fare un pezzo di strada. Dopo la morte del principe Fabrizio, però, quando per varie complicazioni ereditarie, che sarebbe fastidioso narrare, la villa divenne esclusiva proprietà delle tre sorelle, esse pensarono subito a metter su il proprio oratorio. Venne scelto un salotto un po' fuori mano che, con le sue mezze colonne di finto granito incastrate nelle pareti, destava un tenuissimo ricordo di basilica romana; dal centro del soffitto venne raschiata via una pittura sconvenientemente mitologica, e si addobbò un altare. E tutto era fatto.

Quando Monsignore entrò, la cappella era illuminata dal sole del pomeriggio calante; e al di sopra dell'altare il quadro veneratissimo dalle signorine si trovò in piena luce. Era un dipinto nello stile di Cremona e rappresentava una giovinetta esile, assai piacente, gli occhi rivolti al cielo, molti capelli bruni sparsi in grazioso disordine sulle spalle seminude; nella destra stringeva una lettera spiegazzata; la espressione sua era di trepida attesa non disgiunta da una certa letizia che le brillava nei candidissimi occhi; nel fondo verdeggiava un mite paesaggio lombardo. Niente Gesú bambini, né corone, né serpenti, né stelle, nessuno insomma di quei simboli che sogliono accompagnare l'immagine di Maria: il pittore doveva essersi fidato che l'espressione verginale fosse sufficiente a farla riconoscere. Monsignore si avvicinò, salí uno dei gradini dell'altare, e senza essersi segnato rimase a guardare il quadro per qualche minuto, esprimendo una sorridente ammirazione, come se fosse stato un critico d'arte. Dietro di lui le sorelle si facevano segni della croce e mormoravano delle *Ave Maria*.

Poi il prelato ridiscese il gradino, si volse e: "Una bella pittura," disse, "molto espressiva."

"Una immagine miracolosa, monsignore, miracolosissima!" spiegò Caterina, la povera inferma, sporgendosi dal suo strumento di tortura ambulante. "Quanti miracoli ha fatto!" Carolina incalzava: "Rappresenta la Madonna della Lettera. La Vergine è sul punto di consegnare la santa missiva ed invoca dal Figlio Divino la protezione sul popolo messinese; quella protezione che è stata gloriosamente concessa, come si è visto dai molti miracoli avvenuti in occasione del terremoto di due anni fa."

"Bella pittura, signorina; qualunque cosa essa rappresenti è un bell'oggetto e bisogna tenerlo da conto." Poi si volse alle reliquie: settantaquattro ve ne erano, e coprivano fitte le due pareti di fianco all'altare. Ciascuna era chiusa in una cornice che conteneva anche un cartiglio con l'indicazione di che cosa fosse e un numero che si riferiva alla documentazione di autenticità. I documenti stessi, spesso voluminosi e gravati da sigilli, erano chiusi in una cassa ricoperta di damasco che stava in un angolo della cappella. Vi erano cornici di argento scolpito e di argento liscio, cornici di rame e di corallo, cornici di tartaruga; ve ne erano di filigrana, di legni rari, di bosso, di velluto rosso e di velluto azzurro; grandi, minuscole, ottagonali, quadrate, tonde, ovali; cornici che valevano un patrimonio e cornici comperate ai magazzini Bocconi; tutte amalgamate, per quelle anime devote, ed esaltate dal loro religioso compito di custodi dei soprannaturali tesori.

Carolina era stata la vera creatrice di questa raccolta: aveva scovato donna Rosa, una grandissima vecchia, per metà monaca, che possedeva relazioni fruttuose in tutte le chiese, tutti i conventi e tutte le opere pie di Palermo e dintorni. Era stata questa donna Rosa a portare a villa Salina, ogni paio di mesi, una reliquia di santi avvolta in carta velina. Era riuscita, diceva, a strapparla ad una parrocchia disagiata o a un casato in decadenza. Se il nome del venditore non veniva fatto, era solo a cagione di una comprensibile, anzi encomiabile, discrezione; e d'altronde le prove di autenticità che essa recava e consegnava sempre, erano lí chiare come il sole, scritte com'erano in latino o in caratteri misteriosi che venivano detti greci o siriaci. Concetta, amministratrice e tesoriera, pagava. Dopo vi era la ricerca e l'adattamento delle cornici. E di nuovo l'impassibile Concetta pagava. Vi fu un momento, un paio d'anni durò, durante il quale la smania collezionista turbò financo i sonni di Carolina e Caterina: al mattino si raccontavano l'un l'altra i sogni loro di miracolosi ritrovamenti, e speravano si realizzassero, come avveniva talvolta dopo che i sogni erano stati confidati a donna Rosa. Quel che sognasse Concetta non lo sapeva nessuno. Poi donna Rosa morí e l'afflusso delle reliquie cessò quasi del tutto; del resto era sopravvenuta una certa sazietà.

Monsignore guardò con una certa fretta alcune delle cornici piú a portata di vista. "Tesori," diceva, "tesori. Che bellezza di cornici!" Poi, congratulandosi dei belli arredi (proprio cosí disse, dantescamente), e promettendo di tornare domani con Sua Eminenza ("sí, alle nove precise"), si genuflettè, si segnò, rivolto a una modesta Madonna di Pompei appesa su una parete laterale, e uscí dall'oratorio. Presto le sedie rimasero vedove di cappelli, e gli ecclesiastici salirono sulle tre carrozze dell'Arcivescovado, che con i loro cavalli morelli avevano aspettato in cortile. Monsignore tenne ad avere nella propria carrozza il cappellano, padre Titta, che da questa distinzione fu molto confortato. Le vetture si mossero, e Monsignore taceva; si costeggiò la ricca villa Falconeri, con la bougainvillea fiorita che si spandeva oltre il muro del giardino splendidamente curato; e quando si giunse alla discesa verso Palermo, fra gli aranceti, Monsignore parlò. "E cosí lei, padre Titta, ha avuto il fegato di celebrare per anni il Santo Sacrificio dinanzi al quadro di quella ragazza?

Di quella ragazza che ha ricevuto l'appuntamento ed aspetta l'innamorato? Non venga a dirmi che anche lei credeva che fosse una immagine sacra." "Monsignore, sono colpevole, lo so. Ma non è facile affrontare le signorine Salina, la signorina Carolina. Lei questo non può saperlo." Monsignore rabbrividí al ricordo. "Figliolo, hai toccato la piaga col dito: e questo sarà preso in considerazione."

Carolina era andata a sfogare la propria ira in una lettera a Chiara, la sorella sposata a Napoli; Caterina, stancata dalla lunga conversazione penosa, era stata posta a letto; Concetta rientrò nella propria camera solitaria. Era questa una di quelle stanze (sono numerose a tal punto che si potrebbe esser tentati di dire che lo sono tutte), che hanno due volti: uno, quello mascherato, che mostrano al visitatore ignaro; l'altro, quello nudo, che si rivela solo a chi sia al corrente delle cose, al loro padrone anzitutto, cui si palesano nella propria squallida essenza. Soleggiata era questa camera, e si affacciava sul profondo giardino; in un angolo un alto letto con quattro guanciali (Concetta soffriva del cuore e doveva dormire quasi seduta); niente tappeti, ma un bel pavimento bianco con intricati riquadri gialli, un monetario prezioso con diecine di cassettini ricoperti di pietra dura e di scagliola; scrivania, tavolo centrale e tutto il mobilio di un brioso stile maggiolino di esecuzione paesana, con figure di cacciatori, di cani, di selvaggina che si affaccendavano ambrate sul fondo di palissandro; arredamento questo che Concetta stessa stimava antiquato e persino di pessimo gusto e che, venduto all'asta che seguí la morte di lei, forma oggi l'orgoglio di uno spedizioniere dovizioso quando la "sua signora" offre un *cocktail* alle amiche invidiose. Sulle pareti ritratti, acquarelli, immagini sacre. Tutto pulito, in ordine. Due cose soltanto potevano forse apparire inconsuete: nell'angolo opposto al letto un torreggiare di quattro enormi casse di legno dipinte in verde, ciascuna con un grosso lucchetto; e davanti ad esse, per terra, un mucchietto di pelliccia malandata. Al visitatore ingenuo la cameretta avrebbe, se mai, strappato un sorriso, tanto chiaramente vi si rivelava la bonarietà, la cura di una vecchia zitella.

Per chi conoscesse i fatti, per Concetta, essa era un inferno di memorie mummificate. Le quattro casse verdi contenevano dozzine di camicie da giorno e da notte, di vestaglie, di federe, di lenzuola accuratamente suddivise in "buone" e "andanti": il corredo di Concetta invano confezionato cinquant'anni fa. Quei chiavistelli non si aprivano mai per timore che saltassero fuori demoni incongrui, e sotto l'ubiquitaria umidità palermitana la roba ingialliva, si disfaceva, inutile per sempre e per chiunque. I ritratti erano quelli di morti non piú amati, le fotografie quelle di amici che in vita avevano inferto ferite e che per ciò soltanto non erano dimenticati in morte; gli acquarelli mostravano case e luoghi in maggior parte venduti, anzi malamente barattati, da nipoti sciuponi. Se si fosse ben guardato nel mucchietto di pelliccia tarlata si sarebbero notate due orecchie erette, un muso di legno nero, due attoniti occhi di vetro giallo: era Bendicò, da quarantacinque anni morto, da quarantacinque anni imbalsamato, nido di ragnatele e di tarme, aborrito dalle persone di servizio che da decenni ne chiedevano l'abbandono all'immondezzaio: ma Concetta vi si opponeva sempre: teneva a non distaccarsi dal solo ricordo del suo passato che non le destasse sensazioni penose.

Ma le sensazioni penose di oggi (a una certa età ogni giorno presenta puntuale la propria pena) si riferivano tutte al presente. Assai meno infervorata di Carolina, assai piú sensibile di Caterina, Concetta aveva compreso il significato della visita di Monsignor Vicario e ne prevedeva le conseguenze: l'allontanamento ordinato per tutte o quasi le reliquie, la sostituzione del quadro sull'altare, l'eventuale necessità di riconsacrare la cappella. All'autenticità di quelle reliquie essa aveva assai poco creduto, ed aveva pagato con l'animo indifferente di un padre che salda il conto di giocattoli che a lui stesso non interessano ma che son serviti a tener buoni i ragazzi. La rimozione di questi oggetti le era indifferente; ciò che la pungeva, che costituiva l'assillo di quel giorno, era la brutta figura che casa Salina avrebbe fatto adesso, di fronte alle autorità ecclesiastiche e fra poco di fronte alla città intera. La riservatezza della Chiesa era quanto di meglio nel genere potesse trovarsi in Sicilia, ma ciò non voleva ancora significare molto: fra un mese, fra due, tutto sarebbe dilagato: come tutto dilaga in quest'isola che anziché la Trinacria dovrebbe avere a proprio simbolo il siracusano Orecchio di Dionisio che fa rimbombare il piú lieve sospiro in un raggio di cinquanta metri. Ed essa alla stima della Chiesa aveva tenuto. Il prestigio del nome in sé stesso era lentamente svanito. Il patrimonio, diviso e ridiviso, nella migliore ipotesi equivaleva a quello di tanti altri casati inferiori, ed era enormemente piú piccolo di ciò che possedevano alcuni opulenti industriali. Ma nella Chiesa, nei rapporti con essa, i Salina avevano mantenuto la loro preminenza; bisognava vedere come Sua Eminenza riceveva le tre sorelle quando andavano a fargli visita per il Natale! Ma adesso?

Una cameriera entrò: "Eccellenza, sta arrivando la Principessa. L'automobile è nel cortile." Concetta si alzò, si ravviò i capelli, buttò sulle spalle uno scialle di merletto nero, riassunse lo sguardo imperiale; e giunse in anticamera mentre Angelica saliva gli ultimi scalini della gradinata esterna. Soffriva di vene varicose: le sue gambe, che sempre erano state un pochino troppo corte, la sostenevano male, e veniva su appoggiata al braccio del proprio servitore il cui pastrano nero spazzava salendo gli scalini. "Concetta cara!" "Angelica mia! Da quanto tempo non ci vediamo!" Dall'ultima visita erano passati soltanto cinque giorni, per esser precisi, ma l'intimità fra le due cugine (intimità simile, per vicinanza e sentimenti, a quella che pochissimi anni dopo avrebbe stretto italiani ed austriaci nelle contigue trincee), l'intimità era tale che cinque giorni potevano veramente sembrar molti.

Molti ricordi di bellezza si scorgevano in Angelica che era vicina ai settant'anni; la malattia che tre anni dopo l'avrebbe trasformata in una larva miseranda era già in atto, ma se ne stava acquattata nelle profondità del sangue: gli occhi verdi erano ancora quelli di un tempo, solo lievemente appannati dagli anni, e le rughe del collo erano nascoste dai soffici nastri neri della *capote* che essa, vedova da tre anni, portava non senza una civetteria che poteva sembrare nostalgica. "Cosa vuoi," diceva a Concetta mentre si dirigevano allacciate verso un salotto, "cosa vuoi, con queste feste imminenti per il cinquantenario dei Mille non c'è piú pace. Qualche giorno fa, figurati che mi comunicano di avermi chiamato a far parte del Comitato d'onore; un omaggio alla memoria del nostro Tancredi, certo, ma quanto da fare per me! Pensare all'alloggio dei superstiti che verranno da ogni parte d'Italia, disporre gli inviti per le tribune senza offendere nessuno; premurarsi a far aderire tutti i sindaci dei comuni dell'isola. A proposito, cara: il Sindaco di Salina è un clericale ed ha rifiutato di prender parte alla sfilata; cosí ho pensato subito a tuo nipote, a Fabrizio: era venuto a farmi visita, e tac! l'ho acchiappato. Non ha potuto dirmi no: e cosí alla fine del mese lo vedremo sfilare in palamidone per Via Libertà davanti al bel cartello con tanto di Salina a lettere di scatola. Non ti sembra un bel colpo? Un Salina renderà omaggio a Garibaldi. Sarà una fusione della vecchia e della nuova Sicilia. Ho pensato anche a te, cara; ecco il tuo invito per la tribuna di onore, proprio alla destra di quella reale." E trasse fuori dalla borsetta parigina un cartoncino rosso - garibaldino, dell'identico colore della fascetta di seta che Tancredi aveva per qualche tempo portato al di sopra del colletto. "Carolina e Caterina saranno scontente," continuò a dire in modo del tutto arbitrario, "ma potevo disporre di un solo posto: del resto tu ne hai piú diritto di loro; eri tu la cugina preferita del nostro Tancredi."

Parlava molto e parlava bene; quarant'anni di vita in comune con Tancredi, coabitazione tempestosa e interrotta, ma lunga a sufficienza, le avevano tolto fin le ultime traccie dell'accento e delle maniere di Donnafugata: si era mimetizzata al punto da fare, incrociandole e torcendole, quel gioco leggiadro di mani che era una delle caratteristiche di Tancredi. Leggeva molto e sul suo tavolino i piú recenti libri di France e di Bourget si alternavano a quelli di D'Annunzio e della Serao; e nei salotti palermitani passava per una specialista dell'architettura dei castelli francesi della Loira, dei quali discorreva spesso con esaltazione imprecisa, contrapponendo, forse inconsciamente, la loro serenità rinascimentale all'irrequietezza barocca del palazzo di Donnafugata, contro il quale nutriva un'avversione inspiegabile per chi non avesse conosciuto la di lei infanzia sottomessa e trascurata.

"Ma che testa ho, cara! Dimenticavo di dirti che fra poco verrà qui il senatore Tassoni; è mio ospite a villa Falconeri e vuol conoscerti: era un grande amico del povero Tancredi, un suo compagno d'armi, anche, e pare che abbia sentito parlare di te da lui. Caro il nostro Tancredi!" Il fazzoletto col sottile bordino nero uscí dalla borsetta, asciugò una lacrima dagli occhi ancor belli.

Concetta aveva sempre intercalato qualche frase nel ronzío continuo della voce di Angelica; al nome di Tassoni, però, tacque. Rivedeva la scena, lontanissima ma chiara, come ciò che si scorge attraverso un cannocchiale rovesciato: la grande tavola bianca circondata da tutti quei morti; Tancredi vicino a lei, scomparso adesso anch'egli come del resto essa stessa, di fatto, era morta; il racconto brutale, il riso isterico di Angelica, le proprie non meno isteriche lacrime. Era stata la svolta della sua vita, quella; la strada imboccata allora la aveva condotta fin qui, fino a questo deserto che non era neppure abitato dall'amore, estinto, e dal rancore, spento.

"Ho saputo delle seccature che avete con la Curia. Quanto sono noiosi! Ma perché non me l'hai fatto sapere prima? Qualcosa avrei potuto fare: il Cardinale ha dei riguardi per me; ho paura che adesso sia troppo tardi. Ma lavorerò nelle quinte. Del resto non sarà nulla."

Il senatore Tassoni, che giunse presto, era un vispo elegantissimo vecchietto. La sua ricchezza, che era grande e crescente, era stata conquistata attraverso competizioni e lotte; quindi anziché infiacchirlo lo aveva mantenuto in un continuo stato energetico che adesso superava gli anni e li rendeva focosi. Dalla sua permanenza di pochi mesi nell'Esercito Meridionale di Garibaldi aveva preso un piglio militaresco destinato a non cancellarsi mai. Unito alla cortesia, ciò aveva formato un filtro che gli aveva procurato prima molti dolci successi, e che adesso, mescolato al numero delle sue azioni, gli serviva egregiamente per terrorizzare i consigli di amministrazioni bancarie e cotoniere; mezza Italia e gran parte dei paesi balcanici cucivano i propri bottoni con i filati della ditta Tassoni & C.

"Signorina," andava dicendo a Concetta mentre sedeva accanto a lei su di uno sgabellino basso, adatto per un paggio, e che appunto per questo aveva scelto, "signorina, si realizza adesso un sogno della mia gioventú lontanissima. Quante volte nelle gelide notti di bivacco sul Volturno o attorno agli spalti di Gaeta assediata, quante volte il nostro indimenticabile Tancredi mi ha parlato di lei! Mi sembrava di conoscere la sua persona, di aver frequentato questa casa fra le cui mura la sua giovinezza indomita trascorse; sono felice di potere, benché con tanto ritardo, deporre il mio omaggio ai piedi di chi fu la consolatrice di uno dei piú puri eroi del nostro riscatto."

Concetta era poco avvezza alla conversazione con persone che non conoscesse fin dall'infanzia; era anche poco amante di letture; quindi non aveva avuto modo di immunizzarsi contro la rettorica, ed anzi ne subiva il fascino fino a diventarne succube. Si commosse alle parole del senatore: dimenticò il semicentenario aneddoto guerresco, non vide piú in Tassoni il violatore di conventi, il beffeggiatore di povere religiose spaventate, ma un vecchio, un sincero amico di Tancredi, che parlava di lui con affetto, che recava a lei, ombra, un messaggio del morto trasmesso attraverso quegli acquitrini del tempo che gli scomparsi possono tanto di rado guadare. "E che cosa le diceva di me il mio caro cugino?" chiese a mezza voce, con una timidezza che faceva rivivere la diciottenne in quell'ammasso di seta nera e capelli bianchi.

"Ah! molte cose! Parlava di lei quasi quanto parlasse di donna Angelica! Questa era per lui l'amore, lei invece era l'immagine dell'adolescenza soave, di quell'adolescenza che per noi soldati passa tanto in fretta."

Il gelo strinse di nuovo il vecchio cuore; e già Tassoni aveva alzato la voce, si rivolgeva ad Angelica: "E ricorda, Principessa, quanto egli ci disse a Vienna dieci anni fa?" Si rivolse di nuovo a Concetta per spiegare. "Ero andato lí con la delegazione italiana per il trattato di commercio; Tancredi mi ospitò all'ambasciata col suo grande cuore di amico e di camerata, con la sua affabilità di gran signore. Forse il rivedere un compagno d'armi in quella città ostile lo aveva commosso, e quante cose del suo passato ci raccontò allora! In un retropalco dell'Opera, fra un atto e l'altro del *Don Giovanni,* ci confessò con la sua ironia impareggiabile un peccato, un suo imperdonabile peccato, come diceva lui, commesso contro di lei; sí, contro di lei, signorina." S'interruppe un attimo per dare agio di prepararsi alla sorpresa. "Si figuri che ci raccontò come una sera, durante un pranzo a Donnafugata, si fosse permesso di inventare una frottola e di raccontarla a lei; una frottola guerresca in relazione ai combattimenti di Palermo; e come lei lo avesse creduto e si fosse offesa perché il fatterello era un po' audace secondo l'opinione di cinquant'anni fa. Lei lo aveva rimproverato. 'Era tanto cara,' diceva 'mentre mi fissava con i suoi occhi incolleriti, e mentre le labbra si gonfiavano graziosamente per l'ira come quelle di un cucciolo; era tanto cara che se non mi fossi trattenuto la avrei abbracciata lí, davanti a venti persone ed al mio terribile zione.' Lei, signorina, lo avrà dimenticato; ma Tancredi se ne ricordava bene, tanta delicatezza vi era nel suo cuore; se ne ricordava anche perché il misfatto lo aveva commesso proprio il giorno nel quale aveva incontrato donna Angelica per la prima volta." E accennò verso la Principessa uno di quei gesti di omaggio, con la destra abbassantesi nell'aria, la cui tradizione goldoniana si conservava soltanto fra i Senatori del Regno.

La conversazione continuò per qualche tempo, ma non può dirsi che Concetta vi prendesse gran parte. L'improvvisa rivelazione penetrò nella sua mente con lentezza, e dapprima non la fece troppo soffrire. Ma quando, congedatisi e andati via i visitatori, rimase sola, cominciò a veder piú chiaro e quindi a patire di piú. Gli spettri del passato erano esorcizzati da anni; si trovavano, naturalmente, nascosti in tutto, ed erano essi che conferivano amarezza al cibo, tedio alle compagnie; ma il loro volto vero non si era piú da molto tempo mostrato; adesso saltava fuori avvolto dalla funebre comicità dei guai irreparabili. Certo sarebbe assurdo dire che Concetta amasse ancora Tancredi: l'eternità amorosa dura pochi anni e non cinquanta. Ma come una persona da cinquant'anni guarita dal vaiolo ne porta ancora le macchie sul volto benché possa aver dimenticato il tormento del male, essa recava nella propria oppressa vita attuale le cicatrici della propria delusione ormai quasi storica, storica a tal punto anzi che se ne celebrava ufficialmente il cinquantenario. Fino ad oggi, quando essa, raramente, ripensava a quanto era avvenuto a Donnafugata in quella estate lontana, si sentiva sostenuta da un senso di martirio subíto, di torto patito, dall'animosità contro il padre che l'aveva trascurata, da uno struggente sentimento riguardo a quell'altro morto. Ora, invece, questi sentimenti derivati che avevano costituito lo scheletro di tutto il suo modo di pensare si disfacevano anch'essi. Non vi erano stati nemici, ma una sola avversaria, essa stessa; il suo avvenire era stato ucciso dalla propria imprudenza, dall'impeto rabbioso dei Salina; e le veniva meno adesso, proprio nel momento in cui dopo decenni i ricordi ritornavano a farsi vivi, la consolazione di poter attribuire ad altri la propria infelicità, consolazione che è l'ultimo ingannevole filtro dei disperati.

Se le cose erano come Tassoni aveva detto, le lunghe ore passate in saporosa degustazione di odio dinanzi al ritratto del padre, l'aver nascosto qualsiasi fotografia di Tancredi per non esser costretta a odiare anche lui, erano state delle balordaggini, peggio, delle ingiustizie crudeli; e soffrí quando le tornò in mente l'accento caloroso, l'accento supplichevole di Tancredi mentre pregava lo zio di lasciarlo entrare nel convento; erano state parole di amore verso di lei, quelle, parole non comprese, poste in fuga dall'orgoglio, e che di fronte alla sua asprezza si erano ritirate con la coda fra le gambe come cuccioli percossi. Dal fondo atemporale dell'essere un dolore nero salí a macchiarla tutta dinanzi a quella rivelazione della verità.

Ma era poi la verità questa? In nessun luogo quanto in Sicilia la verità ha vita breve: il fatto è avvenuto da cinque minuti e di già il suo nocciolo genuino è scomparso, camuffato, abbellito, sfigurato, oppresso, annientato dalla fantasia e dagl'interessi: il pudore, la paura, la generosità, il malanimo, l'opportunismo, la carità, tutte le passioni, le buone quanto le cattive, si precipitano sul fatto e lo fanno a brani; in breve è scomparso. E l'infelice Concetta voleva trovare la verità di sentimenti non espressi ma soltanto intravisti mezzo secolo fa! La verità non c'era piú. La sua precarietà era stata sostituita dall'irrefutabilità della pena.

Intanto Angelica e il Senatore compivano il breve tragitto fino a villa Falconeri. Tassoni era preoccupato: "Angelica," disse (con lei aveva avuto una breve relazione galante trent'anni prima, e conservava quella insostituibile intimità conferita da poche ore passate fra il medesimo paio di lenzuola): "temo di aver in qualche modo urtato vostra cugina; avete notato come era silenziosa alla fine della visita? Mi dispiacerebbe, è una cara signora." "Credo bene che l'avete urtata, Vittorio," disse Angelica, esasperata da una duplice benché fantomatica gelosia; "essa era pazzamente innamorata di Tancredi; ma lui non aveva mai badato a lei." E cosí una nuova palata di terra venne a cadere sul tumulo della verità.

Il Cardinale di Palermo era davvero un sant'uomo; e, adesso che da molto tempo non c'è piú, rimangono vivi i ricordi della sua carità e della sua fede. Mentre viveva, però, le cose stavano diversamente: non era siciliano, non era neppure meridionale o romano, e quindi l'attività sua di settentrionale si era molti anni prima sforzata a far lievitare la pasta inerte e pesante della spiritualità isolana, in generale, e del clero in particolare. Coadiuvato da due o tre segretari del proprio paese si era illuso, nei primi anni, che fosse possibile rimuovere abusi, poter sgomberare il terreno dalle piú flagranti pietre di inciampo. Ma presto si era dovuto accorgere che era come sparar fucilate nella bambagia: il piccolo foro prodotto sul momento, veniva colmato dopo brevi istanti da migliaia di fibrille complici, e tutto restava come prima, con in piú il costo della polvere, il ridicolo dello sforzo inutile e il deterioramento del materiale. Come per tutti coloro che, in quei tempi, volevano riformare checchessia nel carattere siciliano, si era presto formata su di lui la reputazione che fosse un "fesso" (il che nelle circostanze ambientali era esatto) e doveva contentarsi di compiere passive opere di misericordia, le quali del resto non facevano altro che diminuire ancora la sua popolarità, se esse esigevano dai beneficati la benché minima fatica come, per esempio, quella di recarsi al palazzo arcivescovile.

Il prelato anziano che la mattina del quattordici maggio si recò a villa Salina era quindi un uomo buono ma disilluso, che aveva finito con l'assumere verso i propri diocesani un'attitudine di sprezzante misericordia (talvolta, dopo tutto, ingiusta). Essa lo spingeva ad adottare dei modi bruschi e taglienti che sempre piú lo trascinavano nella palude della disaffezione.

Le tre sorelle Salina erano come sappiamo fondamentalmente offese dall'ispezione alla loro cappella: ma, anime infantili e dopo tutto femminili com'erano, ne pregustavano anche le soddisfazioni secondarie ma innegabili: quella di ricevere in casa loro un Principe della Chiesa, quella di poter mostrargli il fasto di casa Salina che esse in buona fede credevano ancora intatto, ed innanzitutto quello di poter per mezz'ora vedere aggirarsi in casa loro una specie di sontuoso volatile rosso, e di poter ammirare i toni vari ed armonizzanti delle sue diverse porpore e la marezzatura delle pesantissime sete. Le poverette però erano destinate a rimaner deluse anche in quest'ultima modesta speranza. Quando esse, discese al basso della scala esterna, videro uscire dalla vettura Sua Eminenza, dovettero constatare che Essa si era posta in piccola tenuta. Sulla severa tonaca nera soltanto minuscoli bottoncini purpurei stavano a indicare il suo altissimo rango: malgrado il volto di oltraggiata bontà, il Cardinale non aveva maggiore imponenza dell'arciprete di Donnafugata. Fu cortese ma freddo, e con troppa sapiente mistura seppe mostrare il proprio rispetto per casa Salina e le virtú individuali delle signorine, unito al proprio disprezzo per la loro inettitudine e formalistica devozione. Non rispose parola alle esclamazioni di Monsignor Vicario sulla bellezza degli arredi nei salotti che traversavano, rifiutò di accettare checchessia del rinfresco preparato ("Grazie, signorina, soltanto un po' di acqua: oggi è la vigilia della festa del mio Santo Patrono"), non si sedette neppure. Andò in cappella, si genuflesse un attimo dinanzi alla Madonna di Pompei, ispezionò di sfuggita le reliquie. Però benedisse con pastorale mansuetudine le padrone di casa e la servitú, inginocchiate in sala d'ingresso, e dopo: "Signorina," disse a Concetta che aveva sul volto i segni di una notte insonne, "per tre o quattro giorni non si potrà celebrare nella cappella il servizio divino; ma sarà mia cura di far provvedere prestissimo alla riconsacrazione. A mio parere l'immagine della Madonna di Pompei occuperà degnamente il posto del quadro che è al di sopra dell'altare, il quale, del resto, potrà unirsi alle belle opere d'arte che ho ammirato traversando i vostri salotti. In quanto alle reliquie lascio qui don Pacchiotti, mio segretario e sacerdote competentissimo; egli esaminerà i documenti e comunicherà loro i risultati delle sue ricerche; e quanto deciderà sarà come se lo avessi deciso io stesso."

Da tutti si lasciò benignamente baciare l'anello, e salí pesante in vettura insieme al piccolo seguito.

Le carrozze non erano ancora giunte allo svolto di Falconeri che Carolina con le mascelle serrate e gli occhi saettanti esclamava: "Per me questo Papa è turco," mentre si era costretti a far fiutare dell'etere solforico a Caterina. Concetta si intratteneva calma con don Pacchiotti, che aveva finito con l'accettare una tazza di caffè e un babà.

Poi il sacerdote chiese la chiave della cassa dei documenti, domandò permesso e si ritirò nella cappella, non senza aver prima estratto dalla propria borsa un martelletto, una seghetta, un cacciavite, una lente d'ingrandimento e un paio di matite. Era stato allievo della Scuola di Paleografia Vaticana; inoltre era piemontese. Il suo lavoro fu lungo e accurato; le persone di servizio che passavano davanti l'ingresso della cappella udivano martellatine, stridorini di viti e sospiri. Dopo tre ore ricomparve con la tonaca impolveratissima e le mani nere, ma lieto e con una espressione di serenità sul volto occhialuto. Si scusava perché recava in mano un grande cestino di vimini: "Mi sono permesso di appropriarmi di questo cestino per riporvi la roba scartata: posso posarlo qui?" E depose in un angolo il suo aggeggio che straripava di carte stracciate, di cartigli, di scatolini contenenti ossami e cartilagini. "Sono lieto di dire che ho trovato cinque reliquie perfettamente autentiche e degne di essere oggetto di devozione. Le altre sono lí," disse mostrando il cestino. "Potrebbero dirmi, signorine, dove posso spazzolarmi e ripulirmi le mani?"

Ricomparve dopo cinque minuti e si asciugava le mani con un grande asciugamano sull'orlo del quale un Gattopardo in filo rosso danzava. "Dimenticavo di dire che le cornici sono in ordine sul tavolo della cappella; alcune sono veramente belle." Si congedava. "Signorine, i miei rispetti." Ma Caterina si rifiutò di baciargli la mano. "E di quel che c'è nel cestino cosa dobbiamo fare?" Assolutamente quel che vogliono, signorine; conservarle, o buttarle nell'immondizia; non hanno valore alcuno." E poiché Concetta voleva far ordinare una carrozza per riaccompagnarlo: "Non si dia pena, signorina; farò colazione dagli oratoriani qui a due passi: non ho bisogno di nulla." E ricollocati nella borsa i propri strumentini, se ne andò con pié leggero.

Concetta si ritirò nella sua stanza; non provava assolutamente alcuna sensazione: le sembrava di vivere in un mondo noto ma estraneo, che già avesse ceduto tutti gli impulsi che poteva dare, e che consistesse ormai in pure forme. Il ritratto del padre non era che alcuni centimetri quadrati di tela, le casse verdi alcuni metri cubi di legno. Dopo un po' le portarono una lettera. La busta era sigillata a nero con una grossa corona in rilievo: "Carissima Concetta, ho saputo della visita di Sua Eminenza e sono lieta che alcune reliquie si siano potute salvare. Spero di ottenere che Monsignor Vicario venga a celebrare la prima messa nella cappella riconsacrata. Il senatore Tassoni parte domani e si raccomanda al tuo *bon souvenir*. Io verrò presto a trovarti e intanto ti abbraccio con affetto insieme a Carolina e Caterina. Tua Angelica." Continuò a non sentir niente: il vuoto interiore era completo; soltanto dal mucchietto di pelliccia esalava una nebbia di malessere. Questa era la pena di oggi: financo il povero Bendicò insinuava ricordi amari. Suonò il campanello. "Annetta," disse, "questo cane è diventato veramente troppo tarlato e polveroso. Portatelo via, buttatelo."

Mentre la carcassa veniva trascinata via, gli occhi di vetro la fissarono con l'umile rimprovero delle cose che si scartano, che si vogliono annullare. Pochi minuti dopo, quel che rimaneva di Bendicò venne buttato in un angolo del cortile che l'immondezzaio visitava ogni giorno. Durante il volo giú dalla finestra la sua forma si ricompose un istante: si sarebbe potuto vedere danzare nell'aria un quadrupede dai lunghi baffi, e l'anteriore destro alzato sembrava imprecare. Poi tutto trovò pace in un mucchietto di polvere livida.

Fine

Indice

Finito di stampare il 3 - 8 - 1959
dalla Tecnografica Milanese
Milano